INKA EICHHORN

Nordfriesland Träume in unserer kleinen Tierpension

Kapitel 1

»Es war diesmal echt nicht leicht, einen der größeren Verlage davon zu überzeugen, dein neues Buch zu veröffentlichen.«

»Ja, Daniela – ich weiß.« Stefanie schickte ihrer Literaturagentin, die ihr gegenüber an ihrem Schreibtisch saß, ein verständnisvolles Nicken zurück. »Nachdem *Abenteuer im fernen Südosten* gefloppt ist, befürchten sie jetzt natürlich alle, dass ich es nicht mehr schaffe, an den Erfolg von *Die Aussteigerin von La Gomera* anzuknüpfen.«

»Das wäre auch gar nicht notwendig«, entgegnete Daniela mit einer abwinkenden Handbewegung. »*Die Aussteigerin von La Gomera* war ein unglaublicher Überraschungserfolg, der sicher nicht eben mal mit einem weiteren Buch wiederholt werden kann. Deshalb sollte sowas auch niemand erwarten. Aber du weißt ja selbst, dass die Verkaufszahlen deiner letzten Veröffentlichung leider mehr als enttäuschend waren.«

»Ja, klar – aber das wird uns mit dem neuen Buch bestimmt nicht noch mal passieren. Beim Schreiben des Manuskripts bin ich regelrecht über mich hinausgewachsen und was ich in Australien alles erlebt hab, kann man mit meiner Reise durch Thailand gar nicht vergleichen.«

»Das mag ja alles zutreffen, Steffi – aber ob wir es damit in die Bestsellerlisten schaffen, hängt trotzdem noch von einigen anderen Faktoren ab.«

»Die nun allerdings nicht mehr in meiner Hand liegen«, fügte Stefanie in selbstsicherem Tonfall hinzu, ehe sie mit hörbarer Vorfreude erklärte: »Ich hab mittlerweile jedenfalls ein wirklich gutes Gefühl bei diesem Projekt. Schon allein wegen dem Titel ... Oder würdest du sagen, dass sich *Leben und Lieben in Down Under* nicht interessant anhört?«

»Doch, schon – zumindest für Leute, die sich für Australien interessieren.«

»Findet nicht jeder diesen Kontinent irgendwie interessant?«

Ein träges Lächeln legte sich auf die Lippen der Literaturagentin. »Steffi – es geht bei guten Geschichten nicht nur darum, dass die Gegend, in der sie spielen, möglichst weit weg ist. Das merkt man doch schon, wenn man deine letzten beiden Bücher miteinander vergleicht. Viele Leserinnen und Leser finden es viel spannender, von einer Umgebung zu lesen, die sie selbst ohne Weiteres bereisen können – oder es sogar schon getan haben.«

Daniela Huber wusste genau, wovon sie sprach. Mittlerweile arbeitete sie seit beinahe zwanzig Jahren mit den verschiedensten Verlagen zusammen und natürlich hatte sie in dieser Zeit schon zahlreiche Autoren betreut. Sie hatte die Manuskripte ihrer Klienten an die Verlagshäuser vermittelt, ihre Verträge ausgehandelt und nicht wenige von ihnen zum Erfolg geführt. Das hatte sie in den letzten vier Jahren auch für Stefanie Engelhardt getan, die bereits mit ihrer dritten Veröffentlichung – einem autobiografischen Roman über ihre Erlebnisse als Aussteigerin auf der Kanareninsel La Gomera – die Spitzen der Bestsellerlisten erklimmen konnte.

Stefanie war anders als die meisten anderen Buchautoren. Sie bezeichnete sich selbst als investigative Schriftstellerin und schrieb nur über das, was sie selbst erlebte. Ihre Bücher erzählte sie prinzipiell aus der Ich-Perspektive und die Hauptfigur war dabei immer sie selbst.

Zwar streute sie gelegentlich auch das ein oder andere erfundene Detail ein, um den Spannungsbogen ihrer Geschichten anzuheben – so wurde zum Beispiel aus einer kurzen Affäre mit einem australischen Wildhüter in ihrem neuesten Werk die Liebe ihres Lebens –, doch im Großen und Ganzen beschrieb sie in ihren Büchern stets ihre eigenen Erfahrungen und Erlebnisse. Die dadurch entstandene Authentizität erwies sich im Normalfall wiederum als großer Vorteil bei der Vermarktung, da sie ihre Bücher auch gerne im Radio oder in Zeitungsinterviews vorstellte und es damit sogar schon ins Fernsehen geschafft hatte.

Daniela rückte sich ihre Brille auf der Nase zurecht und sah Stefanie mit durchdringendem Blick in die Augen. »Hast du eigentlich schon mal darüber nachgedacht, einen Nordseeroman zu schreiben?«

»Nein, noch nie«, kam es unter irritiertem Kopfschütteln zurück. »Wieso sollte ich?«

»Weil die momentan noch immer im Trend liegen und sich unheimlich gut verkaufen.«

»Seit wann richte ich mich denn nach irgendeinem Trend?«, fragte Stefanie verwundert. »Nur weil es alle anderen machen, bedeutet das doch noch lange nicht, dass es auch was für mich wär ...«

»Aber ich bin mir sicher, dass es dir dennoch keine allzu großen Schwierigkeiten bereiten würde. Außerdem würde sich deine Recherche dafür deutlich einfacher gestalten als die für deine letzten Bücher. Du müsstest dafür nur mal für ein paar Wochen an die Nordsee hochfahren und ...«

»Daniela, was soll ich denn an der Nordsee? Für mich als Autorin ist es doch gerade das Interessante, dass ich dafür an exotische Orte reisen und darüber schreiben kann. Und wenn ich ein Buch schreiben will, das in Deutschland spielt, kann ich genauso gut hier in Nürnberg bleiben und mich von der historischen Altstadt inspirieren lassen.«

»Ich befürchte allerdings, dass sich dafür nicht sehr viele Leser begeistern würden«, warf Daniela mit zweifelnder Stimme ein. »Die breite Masse fährt eben voll auf diese Nordseeromane ab. Du könntest dich vielleicht auch mal an einem Krimi versuchen – Küstenkrimis sind der absolute Kassenschlager zurzeit.«

»Jetzt hör aber auf!«, protestierte Stefanie bereits in einem leichten Anflug von Empörung. »Was weiß *ich* denn schon über Krimis? Und nur weil ich damit tendenziell mehr Erfolg hätte, ändere ich jetzt doch nicht meine ganze Linie ...«

»War ja nur so ein Vorschlag. Ich wollte dir damit bloß zu verstehen geben, dass du auch die Möglichkeit hättest, den sicheren Weg zu gehen.«

»Ich gehe nach wie vor lieber meinen eigenen Weg – aber trotzdem vielen Dank für den Tipp. Falls ich mal zufällig an die Nordsee komme, könnte daraus ja immer noch ein Buch entstehen.«

»Hast du eigentlich schon Pläne für dein nächstes Projekt?«, erkundigte sich Daniela nun.

»Naja, am liebsten würde ich eigentlich mal für ein paar Monate nach Polynesien fliegen«, antwortete Stefanie ein wenig zögerlich. »Das Problem ist nur, dass die Finanzierung der Reise mein aktuelles Budget deutlich übersteigen würde.«

»Tja, dann bleibt uns wohl nichts anderes übrig, als abzuwarten, ob *Leben und Lieben in Down Under* erfolgreich genug wird, um dir dieses Vorhaben zu ermöglichen. Und bis es soweit ist, solltest du vielleicht tatsächlich mal in Erwägung ziehen, für eine Recherche an einen günstigeren Urlaubsort zu reisen ... und deine Eindrücke anschließend natürlich auch in einem neuen Buch zu verpacken.«

***

Nach ihrem Meeting mit der Literaturagentin schlenderte Stefanie durch die Nürnberger Innenstadt in Richtung Stadtpark. Es war ein sonniger Oktobernachmittag und die Blätter an den Bäumen erstrahlten mittlerweile in sämtlichen für den Herbst typischen Farben wie rot, gelb oder braun.

Stefanie liebte die vielen Grünanlagen der mittelfränkischen Großstadt und zur jetzigen Jahreszeit genoss sie es ganz besonders, hier spazieren zu gehen. Denn wenn sich die Menschen, die im Sommer zu Scharen auf den Wiesen saßen, mit sinkenden Temperaturen zurückzogen, kam wieder vermehrt die Tierwelt zum Vorschein, welche in dieser Oase der Natur einen geeigneten Lebensraum fand. Am Teich beobachtete Steffi schmunzelnd die Enten und wenn sie mit etwas Glück ein Eichhörnchen entdeckte, das sich auf der Wiese eine Eichel schnappte und damit geradewegs den nächsten Baum hochflitzte, ging ihr jedes Mal wieder das Herz auf.

Erst vor wenigen Monaten hatte sie hier in der Nähe eine kleine Eigentumswohnung erworben, in der sie seitdem lebte. Obwohl sie es nur ungern zugab, hatte sie diese Entscheidung nicht zuletzt in der Hoffnung getroffen, vom mittelalterlichen Flair und der im Allgemeinen äußerst geschichtsträchtigen Stadt zu neuen Geschichten inspiriert zu werden.

Zu ihrem Leidwesen hatte ihr der kürzliche Umzug bisher jedoch noch keine brauchbaren Ideen beschert. Einer der maßgebenden Gründe dafür war vermutlich der, dass Steffi das Unbekannte und teilweise auch aufregende Abenteuer brauchte, um darüber schreiben zu können. Da sie bereits in dieser Gegend aufgewachsen war, kannte sie Nürnberg wie ihre Westentasche. Und das war – wie sie sich selbst eingestehen musste – keine gute Voraussetzung, um Stoff für ihr nächstes Manuskript sammeln zu können. Sie musste erst an weit entfernte Orte reisen, die dort lebenden Menschen und ihre Gebräuche kennenlernen, damit sie die Muse fand, die es benötigte, um sich auf das Verfassen eines neuen Buches zu konzentrieren.

Doch nachdem sie ihre Ersparnisse inzwischen schon fast vollständig aufgebraucht hatte, war eine Reise ans andere Ende der Welt derzeit überhaupt keine Option. Von den paradiesischen Sandstränden Polynesiens konnte Stefanie in ihrer aktuellen Lebenslage höchstens träumen – aber um dort den kommenden Winter verbringen zu können, fehlten ihr einige tausend Euro auf dem Bankkonto.

Sie hatte soeben den *Neptunbrunnen* passiert und wollte nun ihren Heimweg antreten, als plötzlich ihr Handy klingelte. Ein kurzer Blick auf das Display verriet ihr, dass es ihre Mutter war, die sie anrief.

»Hallo Mama, was gibt´s?«, fragte sie zur Begrüßung.

Da sie ihre Eltern seit ihrer Rückkehr aus Australien in regelmäßigen Abständen sah und mit ihnen über WhatsApp in beinahe täglichem Kontakt stand, wurde sie von ihnen meistens nur angerufen, wenn es etwas wirklich Wichtiges zu besprechen gab.

»Hallo Steffi, ich wollte dich fragen, ob du am Samstag mal vorbeikommen könntest«, brachte ihre Mutter auch schon ohne Umschweife den Anlass ihres Anrufs hervor. »Deine Schwestern kommen auch alle drei – wir müssen uns nämlich gemeinsam über eine Sache beraten, die jede von uns etwas angeht ...«

»Klar, kein Problem. Ich komme gern – es ist sowieso schon wieder viel zu lange her, dass wir uns alle zusammen getroffen haben. Aber dürfte ich vielleicht trotzdem vorher wissen, um was genau es dabei geht?«

»Es geht um eine Erbschaft. Meine Tante Inga ist vor kurzem verstorben ...«

»Oh, das tut mir leid«, sagte Stefanie – ungeachtet dessen, dass sie Tante Inga nie kennengelernt und nur durch die Erzählungen ihrer Mutter von ihr gehört hatte.

»Ist schon okay, ich komm damit klar ... auch wenn es mich jetzt ein bisschen fertig macht, dass ich all die Jahre keinen Kontakt zu ihr gesucht hab und nicht mal bei ihrer

Beerdigung anwesend sein kann.« Es entstand eine kurze Pause, ehe Stefanies Mutter in vergleichsweise nüchternem Ton fortfuhr: »Deshalb hat es mich schon gewundert, dass ich in ihrem Testament stehe – aber nicht nur mich hat sie an ihrem Erbe beteiligt, sondern auch meine vier Töchter.«

»Wow, das ist ja ´n Ding«, gab Steffi hörbar verdutzt zurück. »Und weißt du dann auch schon, was wir geerbt haben?«

»Ja, ihren ehemaligen Bauernhof ... und eine ziemlich hohe Geldsumme, die wir allerdings benutzen sollen, um den Bauernhof umzubauen.«

»Okay ...«, brachte Steffi nun gedehnt und auch etwas ungläubig über die Lippen.

»Alles Weitere möchte ich euch erst am Wochenende persönlich erzählen. Im Moment kann ich es selbst noch gar nicht so richtig begreifen, was hier gerade passiert.«

»Na gut, alles klar, Mama. Dann sehen wir uns am Samstag; ich werde spätestens zum Mittagessen bei euch sein.«

Kapitel 2

»Herzlich willkommen in deinem neuen Zuhause, Lupus. Wie´s aussieht, sind wir jetzt nur noch zu zweit.« Jasper zwang sich zu einem Lächeln, als er die Tür seiner eigenhändig gezimmerten Blockhütte aufschloss und den stattlichen Wolfshund zu sich hereinwinkte.

Nachdem er vom Nachlassgericht darüber in Kenntnis gesetzt wurde, dass die ehemalige Besitzerin des Vierbeiners ihn als Erben festgelegt hatte, war Jasper noch am selben Tag zu der Auffangstation gefahren, in der Lupus in den letzten Wochen untergebracht worden war. Er hatte ohnehin schon sehnsüchtig auf diesen Tag gewartet – immerhin kannte er das Tier, seit er es gemeinsam mit Tante Inga vor etwas mehr als einem Jahr von genau dieser Auffangstation abgeholt hatte.

Liebend gern hätte er Lupus schon direkt nach ihrem Tod bei sich aufgenommen, doch aufgrund einiger bürokratischer Hürden, die ihm diesen Wunsch verhinderten, blieb ihm letztendlich nichts anderes übrig, als auf die Testamentseröffnung zu warten. Eine quälend lange Zeit, die zu allem Übel auch noch davon überschattet wurde, dass er den leblosen Körper seiner Bekannten selbst vor ihrem Haus gefunden hatte.

Erleichterung verspürte Jasper dabei lediglich dadurch, dass zumindest eine unnatürliche Todesursache relativ schnell ausgeschlossen werden konnte. Denn Tante Inga war – zwar überraschend, aber für ihre zweiundachtzig Lebensjahre dennoch nicht ungewöhnlich – schlicht und ergreifend an Altersschwäche verstorben.

»Du kriegst jetzt erst mal was zu essen und danach gehen wir noch ´ne Runde spazieren«, kündigte Jasper seinem neuen Mitbewohner an, während er eine der großen Hundefutterdosen öffnete, die er bereits vor mehreren Tagen für ihn gekauft hatte. »Ich weiß, es ist ein bisschen eng hier drin, aber du wirst dich schon noch daran gewöhnen – außerdem verbringen wir die meiste Zeit sowieso draußen.«

Es war sicherlich eine Umstellung für Lupus vonnöten, wenn er mit seinem neuen Herrchen ab sofort in dem kleinen Holzhaus wohnen sollte, dessen Innenraum gerade mal so viel Platz bot wie eine durchschnittliche Zweizimmerwohnung. Bei Tante Inga hatte ihm schließlich ein kompletter Bauernhof zur Verfügung gestanden, inklusive weitläufiger Wiesen zum Herumtollen.

Aber wie Jasper vermutete, war ihm die Unterbringung in der Blockhütte immer noch tausendmal lieber als das, was er in der Auffangstation durchgemacht hatte. Zusammen mit anderen heimatlosen Wolfshunden – Züchtungen aus Schäferhunden und Wölfen, die kein Tierheim aufnehmen wollte – war er dort wie ein Wildtier in einem Freilaufgehege gehalten worden. Nicht einmal eine geschlossene Hundehütte gab es dort, um die Tiere vor der Witterung zu schützen, sondern bestenfalls eine Art Unterstand, in den es von zwei Seiten hineinregnete. Und nach einer blutigen Auseinandersetzung mit dem Alphamännchen wurde Lupus sowieso dazu verdonnert, den Großteil seiner restlichen Tage in einem Zwinger abzusitzen.

Jaspers Blockhütte befand sich auf dem Grundstück seiner Eltern, welches flächenmäßig genügend Platz bot, um rein theoretisch sogar ein zweites Einfamilienhaus darauf bauen zu können. Nicht weit davon entfernt stand das Friesenhaus seines Stiefvaters, in das er im Alter von zehn Jahren zusammen mit seiner Mutter eingezogen war. Seinen leiblichen Vater hatte er kurz nach seiner Einschulung durch einen tragischen Arbeitsunfall verloren – ein Schicksalsschlag, der ihm auch heutzutage noch hin und wieder zu schaffen machte.

Knapp zwei Jahre später war seine Mutter dann mit Hagen zusammengekommen, mit dem sie inzwischen auch schon seit zwei Jahrzehnten verheiratet war. Jasper hatte Hagen jedoch nie wirklich als Stiefvater akzeptieren wollen, weshalb er ihn auch stets nur bei seinem Vornamen genannt und niemals mit *Papa* angesprochen hatte.

Seit jeher war ihr Verhältnis zueinander eher schwierig gewesen. Die beiden waren deshalb schon bei unzähligen Meinungsverschiedenheiten aneinandergeraten; erst recht, als Jasper in die Pubertät kam. Trotzdem schafften sie es – hauptsächlich seiner Mutter zuliebe –, sich immer wieder zusammenzuraufen, was wohl einer der Gründe war, warum Jasper selbst als junger Erwachsener darauf verzichtete, sich einfach eine eigene Bleibe zu suchen.

Allerdings musste jeder der Beteiligten ab einem gewissen Punkt einsehen, dass es auf Dauer nicht funktionieren konnte, wenn sie weiterhin miteinander unter einem Dach leben würden.

Als Hagen ihm bei ihrem letzten größeren Streit vor etwa drei Jahren den berüchtigten Spruch ›Solange du deine Füße unter meinen Tisch stellst …‹ entgegenschleuderte, fasste Jasper schließlich den Entschluss, sich nicht nur einen eigenen Tisch, sondern gleich einen kompletten Unterschlupf zu bauen. Für ihn als gelernten Zimmermann mit Meisterbrief stellte dieses Unterfangen nicht das geringste Problem dar. Den Rohbau errichtete er innerhalb eines Monats und dank der Hilfe von ein paar seiner Kumpels, die sich um die Anschlüsse für Strom sowie fließend warmes Wasser kümmerten, war die Blockhütte wenige Wochen später auch schon bezugsfertig.

Dass sich Jaspers neuer Rückzugsort in unmittelbarer Nähe zu seinem Elternhaus befand, entpuppte sich im Nachhinein zwar als kleiner Wehrmutstropfen, aber um dort von nun an seinen eigenen Haushalt zu führen, genügte die Hütte allemal. Mittlerweile bot sie jedenfalls sämtliche Annehmlichkeiten, in dessen Genuss auch Besitzer dieser modernen Tiny-Häuser kamen. Sogar eine Waschmaschine hatte er sich angeschafft, um sich nicht mehr vorwerfen lassen zu müssen, dass er nicht dazu imstande wäre, auf eigenen Beinen zu stehen.

***

Nach einem fast dreistündigen Spaziergang durch die schier endlosen Weiten des ländlichen Nordfrieslands kamen Jasper und Lupus am frühen Abend nach Hause zurück. Die Dämmerung war bereits eingebrochen und in der Hütte knipste Jasper als Erstes das Licht an. Während er die körperliche Anstrengung schon deutlich in den Beinen spürte, schien der Schäferhund-Wolf-Mischling gerade erst in Fahrt zu kommen.

»Jetzt leg dich erst mal hin und schlapper ´ne Schüssel mit Wasser«, wies er seinen neuen Begleiter an und zeigte dabei auf die alten Wolldecken, die er für ihn neben der Couch ausgebreitet hatte.

Er drehte den Wasserhahn auf, um die Blechschale zu befüllen, aber Lupus machte keinerlei Anstalten, sich auf dem für ihn vorgesehenen Schlafplatz niederzulassen.

»Lupus, mach Sitz!«, befahl Jasper daraufhin und bemühte sich dabei um eine möglichst autoritäre Tonlage.

Allerdings hatte der Wolfshund offenbar andere Pläne, die er sich auch nicht so einfach ausreden ließ. Anstatt sich hinzusetzen, beschnüffelte er – nun schon zum zweiten Mal – eine Ecke nach der anderen und inspizierte jeden Winkel seines neuen Zuhauses, wobei er immer wieder innehielt und sein Herrchen erwartungsvoll anblickte.

Jasper freute sich schon fast darüber, wenigstens nicht vollkommen von ihm ignoriert zu werden. Aber so wie es jetzt gerade lief, konnte es auf gar keinen Fall weitergehen – dieses Tier musste doch endlich mal zur Ruhe kommen!

»Hierher!«, probierte er es ein weiteres Mal, als er ihm die Schüssel mit dem Wasser hingestellt hatte.

Damit schaffte er es immerhin, Lupus zum Herkommen zu bewegen. Und nachdem dieser von dem Wasser gekostet hatte, nahm er nun auch tatsächlich auf den Wolldecken Platz.

Jetzt bleibt nur noch zu hoffen, dass er es dort bis morgen früh aushält, dachte Jasper, wobei er mit zufriedenem Lächeln auf ihn hinabsah.

Die Bewegung an der frischen Luft hatte ihn hungrig gemacht. Sein leises Magenknurren erinnerte ihn daran, dass es allmählich Zeit für das Abendessen wurde. Er holte gerade einen Topf für die Nudeln aus dem Schrank in der Küchenzeile, als es auf einmal am Fenster klopfte.

Ohne darüber nachzudenken, wer das sein könnte, öffnete er die Tür. Dafür gab es ohnehin nur wenige Möglichkeiten – denn wenn um diese Uhrzeit unter der Woche jemand unangekündigt bei ihm vorbeikam, dann war es doch mit ziemlich hoher Wahrscheinlichkeit seine Mutter.

»Moin Jasper«, begrüßte sie ihn fröhlich. Dabei musste sie den Kopf nach oben strecken, um ihm in die Augen zu sehen, denn mit seiner Körperlänge von einem Meter neunzig überragte ihr Sohn sie um etwa zwei Köpfe. »Na, wie läuft es mit deinem neuen Mitbewohner? Hat er sich schon ein wenig bei dir eingelebt?«

»Das kann ich noch nicht genau sagen, Mama. Wir sind grade erst von unserem Spaziergang zurückgekommen.«

Lupus ließ augenblicklich von seiner Wasserschale ab und kam an die Tür, um den Besucher in Empfang zu nehmen. Ebenso wie Jasper kannte er auch dessen Mutter Erika bereits und begegnete ihr dementsprechend wohlgesonnen.

»Ja, Lupus – du bist ein ganz braver Junge«, lobte sie ihn, während sie ihm beherzt durch das graubraune Fell wuschelte.

Als er schließlich genug von ihren Streicheleinheiten hatte, wandte er sich ab und legte sich wieder auf seinen Schlafplatz.

»Scheint so, als ob es ihm hier gefällt«, schlussfolgerte Jasper. Mit nachdenklicher Miene fügte er hinzu: »Ich weiß nur noch nicht, was ich mit ihm machen soll, wenn ich wieder arbeiten gehen muss – ich kann ihn schließlich nicht auf jede Baustelle mitnehmen.«

»Bis dahin werden wir sicher ´ne Lösung finden«, gab Erika ermutigend zurück. »Ich würde mich jedenfalls zur Verfügung stellen, um ab und zu mal auf ihn aufzupassen.«

»Das würdest du tun?« Jasper sah seine Mutter erstaunt an. Es war das erste Mal, dass sie ihm ihre Hilfe in Bezug auf Lupus anbot.

»Ja, natürlich – wenn man ein neues Familienmitglied bekommt, sollten schließlich alle zusammenhalten. Ich meine ..., wenn du jetzt unerwartet Vater werden würdest, könntest du doch genauso auf mich zählen.«

»Ach so, klar – ich verstehe.« Das dankbare Lächeln, welches sich auf sein Gesicht gelegt hatte, schaffte er jetzt nur noch mit Mühe beizubehalten, als ihm bewusst wurde, welcher unerfüllte Wunsch in den Worten seiner Mutter mitschwang.

Denn anstatt eines Hundes, um den sie sich bei Bedarf kümmern konnte, wünschte sie sich in Wahrheit nichts sehnlicher als Enkelkinder. Das war ihr gutes Recht, immerhin war sie inzwischen über sechzig und für ihren Sohn, der vor kurzem seinen vierunddreißigsten Geburtstag gefeiert hatte, wurde es ihrer Ansicht nach allerhöchste Zeit, eine Frau zu finden und sich endlich fortzupflanzen.

Zu blöd aber auch, dass Jasper keine Geschwister hatte, die diese Aufgabe hätten übernehmen können. Und auch keine Halb- oder Stiefgeschwister; denn obwohl Hagen noch liebend gerne eigene Kinder mit Erika bekommen hätte, hatte er es nie geschafft, sie zu schwängern. Deshalb lag nun die letzte Hoffnung, den Stammbaum fortzuführen, ganz allein auf Jasper.

Aber wie sollte er etwas derartiges bewerkstelligen, wenn im gesamten Umkreis gerade mal ein paar tausend Menschen lebten und fast alle jungen Frauen so schnell wie möglich von hier wegzogen? Und selbst das war noch lange nicht sein einziges Problem, wenn es darum ging, eine geeignete Kandidatin für eine Partnerschaft zu finden. Denn sobald Jasper dann doch mal auf eine Vertreterin des weiblichen Geschlechts traf, die ihm in romantischer Hinsicht zusagte, stellte er sich meist dermaßen unbeholfen an, dass er in erster Linie Kopfschütteln und Verwunderung bei der Dame auslöste.

»Ich hab übrigens eine Lasagne gemacht«, wechselte Erika nun zu einem erfreulicheren Thema. »Willst du mitkommen und mit uns zu Abend essen?«

»Wenn's Lasagne gibt, immer«, freute sich Jasper. »Das weißt du doch.«

Er konnte sich schon denken, dass sie sein Leibgericht vor allem als Lockmittel zubereitet hatte, um ihn nicht lange dazu überreden zu müssen, mit ihr und Hagen zu Abend zu essen. Schließlich interessierte sie sich brennend dafür, was die Testamentseröffnung ergeben hatte und was nun mit Tante Ingas Nachlass geschehen würde. Aber mindestens genauso neugierig wie Erika war vermutlich ihr Ehemann, der sich nur selten zurückhielt, wenn er seine eher grenzwertige Meinung über die kürzlich verstorbene alte Frau vertrat.

Nachdem Jasper Lupus angewiesen hatte, in der Blockhütte auf ihn zu warten, ging er mit seiner Mutter rüber zum Wohnhaus.

Als sie ins Esszimmer kamen, saß Hagen bereits an der Stirnseite des gedeckten Tischs.

»Moin, min Jung«, begrüßte er seinen Stiefsohn mit gewohnt rauer Stimme. »Kommt, setzt euch, bevor der Auflauf kalt wird.«

»Ein Auflauf wird nicht so schnell kalt«, belehrte ihn seine Frau, während sie und Jasper am Esstisch Platz nahmen. Dann verteilte sie die ersten drei Portionen der Lasagne auf die Teller, gleichzeitig kümmerte sich Hagen mit überraschender Hilfsbereitschaft um die Getränke.

»Aber jetzt erzähl mal, min Jung«, begann er daraufhin auch schon, Jasper nach den aktuellsten Neuigkeiten auszufragen. »Hat dir die Alte wirklich nichts vermacht, außer diesen Köter, den du jetzt in deiner Holzhütte untergebracht hast?«

»Hagen!«, ermahnte Erika ihren Mann. »Achte bitte ein wenig auf deine Ausdrucksweise!«

»Was sollte sie mir denn sonst noch vermacht haben?«, fragte Jasper ruhig und mit gespielter Ahnungslosigkeit. »Glaubst du ernsthaft, sie hätte noch mehr besessen als Lupus und ihren Hof?«

»Ich bin mir absolut sicher, dass sie noch einen ordentlichen Batzen Geld auf der Bank haben müsste. Oder unter ihrer Matratze – wer weiß; vielleicht hat sie die Kohle ja nach und nach abgehoben.«

»Tante Inga hat in ihrem Testament festgelegt, dass ich ihren Bauernhof mit dem Geld renovieren und zu einer Tierpension umbauen soll«, erklärte Jasper zwischen zwei Gabeln Lasagne. »Ich weiß zwar noch nicht, wie viel Geld es ist, aber ich schätze, dass für den Umbau und für die Instandhaltung ein Großteil davon draufgeht.«

Hagen stieß ein hämisches Lachen aus. »Eine Tierpension? Was für eine schwachsinnige Idee! Naja, aber immerhin kannst du dir so ein bisschen was davon abzwacken.«

»Ich mach das nicht, um mir was davon abzuzwacken, sondern um Tante Inga ihren letzten Willen zu erfüllen.«

»Gut so«, pflichtete Erika ihrem Sohn bei. »Es sollte nicht immer nur ums Geld gehen.«

»Trotzdem hätte ich es nicht verkehrt gefunden, wenn das Geld in der Familie geblieben wäre«, setzte Hagen mit düsterer Miene dagegen. »Oder besser gesagt; in die Familie *zurückgekommen* wäre.«

Nun warf Jasper seinem Stiefvater erstmals einen scharfen Blick zu. »Wir wissen, dass du es deinem Onkel Marten bis heute nicht verziehen hast, dass er sein Vermögen ausschließlich seiner Frau vererbt hat – aber um auch was davon abzubekommen, hättest du dich vielleicht um ein besseres Verhältnis zu ihm und Tante Inga bemühen sollen.«

»Inga war doch überhaupt erst der Grund, warum Marten und ich uns verstritten haben«, gab Hagen mit eingeschnapptem Schnauben zurück. »Wir beide konnten uns schon von Anfang an nicht gut riechen.«

»Tja, dann solltest du dir mal selbst überlegen, warum dich keiner der beiden an ihrem Erbe beteiligt hat«, gab Erika ihrem Mann einen nachvollziehbaren Denkanstoß. Dann wandte sie sich übergangslos an ihren Sohn: »Aber sag mal, Jasper: Wem hat Tante Inga denn nun ihren Hof vermacht?«

»Du meinst wohl eher; den Hof von meinem Onkel Marten«, merkte Hagen unnötigerweise an, was von den beiden anderen aber ohnehin ignoriert wurde.

»Es gibt da wohl noch eine entfernte Verwandte, die in Süddeutschland lebt«, antwortete Jasper. »Ich glaube … eine gewisse Frau Engelhardt, wenn ich mich richtig entsinne.«

Hagen und Erika tauschten einen verdutzten Blick aus.

»Weißt du, wer das sein könnte?«, fragte Erika schließlich.

»Engelhardt? Nein, nie gehört«, brummte Hagen mit halbvollem Mund zurück. »Wär mir auch neu, dass mit Inga überhaupt noch irgendjemand verwandt wäre ...«

Kapitel 3

Am Samstagvormittag fuhr Stefanie in ihrem schon etwas in die Jahre gekommenen Audi A3 nach Neustadt an der Aisch; für den Weg dorthin brauchte sie von Nürnberg aus eine gute Dreiviertelstunde. Ihre Eltern lebten noch immer in dem Haus am Rande der lauschigen Kleinstadt, in welchem sie und ihre drei Schwestern aufgewachsen waren.

Heutzutage wohnte von den vier jungen Frauen jedoch nur noch Larissa zeitweise bei den Eltern. Sie war die zweitjüngste der Schwestern und arbeitete derzeit als Flugbegleiterin, weshalb sie meistens unterwegs war und es sich für sie daher nicht lohnte, in eine eigene Wohnung zu ziehen. Obwohl sie als Einzige noch ihr Kinderzimmer im Elternhaus eingerichtet hatte, traf man sie dort manchmal seltener an als ihre Schwestern, die alle drei mehr oder weniger in der näheren Umgebung lebten.

Katharina, die mit fünfunddreißig Jahren die Erstgeborene war, lebte gemeinsam mit ihrem Sohn Leon im etwas mehr als vierzig Kilometer entfernten Kitzingen. Stefanie war zwei Jahre jünger als ihre ältere Schwester, danach folgte mit einem Abstand von drei Jahren Larissa. Das Nesthäkchen der Familie war die mittlerweile fünfundzwanzigjährige Michelle. Sie wohnte seit einiger Zeit in Würzburg, wo sie als Bürokauffrau in einem Logistikunternehmen arbeitete. Auch ihr Wohnort lag kaum mehr als eine Stunde Fahrzeit von der alten Heimat entfernt.

Stefanie freute sich riesig darauf, seit langem mal wieder mit der ganzen Familie versammelt zu sein. Und neben ihren Schwestern erwartete sie, heute auch ihren Neffen zu sehen, der erst vor wenigen Tagen sechzehn geworden war. Er würde sicher mitkommen, selbst wenn es ihm dabei hauptsächlich darum ging, seine Geburtstagsgeschenke abzuholen. Steffi war deshalb extra noch in eine Buchhandlung gegangen, wo sie sich nach einer kurzen Beratung für einen Lebensratgeber entschieden hatte, in dem angeblich erklärt wurde, was heranwachsende Männer kurz vor ihrer Volljährigkeit wissen sollten.

Als sie bei ihren Eltern in Neustadt an der Aisch ankam, waren die anderen drei Schwestern schon da. Nach einigen herzlichen Umarmungen verteilten sie sich auf Küche und Wohnzimmer. Während Larissa und Katharina ihrer Mutter halfen, das Mittagessen vorzubereiten, unterhielt sich Michelle auf dem Sofa sitzend mit ihrem Vater.

Für Stefanie ergab sich dadurch die perfekte Gelegenheit, um ihrem Neffen in Ruhe sein Geburtstagsgeschenk zu überreichen und ihn über die neuesten Entwicklungen aus seinem Leben auszufragen.

»Und – weißt du schon, was du machen willst, wenn du mit der Realschule fertig bist?«, erkundigte sie sich.

Leon ging mittlerweile in die zehnte Klasse, im Sommer des nächsten Jahres würde er seine mittlere Reife also voraussichtlich in der Tasche haben.

»Ich bin mir noch nicht ganz sicher«, antwortete er, wobei er allerdings nicht sonderlich von diesem Thema angetan zu sein schien. »Mama wär es am liebsten, wenn ich danach gleich mein Fachabi dranhängen würde – aber ich hab dann erst mal die Schnauze voll davon, in die Schule zu gehen.«

»Dann würde dir wohl nichts anderes übrig bleiben, als eine Ausbildung zu beginnen«, schlussfolgerte Stefanie. »Dafür müsstest du halt auch ab und zu in die Berufsschule gehen.«

»Ja, klar – aber nicht, um irgendwelches unnützes Zeug in meinen Schädel zu prügeln, sondern um Dinge zu lernen, die mich auch interessieren.«

»Und was wären das für Dinge, für die du dich interessierst?«

»Keine Ahnung ... Es heißt ja immer, dass man im Leben nur glücklich werden kann, wenn man sein Hobby zum Beruf macht. Meine Hobbys sind Fußball, Party machen und Computerspiele – aber ich glaub nicht, dass für eins davon irgend ´ne Ausbildung angeboten wird.«

»Um Computerspiele zu programmieren, muss man meines Wissens nach studieren«, gab seine Tante zu bedenken. »Wäre dieses Ziel nicht genug Motivation für dich, um es vielleicht doch mit dem Abi zu probieren?«

Leon schüttelte den Kopf. »Nee, ich zocke ja nur gern – von der Technik hab ich überhaupt keine Ahnung.«

»Und wenn du gern Partys feierst – hast du dann schon mal darüber nachgedacht, sowas wie Veranstaltungskaufmann zu lernen?«

»Ja, aber die Ausbildung würde ich dann in ´nem coolen Unternehmen machen wollen, das zum Beispiel Konzerte veranstaltet. Mal sehen ... ich müsste halt erst mal nachschauen, ob es sowas überhaupt bei uns in der Nähe gibt.«

»Na klar, in Würzburg bestimmt«, wurde er von Steffi ermutigt. Doch weil sie merkte, dass er der Unterhaltung offenbar überdrüssig war, zeigte sie nun auf das in Geschenkpapier eingepackte Buch, das Leon auf dem Wohnzimmertisch abgelegt hatte, und fragte in aufforderndem Ton: »Willst du eigentlich nicht wissen, was es ist?«

»Doch, schon ... naja, ich geh mal stark davon aus, dass es ein Buch ist«, entgegnete der Teenager grinsend, dann nahm er es vom Tisch und riss das Geschenkpapier ab. Wenige Sekunden später hielt er es in beiden Händen und beäugte es mit prüfendem Blick.

»Und – gefällt´s dir?«, wollte Stefanie wissen.

Leon las laut vor, was auf der Vorderseite des Einbandes geschrieben stand: »›100 Dinge, die Jungs vor ihrem

18. Geburtstag wissen sollten‹ – von ›Horst Bärenthaler‹.« Dann warf er einen Blick auf die Rückseite, um augenscheinlich den Klappentext zu überfliegen. »Ja, ist sicher ganz hilfreich«, schob er daraufhin in einem allenfalls mittelmäßig begeisterten Tonfall hinterher, bevor er das Buch zurück auf den Tisch legte, ohne wenigstens einmal durch die Seiten zu blättern.

Steffi hatte so ihre Zweifel, ob sich ihr Neffe wirklich über das Geschenk freute. Sie verschenkte vorzugsweise generell immer Bücher, von denen sie glaubte, dass sie der beschenkten Person von Nutzen sein könnten. Dadurch erhoffte sie sich, die Leute zum Lesen animieren zu können – auch wenn sie schon seit längerem befürchtete, dass ihre verschenkten Bücher stattdessen meistens in den Regalen verstaubten ... oder noch schlimmer; in einer Kiste auf irgendeinem Dachboden. Und angesichts der Tatsache, dass die Jugendlichen heutzutage sowieso keine Zeit mehr mit Bücherlesen verbrachten, konnte sie von ihrem sechzehnjährigen Neffen natürlich erst recht nicht erwarten, dass er wegen einem derartigen Geburtstagsgeschenk in euphorische Jubelschreie ausbrach.

»Warte mal – ich glaub, ich hab noch was anderes für dich«, verkündete sie und stand von der Couch auf, um dann in den Flur zu gehen, wo ihre Jacke an der Garderobe hing.

Sie zog ihren Geldbeutel aus der Tasche und nahm einen Fünfzig-Euro-Schein heraus, mit dem sie anschließend ins Wohnzimmer zurückkam und ihn Leon in die Hand drückte.

»Hier – kauf dir was Schönes damit«, sagte sie dabei zu ihm.

Leon nahm den Geldschein mit einem verbundenen Lächeln entgegen und schob ihn dann unauffällig in seine Hosentasche. »Danke, das wär doch nicht nötig gewesen – und in das Buch werde ich auf jeden Fall auch mal reinlesen.«

***

Nach dem Mittagessen verabschiedete sich Leon, um sich mit ein paar Kumpels zu treffen, die hier in der Stadt lebten. Er hatte das Haus kaum verlassen, als die vier Schwestern ihre Neugierde über den eigentlichen Grund ihrer Zusammenkunft nun kaum noch verbergen konnten. Als die Spülmaschine in der Küche ihre Arbeit aufnahm, setzten sie sich mit ihrem Vater an den Esstisch und warteten gespannt darauf, was ihre Mutter ihnen über das bereits angesprochene Erbe zu erzählen hatte.

Mit einem Briefkuvert zwischen den Fingern kam sie ins Esszimmer und nahm ebenfalls am Tisch Platz. Dann begann sie mit ruhiger Stimme: »Als ihr noch kleiner wart, hab ich euch ja hin und wieder von meiner Tante Inga erzählt ...«

Steffi und ihre Schwestern nickten einträchtig.

»Sie war die Cousine meiner Mutter und ich verbrachte als Kind jeden Sommer bei ihr in Nordfriesland. Dort führte sie gemeinsam mit ihrem Mann einen kleinen Bauernhof und ich liebte es, sie dort zu besuchen. Darauf freute ich mich meistens das ganze Jahr über; ich fand es einfach herrlich da oben. Die Tiere, die raue Natur – und das Meer ist auch ganz in der Nähe ...«

»Sabine, bitte«, wurde sie mit unterschwelligem Nachdruck von ihrem Mann unterbrochen, als sie bei ihren Schilderungen plötzlich immer mehr ins Schwärmen geriet. »Du wolltest über den Brief sprechen.«

»Ach ja, der Brief vom Nachlassgericht.« Sabine öffnete das Kuvert und zog eine von mehreren zusammengefalteten Seiten heraus. »Das ist eine Kopie von Tante Ingas Testament«, informierte sie ihre Töchter, während sie das Blatt aufklappte.

Alle vier blickten sie erwartungsvoll an – nur Vater Bernhard lehnte sich mit leicht kritischem Blick in seinen Stuhl zurück.

»Tante Inga hat uns ihren Bauernhof vererbt, aber das wisst ihr ja bereits. In ihrem Testament hat sie außerdem festgelegt, dass wir – falls wir das Erbe annehmen – den Hof zu einer Tierpension umbauen lassen sollen. Sie hat sogar reingeschrieben, welchen Handwerker wir mit dieser Aufgabe beauftragen sollen.« Mit diesen Worten schob Sabine den Brief zu ihrer ältesten Tochter, die rechts von ihr am Tisch saß. »Aber lest am besten erst mal selbst, was genau darin geschrieben steht.«

»Der Zimmermannsbetrieb Hauser soll sich um den Umbau und eventuelle Renovierungsarbeiten kümmern«, entnahm Katharina dem Schreiben. »Etwa einhunderttausend Euro hat sie dafür anscheinend auf einem Sparbuch angelegt. Donnerwetter! Das ist aber ein ordentlicher Batzen Geld ...«

Staunend warfen nun auch die anderen Schwestern einen Blick in das Testament.

»Wenn wir das Erbe nicht annehmen, vermacht sie ihren Hof mitsamt ihrem Geld dem örtlichen Tierschutzverein«, stellte Larissa beim Lesen fest. »Das hätte dann vermutlich denselben Effekt – ihr war es jedenfalls wichtig, dass mit ihrem Vermögen etwas Gutes für die Tiere getan wird.«

»Aber würde der Tierschutzverein auch wirklich ganz sicher eine Tierpension aus dem Hof machen?«, fragte Stefanie mit nachdenklicher Stimme. »Ich dachte, Tierpensionen werden eher von Privatpersonen geführt.«

»Was soll das überhaupt sein, eine Tierpension?«, wunderte sich nun Michelle. »Sowas wie ein Hundehotel?«

»Ich denke schon«, gab Katharina zurück. »Ein Hotel für Hunde und Katzen – oder vielleicht auch noch für kleinere Tiere.«

»Sowas fällt aber ganz bestimmt nicht in den Aufgabenbereich eines Tierschutzvereins«, war sich Stefanie plötzlich sicher. »Die würden den Hof dann wahrscheinlich höchstens als Tierheim nutzen.«

»Deshalb hätte ich Tante Ingas Erbe schon gerne angetreten«, schaltete sich nun wieder Mutter Sabine ein.

»Wirklich? Also würdest du nach Nordfriesland ziehen und dich um den Aufbau der Tierpension kümmern wollen?«, hakte Michelle überrascht nach.

Sabine lächelte ihre vier Töchter ein wenig verlegen an. »Naja, also ...«

»Nein, das kommt überhaupt nicht infrage«, übernahm Bernhard von der anderen Seite des Tischs auf einmal die Antwort. »Wir sind leider nicht flexibel genug, um einfach mal ans andere Ende der Bundesrepublik zu ziehen und dort einen alten Bauernhof renovieren zu lassen.«

»Ja, da hat euer Vater wohl recht.« Sabine blickte mit betrübtem Gesicht in die Runde. »Ich – also wir – hatten gehofft, dass eine von euch sich dazu bereit erklären würde. Zumindest, um wenigstens mal dort hochzufahren und sich den Hof anzuschauen. Falls es dann überhaupt keinen Sinn machen würde, könnten wir das Erbe ja immer noch ablehnen.«

Die Schwestern sahen sich fragend einander an.

»Tut mir leid, aber ich bin raus«, äußerte Katharina schließlich als Erste. »Ich kann auch nicht einfach von hier weg, solange Leon noch bei mir lebt und sich auf seinen Schulabschluss konzentrieren muss.«

»Und ich bin in nächster Zeit noch voll in meinem Job eingespannt«, schloss sich Larissa gleich darauf an. »Für mich geht´s nächste Woche schon wieder nach Tokio und danach will ich auch noch den Rest der Welt sehen. So ein Bauernhof passt da überhaupt nicht in meine Lebensplanung.«

Steffi tauschte mit ihrer jüngsten Schwester einen prüfenden Blick aus. Sie spürte dabei schnell, dass auch Michelle kein wirkliches Interesse daran hatte, ihr gewohntes Leben aufzugeben, um sich in einer völlig fremden Gegend um den Aufbau einer Tierpension zu kümmern.

Aber wäre Stefanie dafür nicht selbst genau die Richtige?

Immerhin war ihr erst vor wenigen Tagen von ihrer Literaturagentin empfohlen worden, einen Roman über die Nordsee zu schreiben – und diese befand sich offenbar ganz in der Nähe von Tante Ingas Bauernhof. Sie hätte dort oben nicht nur die Möglichkeit, ausführliche Recherchen zu betreiben, sondern würde durch ihren Umzug und den Aufbau der Tierpension auch gleich ein Abenteuer erleben, welches sich mit Sicherheit hervorragend für eine spannende Geschichte eignete.

Genügend Inspiration für ihr nächstes Buch würde sie dabei auf jeden Fall finden – und das müsste sie dann eben zur Abwechslung mal in Deutschland ansiedeln, auch wenn sie diese Option vorher noch nie in Erwägung gezogen hatte. Aber da sie momentan keine große Wahl hatte, wäre dieses Projekt immer noch sinnvoller, als Däumchen drehend in Nürnberg herumzusitzen.

Abgesehen davon gab es mittlerweile sowieso nicht mehr allzu viel, was sie in der mittelfränkischen Großstadt hielt. Denn hier fand sie es – nach ihren aufregenden Reisen zu weit entfernten Kontinenten – schon lange nicht mehr so interessant wie noch zu ihren Teenagerzeiten, als sie mit ihren Freundinnen häufig zum Shoppen und Feiern hergekommen war. Und ihr Apartment in der Innenstadt könnte sie nebenbei auch noch vermieten, um sich ein paar hundert Euro im Monat dazuzuverdienen. In Anbetracht ihrer aktuellen finanziellen Lage würde ihr das natürlich durchaus in die Hände spielen.

»Sag mal, in welcher Gegend befindet sich Tante Ingas Bauernhof noch mal genau?«, erkundigte sie sich nun ganz unvermittelt bei ihrer Mutter.

»In der Südermarsch, östlich der Halbinsel Eiderstedt«, kam es beinahe wie aus der Pistole geschossen zurück. »Es ist eine sehr ländliche Gegend, im Prinzip leben nur eine Handvoll Leute dort. Aber es gibt auch ein paar sehr schöne Städte in der Nähe – nördlich davon liegt direkt Husum und Friedrichstadt befindet sich in südlicher Richtung auch nur wenige Kilometer entfernt.«

»Und wie weit ist es zum Meer?«, wollte Stefanie wissen. Denn das war es schließlich, über was sie laut ihrer Literaturagentin schreiben sollte, wenn sie mit ihrem nächsten Buch einen weiteren Flop vermeiden wollte.

»Zur Nordsee ist es von Tante Ingas Hof nur ein Katzensprung; vielleicht fünf Kilometer.« Sabine klang schon wieder zunehmend schwärmerisch, als sie nun berichtete: »Ich bin damals immer mit dem Fahrrad zur Küste gefahren. Abgesehen von einigen Moorgebieten eignet sich die Gegend sowieso hervorragend zum Fahrradfahren, weil es dort überhaupt keine Berge oder Hügel gibt. Aber dafür Deiche, grüne Schafsweiden und das unvergleichliche Wattenmeer. Ich hab diese ganze Landschaft als absolut traumhaft in Erinnerung.«

Die Begeisterung ihrer Mutter wirkte geradezu ansteckend auf Stefanie und sorgte für ein heiteres Lächeln auf ihren Lippen. »Das hört sich toll an, Mama«, sagte sie zu ihr. »Und ich glaube, wir würden es im Nachhinein bitter bereuen, wenn wir uns diese Chance entgehen lassen würden.«

Im Gegensatz zu Sabine, die nun schon fast übers ganze Gesicht strahlte, schüttelte Bernhard nur noch missbilligend mit dem Kopf.

»Denkst du jetzt ernsthaft darüber nach, das Erbe anzunehmen?«, fragte Larissa erstaunt.

»Ich schätze schon«, gab Steffi mit deutlichem Nicken zurück. »Ich werde jedenfalls demnächst mal nach Nordfriesland fahren und mir das Ganze mit eigenen Augen anschauen – und danach können wir uns ja immer noch darüber beraten, ob wir den Hof wirklich übernehmen sollen.«

Kapitel 4

Einen nahezu markerschütternden Schrei ausstoßend, schreckte Jasper aus dem Schlaf hoch, als annähernd vierzig Kilogramm haarige Lebendmasse seine Bettmatratze erschütterten. Noch im gleichen Augenblick spürte er einen nassen, warmen Lappen in seinem Gesicht, und das erste Geräusch, welches er dabei vernahm, war ein freudiges Hecheln an seinem Ohr.

Sein neuer Mitbewohner weckte ihn jetzt schon seit vier Tagen auf diese Art. Und jedes Mal auch noch zu unverschämt früher Uhrzeit. Von draußen schien noch nicht einmal der Ansatz eines Lichtstrahls durch die Ritzen der Fensterläden – er konnte also getrost davon ausgehen, dass es nicht nur in seiner Blockhütte stockdunkel war.

Egal, mit welchen Maßregelungen er es auch versucht hatte, war es Jasper bisher noch nicht gelungen, dem Wolfshund diese schreckliche Marotte auszutreiben. Stattdessen keimte bei ihm allmählich die naheliegende Befürchtung auf, dass er sich mit der Zeit einfach daran gewöhnen würde. An diesem Morgen wunderte er sich daher zum ersten Mal über sich selbst, warum ihm immer noch beinahe das Herz stehenblieb, wenn Lupus zu ihm ins Bett sprang und ihm übers Gesicht schleckte.

»Lupus, wie oft hab ich dir schon gesagt, dass du mich nicht vor Sonnenaufgang wecken sollst?«, klagte er, während er ihn mit einer Hand aus seinem Bett schob. »Kannst du mich nicht mal sonntags in Ruhe ausschlafen lassen?« Dann schaltete er die in Reichweite befindliche Lampe ein und sah sich benommen um.

Lupus saß jetzt hechelnd vor seinem Bett und blickte ihn erwartungsvoll an.

»Ist ja schon gut, ich lass dich gleich raus.«

Jasper stieg aus dem Bett und schlurfte zur Tür, um den Hund ins Freie zu lassen. Aber leider genügte das noch nicht, weil er ihm noch nicht beigebracht hatte, sein großes Geschäft an einem dafür vorgesehenen Platz abzulegen. Also zog er sich schnell eine Hose und seine Jacke über, schlüpfte in seine Schuhe und schnappte sich einen Hundekotbeutel, mit dem er Lupus hinterhereilte.

Dieser flitzte nun auch schon ausgelassen über die freie Wiese, die sich neben dem Grundstück befand. Dass ein Wolfshund jede Menge Bewegung brauchte, war klar. Aber konnte er dabei nicht wenigstens ein kleines bisschen Rücksicht auf seinen Besitzer nehmen?

Draußen war es noch frostig kühl, was aber immerhin den Vorteil brachte, dass Jasper innerhalb von Sekunden wach wurde. Nachdem Lupus seine Notdurft verrichtet hatte, hob er sie mit dem Kotbeutel auf, um sie im Garten auf den Komposthaufen zu verfrachten.

»Komm jetzt, das reicht erst mal!«, rief er den Vierbeiner anschließend zu sich zurück. »Wir frühstücken jetzt und danach gehen wir wieder ´ne Runde Gassi. Ich hab mir sogar überlegt, heute einen Ausflug mit dir zu machen, damit du mal was anderes zu sehen bekommst als immer nur die gleichen Wiesen und Wanderwege.«

Gestern hatte Jasper seinen neuen Gefährten erstmals für ein paar Stunden bei seiner Mutter abgegeben, als er für Tante Ingas Seebestattung nach Büsum gefahren war. Von dort aus war er zusammen mit einigen anderen Trauernden an Bord eines Schiffs aufs Meer hinausgefahren, um die Urne mit Tante Ingas Asche gemäß ihrem letzten Willen in der Nordsee zu versenken.

Da Jasper ab morgen wieder seine Arbeit als selbstständig tätiger Zimmermann aufnehmen musste, würde Lupus von nun an des Öfteren bei Erika bleiben. Die schien sich glücklicherweise – zumindest bisher – aber nicht im Geringsten daran zu stören, denn als sie ihrem

Sohn am Abend von ihrer ausschweifenden Wanderung mit dem Wolfshund erzählte, war ihre Begeisterung mehr als deutlich herauszuhören.

Für heute hatte sich Jasper überlegt, seinen Onkel Joris zu besuchen, der als Schäfer im knapp vierzig Kilometer entfernten Tetenhusen lebte. Die kleine Gemeinde befand sich in südöstlicher Richtung im Landesinneren und gehörte nicht mehr zu Nordfriesland, sondern zum daran angrenzenden Kreis Schleswig-Flensburg.

Auf dem Weg dorthin würde er seinen Cousin Finn einsammeln, den er als einzigen festen Mitarbeiter in seinem Zimmereibetrieb angestellt hatte. Finn war Mitte zwanzig und eigentlich Bäcker von Beruf, aber ein von Natur aus äußerst begabter Handwerker, weshalb er ohne Probleme bei Jasper als Zimmermann aushelfen konnte.

In seinem Kastenwagen der Marke VW – einem roten Crafter mit dem Schriftzug ›Zimmereibetrieb Hauser‹ auf jeder Seite – fuhr er gegen zehn Uhr mit Lupus als Beifahrer los. Der schaute zunächst durchgehend mit neugierigem Blick aus dem rechten Seitenfenster, bis dann zwei Ortschaften später Finn einstieg, woraufhin der Wolfshund auf den mittleren der drei Sitze rutschte.

»Glaubst du, Lupus versteht sich mit den zwei Border Collies von Onkel Joris?«, fragte Finn, als sie etwa die halbe Strecke gefahren waren.

»Klar, warum nicht?«, gab Jasper schulterzuckend zurück. »Er wird sich bestimmt darüber freuen, ein paar Artgenossen zu treffen.«

»Da wär ich mir nicht so sicher … Bei Tante Inga hatte er ja eigentlich auch nie Kontakt zu anderen Hunden.«

»Aber das heißt doch noch lange nicht, dass er deshalb keine Lust darauf hätte. Bei Tante Inga sind in den letzten Jahren halt nicht mehr so viele Besucher vorbeigekommen – Lupus hatte dadurch einfach nicht die Möglichkeit, andere Hunde kennenzulernen.«

»Und genau das könnte eben zum Problem werden«, gab Finn in skeptischem Ton zu bedenken. »Er ist die Gesellschaft von Artgenossen ja gar nicht gewohnt.«

»Doch, natürlich – er war schließlich auch einige Zeit in der Auffangstation untergebracht. Dort hatte er ja auch Kontakt zu Gleichgesinnten.«

»Hast du nicht erst gestern noch erzählt, dass er sich in der Auffangstation mit einem anderen Rüden gestritten hat?«

»Ja, aber das kann man nicht wirklich miteinander vergleichen«, hielt Jasper abwinkend dagegen. »Viele von den Wolfshunden, mit denen er dort zu tun hatte, verhalten sich wie wilde Tiere. Die kann man überhaupt nicht erziehen, weil sie zu viel Wolf-DNA in sich tragen.«

»Aha ... okay«, antwortete Finn nüchtern. Dann strich er sich eine Strähne seiner halblangen Skaterfrisur aus dem Gesicht und blickte wortlos aus dem Fenster.

»Ich weiß doch, dass du ein anständiger Junge bist«, richtete sich Jasper nun an Lupus und kraulte ihn mit einer Hand zwischen den Ohren. »Wir werden den Leuten schon noch beweisen, wie gut du dich benehmen kannst. Hör einfach nicht auf sie, wenn sie sagen, dass du eine unzähmbare Bestie bist.«

In diesem Moment drehte sich Finn nach links herum und warf seinem Cousin einen giftigen Blick zu. »Das hab ich doch überhaupt nicht behauptet! Ich hab lediglich gemeint, dass er sich mit den Hütehunden von Onkel Joris vielleicht nicht auf Anhieb verstehen wird!«

»Ja, ich weiß«, entgegnete Jasper mit schelmischem Grinsen. »Ich hab ja auch gar nicht von *dir* gesprochen, sondern nur von den Leuten, die meinen, dass man einen Wolfshund nicht als Haustier halten kann. Aber dass das sehr wohl geht, hat uns Tante Inga ja schließlich überaus vorbildhaft vorgemacht.«

In Tetenhusen angekommen, parkte Jasper den Kastenwagen am Ortsrand und marschierte dann mit Lupus und Finn zu den Wiesen, auf denen Onkel Joris momentan seine Schafe weidete. Da sie ihren Besuch telefonisch angekündigt hatten, wussten sie natürlich, dass sie ihren Onkel dort antreffen würden.

»Ich glaube, es wäre trotzdem besser, wenn du ihn an die Leine nehmen würdest«, riet Finn seinem Cousin. »Hier laufen manchmal auch noch andere Leute mit ihren Hunden vorbei, vor allem an einem Sonntag, an dem es ausnahmsweise mal nicht regnet.«

»Und die leinen ihre Hunde auch alle an, oder wie?«

»Sollten sie jedenfalls. Man weiß schließlich auch nie, wie die Hunde auf die Schafe reagieren.«

»Die Schafe sind doch sowieso eingezäunt«, erwiderte Jasper ein wenig verständnislos. »Aber egal – wenn du dich damit wohler fühlst, binde ich ihn halt an.« Immerhin hatte er die Leine schon mitgenommen. »Lupus, bei Fuß!«, rief er ihn nun zu sich her – was bei seinem vierten oder fünften Versuch dann auch zu einem Ergebnis führte.

Die Schafsweide war noch nicht einmal zu sehen, sondern von einigen Büschen und Obstbäumen verdeckt, als Lupus bereits energisch an der Leine zu ziehen begann.

»Lupus, ruhig!«, befahl Jasper relativ erfolglos, während es ihn immer mehr Kraft kostete, die Leine festzuhalten. »Was hat er denn plötzlich?«, fragte er mehr sich selbst als seinen zweibeinigen Begleiter.

»Er riecht wahrscheinlich die Schafe«, antwortete Finn und zeigte mit dem Finger geradeaus. »Da vorne kommt gleich die Abzweigung zu der Wiese, auf der Onkel Joris seit ein paar Tagen die Herde weiden lässt.«

Nachdem sie an der Abzweigung auf einen unbefestigten Trampelpfad abgebogen waren, erreichten sie nur wenige Minuten später die Schafsweide, die Onkel Joris mit einem Elektrozaun abgesichert hatte.

Lupus machte jetzt plötzlich einen gewaltigen Satz nach vorne, sodass Jasper ihn nur noch im letzten Moment daran hindern konnte, sich von der Leine loszureißen und zu den Schafen zu stürmen. Als er seinem Unmut daraufhin mit einem lauten Kläffen Ausdruck verlieh, flüchtete die Herde unverzüglich auf die andere Seite der Weide.

Auch die beiden Border Collies, die sich mit Onkel Joris zum Glück auf der anderen Seite des Zauns aufhielten, befanden sich längst in Alarmbereitschaft. Zunächst hatten sie nur beobachtet und waren schützend um die Herde herumgelaufen, doch als der deutlich größere Hund nun lautstark auf sich aufmerksam machte, fingen auch sie auf einmal zu bellen an.

»Ella, Asgard – aus!«, brachte Onkel Joris seine Hütehunde mit sofortiger Wirkung zum Schweigen.

Jasper brauchte natürlich etwas länger, um dieses Kunststück mit Lupus ebenfalls hinzubekommen. Doch als dieser schließlich feststellte, dass er weder an die Schafe noch an die zwei anderen Hunde herankommen konnte, gab auch er endlich Ruhe.

»Da hast dir ja ´ne ordentliche Töle ins Haus geholt«, bemerkte der Schäfer, als er zu seinen zwei Neffen an den Zaun getreten war. »Lass den bloß nicht von der Leine, sonst ist der im nächsten Augenblick weg.«

»Nein, keine Sorge – ich hab alles unter Kontrolle«, gab Jasper ein klein wenig schuldbewusst zurück.

»Ja, genau – das sieht man!«, lachte Onkel Joris mit kratziger Stimme. »Ich glaube, du solltest mit ihm mal ganz dringend ´ne Hundeschule besuchen, damit der Gute mal ´n bisschen erzogen wird.«

»Eine Hundeschule?«, wiederholte Jasper ungläubig.

»Ja, du hast schon richtig gehört, min Jung. Das ist ´ne Einrichtung, in der dein Wölfchen beigebracht bekommt, wie es sich unter Menschen und Artgenossen zu verhalten hat.«

»Schon gut – ich weiß, was ´ne Hundeschule ist.«

»Na also! Und du bist trotzdem noch nicht von selbst auf die Idee gekommen, dich dort anzumelden?«

»Naja ... Tante Inga war mit Lupus auch nie in ´ner Hundeschule«, probierte sich Jasper zu erklären.

»Du bist ja auch nicht Tante Inga«, rief Onkel Joris seinem Neffen in eindringlichem Ton in Erinnerung. »Inga hatte ein ganz besonderes Händchen für Tiere. Egal, ob Hunde, Kühe, Schweine oder Hühner – die Frau wusste mit allem umzugehen. Mir schien es bei ihr gerade so, als würde sie ihre Sprache sprechen.«

»Den Eindruck hatte ich auch hin und wieder«, stimmte Finn seinem Onkel zu. »Bei Tante Inga hat nicht mal Lupus so einen Aufstand gemacht.«

Jasper ließ sich zu einem tiefen Seufzen hinreißen. »Okay, ihr habt wahrscheinlich recht. Ich komme wohl wirklich nicht dran vorbei, Lupus bei einer Hundeschule anzumelden.«

»Das ist doch zur Abwechslung mal ´ne vernünftige Einsicht, min Jung«, lobte ihn Onkel Joris, der sich dabei auf seinem Schäferstab abstützte. »Aber mindestens genauso wichtig, wie Lupus ein anständiges Verhalten beizubringen, ist es, dass du in der Hundeschule lernst, auf was es als Hundehalter ankommt – weil davon hast du meiner Meinung nach im Moment noch überhaupt keine Ahnung.«

Jasper verzog das Gesicht und entgegnete in sarkastischem Tonfall: »Vielen Dank, Onkel – ich weiß dein ehrliches Feedback wirklich zu schätzen.« Er war bereits im Begriff, sich zu überlegen, mit welchem gehässigen Spruch er sich bei ihm revanchieren könnte, als sein Handy zu klingeln begann.

»Gib die Leine lieber mir, bevor du rangehst«, kam Finn seinem Cousin zu Hilfe.

Mit dankbarem Nicken überreichte ihm Jasper die Handschlaufe der ledernen Hundeleine, dann kramte er sein Handy aus der Jackentasche und nahm den Anruf an. Auf dem Display wurde kein Name angezeigt und er hatte keine Ahnung, wer es wohl sein konnte.

»Hauser hier – Moin! Wie kann ich behilflich sein?«

»Hallo, mein Name ist Stefanie Engelhardt«, kam es am anderen Ende der Leitung zurück. »Wie sie vielleicht wissen, habe ich mit meiner Mutter und meinen Schwestern zusammen den ehemaligen Bauernhof von Inga Janzen geerbt. In ihrem Testament hat sie festgelegt, dass wir den Hof zu einer Tierpension umbauen lassen sollen – und zwar von Ihnen ... Sie sind doch der Chef vom Zimmereibetrieb Hauser, nicht wahr?«

»Ja, ganz recht – der bin ich«, bestätigte Jasper stolz. »Und ja; ich habe natürlich mitbekommen, wer den Hof geerbt hat. Auch wenn ich mir dazu noch kein wirkliches Bild machen konnte, weil ich die Erben – also Sie – ja bisher noch nie getroffen hab.«

»Ja, aber das wird sich schon bald ändern. Ich habe mich nämlich dazu entschlossen, schon Anfang nächster Woche nach Nordfriesland zu fahren und mir das Anwesen mal mit eigenen Augen anzuschauen.«

Die Stimme der Anruferin klang sympathisch und auch noch verhältnismäßig jung. Was aber wohl auch kein Wunder war, immerhin war sie ja offenbar die Tochter von dieser Sabine, über die Tante Inga manchmal gesprochen hatte. Und selbst die musste Jaspers Berechnungen nach gerade mal Mitte fünfzig sein.

»Wenn das so ist, freue ich mich, Sie persönlich kennenzulernen, Frau Engelhardt«, sagte Jasper in seinem charmantesten Tonfall. »Meine Nummer haben Sie ja – rufen Sie mich doch einfach an, wenn Sie in der Gegend sind.«

»Ja, das mache ich. Da wäre aber noch eine Sache, bei der ich gegebenenfalls Ihre Hilfe bräuchte«, kam es nun etwas unsicher zurück. »Und zwar: Könnten Sie mir eventuell helfen, Zutritt zu dem Wohnhaus zu bekommen?«

»Sie meinen zu Tante Ingas Haus? Äh ... ja, tatsächlich. Ich könnte den Hausschlüssel für Sie an einem versteckten Ort deponieren – zum Beispiel in der Werkstatt, die sich im hinteren Bereich der Scheune befindet, im Schrank in der obersten Schublade ...«

»Würde es vielleicht auch etwas unkomplizierter gehen?«

»Ja, klar ... ähm ... okay, ich lege ihn einfach unter die Fußmatte. Ich glaube nicht, dass ihn dort jemand suchen und sich Zugang zum Haus verschaffen wird. In die Gegend verirrt sich sowieso kaum jemand – erst recht keine Einbrecher, weil es sich für die überhaupt nicht lohnen würde, hier ...«

»Okay, ist schon gut, Herr Hauser«, wurde sein Redefluss noch im selben Moment unterbrochen. »Legen Sie den Schlüssel bitte einfach unter die Fußmatte. Ich werde spätestens am Mittwoch ankommen. Und ... könnten Sie mir vielleicht noch sagen, ob sich das Haus in einem guten Zustand befindet?«

»Der Zustand ist tadellos, darüber brauchen Sie sich gar keine Sorgen zu machen«, versicherte Jasper rasch. »Tante Inga hat das Wohnhaus vor nicht einmal zehn Jahren komplett renovieren lassen – Sie könnten also direkt einziehen, wenn Sie wollen.«

»Gut, dann vielen Dank, Herr Hauser«, schloss die Anruferin das Gespräch mit einem freundlichen Lachen ab. »Ich melde mich dann in ein paar Tagen bei Ihnen.«

»Ausgezeichnet! Und ich komme dann vorbei, um gemeinsam mit Ihnen die ersten Schritte für den Aufbau der Tierpension durchzugehen.«

Kapitel 5

Zwei Tage nach ihrem Telefonat mit Herrn Hauser hatte sich Stefanie in ihrem Audi A3 zunächst auf den Weg nach Hamburg gemacht. Nachdem sie es kurzzeitig in Erwägung gezogen hatte, die komplette Strecke bis zu Tante Ingas Bauernhof an nur einem einzigen Tag zurückzulegen, entschied sie sich letzten Endes dafür, lieber zur Mittagszeit anstatt am späten Abend dort anzukommen.

Als sie in Hamburg dann in einem renommierten Vier-Sterne-Hotel eincheckte, in welchem sie sich bereits im Vorfeld ein Zimmer gebucht hatte, erwies es sich als richtig, diese Entscheidung getroffen zu haben. Denn die beinahe sieben Stunden, die sie seit ihrer Abfahrt in Nürnberg auf der Autobahn verbracht hatte, waren anstrengend genug gewesen.

Nach einer halbwegs geruhsamen Nacht und einem gemütlichen Frühstück im Hotelrestaurant fuhr Steffi am Mittwochmorgen weiter in Richtung Norden. Für diesen letzten Abschnitt der Strecke benötigte sie nicht einmal mehr zwei Stunden; dementsprechend relaxt fühlte sie sich, als sie den Landkreis Nordfriesland erreichte. Hier führte sie ihr Weg zuerst durch Friedrichstadt, ehe sie ihr Navigationssystem gute zehn Minuten später zu Tante Ingas Hof lotste.

Schon während der Fahrt war ihr die idyllische Landschaft mit ihren weiten, flachen Wiesen aufgefallen, doch als sie jetzt aus dem Auto ausstieg, war sie regelrecht verzückt von der herrlichen Natur. Gespannt lief sie eine Runde über den Hof, um sich alles anzusehen und sich einen ersten Eindruck davon zu verschaffen.

Neben dem mit Reet überdachten Wohnhaus bestand der ehemalige Bauernhof aus einer Scheune – Steffi erinnerte sich daran, dass Herr Hauser ihr davon bereits am

Sonntag bei ihrem Telefonat erzählt hatte –, und selbstverständlich aus dem alten Stall. Als sie einen Blick durch die Tür warf, kam sie allerdings zu dem Entschluss, dass darin wahrscheinlich schon seit Jahren oder sogar Jahrzehnten keine Tiere mehr gehalten wurden. Hinter dem Hof gab es außerdem einen kleinen, mit hohem Schilfrohr umwachsenen See, an dessen Ufer Steffi einen Holzsteg entdeckte, der wohl dazu diente, um zu angeln oder um ein Boot anzulegen.

Nicht weit von dem Steg entfernt stand neben der Scheune auch noch ein kleines Holzhäuschen, welches sogleich ihre Neugierde weckte. Es sah noch relativ neu aus und Steffi hielt es im ersten Moment für einen zusätzlichen Lagerraum oder für so etwas wie ein Gartenhäuschen – doch als sie durch das kleine Fenster in der Tür sah, stellte sie fest, dass es sich dabei um eine Sauna handelte. Sie erkannte dabei ganz klar den Ofen und die Sitzbänke, merkte dann jedoch schnell, dass die Türe verschlossen war. Dennoch überraschte sie diese Entdeckung überaus positiv und sie stellte sich bereits vor, wie schön es wäre, nach einem schweißtreibenden Saunagang in den anliegenden See zu springen.

Hoffentlich finde ich irgendwo den Schlüssel dafür, dachte Steffi, als sie zur Tür des Wohnhauses ging, um sich nun erstmals in den Innenräumen umzusehen.

Der Hausschlüssel lag wie mit Herrn Hauser besprochen unter der Fußmatte – und nachdem sie die Tür aufgeschlossen hatte, wurde ihr klar, dass der Mann auch in Bezug auf den Zustand des Hauses die Wahrheit gesagt hatte. Ein erleichtertes Lächeln legte sich auf ihre Lippen, als sie registrierte, dass nicht nur das Haus erst vor wenigen Jahren frisch renoviert worden war, sondern auch ein Großteil der Möbel noch ziemlich neu sein musste. Dadurch erweckten die Zimmer gar nicht den Eindruck, als ob hier eine alte Frau in den letzten Jahren alleine gewohnt hatte.

Ein bisschen abgeschreckt war Stefanie lediglich von den chaotisch verteilten Dekoartikeln, die Tante Inga offensichtlich mit der Zeit angehäuft hatte. Schon im Eingangsbereich standen mehrere Vasen und Tonfiguren, an den Wänden hingen verschiedenste Gemälde und es gab kaum eine Stelle, an der nicht irgendeine Zimmerpflanze aus einem Topf ragte. Während die Küche noch einigermaßen aufgeräumt erschien, reihten sich im Wohnzimmer auf dem Schrank und auf den Regalen alle erdenklichen Kerzen und Holzschnitzereien aneinander. Im Badezimmer hingen haufenweise Ketten mit Anhängern aus Perlen, Muscheln und ähnlichem Krimskrams an eigens dafür in der Wand eingelassenen Haken. Und nahezu jedes Fenster war mit irgendeiner Art von selbstgebastelter oder gekaufter Verzierung geschmückt – ganz gleich, ob aus Papier, Holz, Stoff oder einfach mit Farbe bemalter Klarsichtfolie.

Stefanie fragte sich ernsthaft, ob all diese Gegenstände erst nach der Renovierung ins Haus gekommen waren oder ob Tante Inga sie schon seit ihrer Kindheit gesammelt hatte. Doch sie tendierte stark zu letzterem, da sie sich nämlich kaum vorstellen konnte, dass eine Person allein dieses ganze Zeug innerhalb weniger Jahre herangeschafft hatte. Auch wenn das wohl bedeutete, dass Inga diesen Sachen einen persönlichen Wert beimaß, stand es für Steffi ganz außer Frage, dass sie sich von den meisten davon trennen müsste, wenn sie längere Zeit in diesem Haus wohnen würde.

Vorausgesetzt, sie würde das Erbe annehmen, käme sie unmöglich daran vorbei, Tante Ingas Krempel in Kisten zu packen und aus dem Wohnbereich zu verbannen. Steffi war selbst bestimmt nicht die Ordentlichste, aber hier musste dringend ausgemistet werden. Dieses dekorative Durcheinander passte schließlich nicht nur keineswegs zu der modernen Einrichtung, sondern sorgte in ihren Augen sogar dafür, dass man sich hier wie in einem Hexenhaus vorkam.

Besonders schlimm fand sie es im Schlafzimmer, in welchem sie immerhin ihre Nachtruhe finden sollte. Das Sortiment an Puppen und Plüschtieren, das ihr dort an der Wand sitzend entgegenblickte, empfand sie noch als das Harmloseste. Aber wie zur Hölle kam man auf die Idee, sich Gartenzwerge neben sein Bett zu stellen? Das war verdammt unheimlich!

Noch bevor sie wieder nach draußen zu ihrem Auto ging, um ihr Gepäck aus dem Kofferraum zu holen, nahm Steffi sich vor, spätestens heute Abend im Schlafzimmer aufzuräumen. Und unter *aufräumen* verstand sie in diesem speziellen Fall, einen erheblichen Teil dieser nutzlosen Objekte für unbestimmte Zeit auf den Dachboden zu verfrachten.

Stefanie trug ihre Koffer ins Schlafzimmer und überzog die breite Bettmatratze mit ihrer eigenen Bettwäsche. Anschließend ging sie in die Küche und schaltete den Kühlschrank ein. Jetzt würde sie erst mal zur nächstgelegenen Einkaufsmöglichkeit fahren und sich mit Lebensmitteln eindecken. Wie sie per Google Maps herausfand, gab es im benachbarten Rantrum einen kleinen Dorfsupermarkt, in dem sie alles Nötige bekommen sollte.

Als sie sich im Flur an der Garderobe umsah, fand sie neben einigem anderen Kram auch einen Schlüsselbund, der dort an der Wand hing. Einer der Schlüssel musste der für die Sauna sein, da war sie sich von Anfang an ziemlich sicher – und dann hatte das Haus ja auch noch einen Hintereingang. Steffi ging mit dem Schlüsselbund nach draußen, wo sie erfreut feststellte, dass sie damit tatsächlich die Hintertür und die Sauna aufschließen konnte. Ihr erhoffter Saunagang rückte damit also deutlich in greifbare Nähe.

Holzstücke, mit denen sie den Ofen beheizen konnte, fand sie im ehemaligen Kuhstall, der seit einiger Zeit mehr oder weniger als Lagerschuppen diente. In die passende Größe gehackte Holzscheite waren dort beinahe bis zur Decke aufeinandergestapelt. Steffi trug zwei Ladungen davon zur Sauna und legte sie drinnen neben den Ofen.

Dass Tante Inga das Holz selbst gehackt hatte, bezweifelte sie. Die schwere Axt, die im Stall in einem Baumstumpf steckte, hätte die alte Dame schließlich kaum hochheben können. Steffi fragte sich, wer ihr wohl bei solchen Arbeiten geholfen hatte, nachdem ihr Mann schon vor einigen Jahren gestorben war. Aber das würde sie bestimmt noch herausfinden. Vermutlich würde ihr dieser Herr Hauser viele ihrer Fragen über Tante Inga beantworten können – doch den wollte sie heute nicht mehr anrufen, sondern erst morgen, wenn sie sich schon ein wenig in der neuen Umgebung zurechtgefunden hätte.

***

Als Steffi von ihrem Einkauf im nur etwa vier Kilometer entfernten Rantrum zurückkam, räumte sie als Erstes den Kühlschrank ein und machte sich dann eine Kleinigkeit zu essen. Eine Portion Nudeln mit einer Tomatensoße aus dem Glas und etwas Parmesan mussten heute Mittag genügen – eine reichhaltige Mahlzeit mit frischem Gemüse konnte sie sich immer noch heute Abend zubereiten.

Frisch gestärkt ging sie anschließend nach draußen, um endlich die Sauna auszuprobieren. Sie brauchte ein paar Versuche, bis sie das Feuer im Holzofen entfacht hatte, aber als es schließlich brannte, bekam sie schon nach wenigen Minuten die Gewissheit, dass die Sauna funktionsfähig war. Auch an sonstigem Zubehör war alles in dem kleinen Holzhäuschen vorhanden. Es gab ein hölzernes Gefäß und eine Schöpfkelle, mit der sie etwas Wasser auf die heißen Steine des Ofens gießen konnte und mehrere Fläschchen mit Duftöl für den Aufguss. An der Wand neben der Tür waren darüber hinaus auch noch ein Thermometer sowie eine Uhr angebracht.

Der kleine See war höchstens zwanzig Meter von der Sauna entfernt und in unmittelbarer Nähe des Ufers standen einige Bäume, die – falls mal tatsächlich rein zufällig irgendjemand vorbeikommen würde – als Sichtschutz dienten. Es würde also, selbst wenn Steffi nicht wie vermutet mutterseelenallein hier draußen wäre, niemand mitbekommen, wenn sie sich nach ihrem Saunagang in diesem See abkühlte.

Als die Sauna eine Raumtemperatur von knapp neunzig Grad erreicht hatte, ging Steffi noch einmal ins Haus, wo sie sich im Schlafzimmer auszog und in ein großes Handtuch wickelte. Sie schlüpfte in ihre Badelatschen und ging wieder nach draußen – dort war es natürlich etwas kühler, weshalb sie schnell im Saunahäuschen verschwand. Dann machte sie den ersten Aufguss, indem sie eine Kelle voll Wasser und etwas Duftöl auf den heißen Steinen des Holzofens verteilte und danach mit ihrem Handtuch durch die Luft wedelte, um den Dampf in jede Ecke des Raumes zu bringen.

Sie legte ihr Handtuch auf eine der beiden Sitzbänke, ließ sich darauf nieder und streifte ihre Badelatschen ab. Mit tiefen Atemzügen genoss sie den wohltuenden Wasserdampf; dabei spürte sie, wie die ätherischen Öle zusätzlich ihre Atemwege befreiten. Stefanie liebte dieses Gefühl – für sie war die Sauna schon jetzt das Highlight des gesamten Anwesens und bereits ein wichtiges Argument bei der Frage, ob sie das Erbe antreten und hierherziehen sollte.

Nach fünfzehn Minuten wurde es Zeit für eine Abkühlung. Steffi wollte danach noch mindestens einen weiteren Saunagang nehmen, aber jetzt musste sie erst mal raus an die frische Luft. Mit ihren Badelatschen an den Füßen und dem Handtuch über dem Arm ging sie nach draußen, auf dem Weg zum See konnte sie schon mal ein wenig ausdampfen. Ihre Körpertemperatur normalisierte sich und ihre Lungen füllten sich mit neuem Sauerstoff.

Als sie an den Steg kam, schlüpfte sie aus den Latschen und ließ das Handtuch zu Boden fallen, dann nahm sie ein paar Schritte Anlauf und sprang mit einem lauten Platschen ins kühle Nass. Für einen kurzen Moment tauchte sie dabei mit dem Kopf unter Wasser. Eilig kämpfte sie sich daraufhin wieder an die Oberfläche und schnappte nach Luft, dabei dauerte es nur wenige Sekunden, bis ihr Körper kaum noch von der Hitze erfüllt war. Sie nahm sich vor, noch schnell eine Runde durch den See zu schwimmen – einfach, um sich selbst zu beweisen, wie unerschrocken sie war. Und danach würde es sofort wieder zurück in die Sauna gehen.

Doch als Steffi sich nach knapp fünf Minuten im kalten Wasser umdrehte, um sich am Holzsteg an Land zu ziehen, setzte fast ihr Herzschlag aus. Denn dort stand mit einem Abstand von etwa vier Metern auf einmal ein Mann. Er schien wie angewurzelt stehengeblieben zu sein und starrte mit ungläubigem Gesicht auf sie hinunter.

Es war ein großer, breitgebauter Mann, der da auf dem Steg stand. Schätzungsweise Anfang oder Mitte dreißig, also in Steffis Alter. Er hatte kurze, dunkelblonde Haare und ein paar Bartstoppel im Gesicht, außerdem trug er eine karierte Arbeitsjacke und eine Hose mit vielen Taschen.

Neben ihm saß ein großer Hund, der hechelnd ebenfalls auf sie hinunterblickte. Oder war das etwa ein Wolf? Er sah zumindest so aus wie eine Mischung zwischen einem Hund und einem Wolf. Und zu dem Mann an seiner

Seite hätte er somit kaum besser passen können – denn der war nicht nur mit Klamotten gekleidet, wie man sie in Läden der Marke *Jack Wolfskin* finden konnte, sondern er wirkte geradezu, als wäre er davon abgesehen auch noch dem Roman *Wolfsblut* von Jack London entlaufen.

Steffi glaubte, ihren Augen nicht zu trauen – aber da ging es dem Mann offenbar genauso.

Sie wusste zuerst gar nicht, was sie dazu sagen sollte. Aber da es ihr im Wasser mit jeder Sekunde kälter wurde und von diesem komischen Typen, trotz seines weit geöffneten Mundes, immer noch keine Erklärung kam, würde ihr wohl nichts anderes übrig bleiben, als selbst die Initiative zu ergreifen.

»Ich darf doch wohl sehr bitten, das hier ist Privatgelände!«, raunzte sie Jack Wolfskin in unfreundlichem Ton an. Dass ihr der Sinn nicht nach aufgesetzten Höflichkeiten stand, war höchstwahrscheinlich ihrer stetig sinkenden Körpertemperatur geschuldet – und ebenso der Tatsache, dass sie sich selten dermaßen unwohl gefühlt hatte. Immerhin schwamm sie gerade splitterfasernackt in einem See und wie sie nicht grundlos befürchtete, konnte man das auch vom Ufer aus erkennen.

Doch mit ihrer ungehaltenen Zurechtweisung hatte sie den Vierbeiner nun etwas aus der Fassung gebracht. Denn der sprang daraufhin bellend auf, was dazu führte, dass Steffi innerlich zusammenzuckte.

»Lupus, ruhig!«, beschwichtigte ihn der Mann jetzt. »Das hat sie bestimmt nicht böse gemeint.« Dann sprach er erstmalig zu Stefanie: »Ja, moin – Hauser mein Name. Ich wollte nur mal vorbeischauen, weil ...«

»*Sie* sind Herr Hauser?«, beschleunigte Steffi das Gespräch, nachdem Jack Wolfskin schon wieder die Worte auszugehen drohten. »Dann haben wir beide vor ein paar Tagen miteinander telefoniert. Geben Sie mir fünf Minuten – ich komme dann gleich zum Haupteingang!«

»Ja, äh ... okay.«

Stefanie wartete darauf, dass der Typ sich nun umdrehte und mitsamt seinem Hund in Richtung Wohnhaus verschwand. Aber anscheinend hielt ihn im Moment noch irgendwas davon ab.

»Ich sagte: Wir treffen uns in fünf Minuten am Haupteingang – an der Haustüre!«, wiederholte sie ihre Forderung nachdrücklich. »Solange würde ich hier jetzt gerne noch zu Ende baden – und zwar *alleine*! Also – wird´s bald?«

»Ach so, ja klar ... natürlich, entschuldigen Sie«, murmelte der Kerl. Dann drehte er sich schnell um und rief seinen Hund hinter sich her: »Komm mit Lupus, bei Fuß!«

Jetzt war es der Hund – oder Wolf oder was auch immer –, der nahezu regungslos sitzen blieb und Stefanie weiterhin unverhohlen anstarrte.

Jack Wolfskin alias Herr Hauser wandte sich nochmals an ihn und befahl mit ungeduldiger Stimme: »Lupus, jetzt komm schon!« Als sie sich daraufhin endlich zum Wohnhaus davonmachten, hörte Steffi ihn zu seinem Hund sprechen: »Du kannst doch nicht einfach hier sitzen bleiben und der Dame beim Baden zugucken. Hast du denn gar keinen Anstand? Sowas gehört sich nicht ...«

Kaum waren die beiden um die nächste Scheunenecke verschwunden, zog sie sich zähneklappernd aus dem Wasser. Mittlerweile fühlte sie sich schon vollkommen unterkühlt – aber für einen zweiten Saunagang würde nun leider Gottes keine Zeit bleiben.

Hastig wickelte sie sich ihr Handtuch um die Achseln und schlüpfte in ihre Badelatschen. Dann huschte sie so schnell sie konnte durch den Hintereingang ins Haus und die Treppe nach oben ins Bad. Dort stellte sie sich unter die Dusche und drehte das Wasser dampfend heiß auf.

Während ihre Körpertemperatur allmählich wieder eine gesunde Wärme annahm, dachte sie kopfschüttelnd daran, wie dieser Herr Hauser beim Weggehen soeben mit seinem Hund geredet hatte. *Unfassbar*, dachte sie. Er hatte nicht mit ihm gesprochen wie mit einem Tier, sondern eher wie mit einem Kind. Steffi war sich nicht sicher, ob das nun gut oder schlecht war – aber normal fand sie es jedenfalls nicht.

Kapitel 6

Jasper hatte etwa zehn Minuten mit Lupus vor der Haustür gewartet – dann wurde es ihm zu blöd und er verschaffte sich einfach selbst Zutritt. Wie gut, dass er immer noch den Zweitschlüssel in seinem Besitz hatte. Und das würde auch noch eine Weile so bleiben, schließlich war er sowas wie der Verwalter dieses Grundstücks.

Im Eingangsbereich zog er seine Schuhe aus, um dann mit Lupus auf direktem Weg ins Wohnzimmer zu gehen und es sich dort auf der Couch gemütlich zu machen. Als er merkte, dass der Raum noch nicht beheizt wurde, stand er noch einmal auf und feuerte den alten Kachelofen an, der neben einigen weiteren Akzenten vom ursprünglichen Erscheinungsbild des Hauses zeugte. Frisches Feuerholz hatte er erst vor wenigen Tagen in die dafür vorgesehene Kiste gelegt, die neben dem Ofen stand.

Als er nun auf die neue Bewohnerin des Hauses wartete, wurde er zunehmend nervös. Denn die Begegnung mit ihr beeindruckte ihn auch jetzt noch. Diese junge Frau ausgerechnet draußen im Weiher vorzufinden, hatte ihn so sehr überrascht, dass es ihm schwergefallen war, ihr gegenüber überhaupt ein paar gerade Sätze herauszubekommen. Zwar konnte er sich mittlerweile denken, dass sie sich nach einem Saunagang abgekühlt hatte – dass sie sich dafür das natürliche Gewässer hinter dem Hof ausgesucht hatte, fand Jasper aber dennoch ganz schön erstaunlich. Erst recht, weil sie dabei allem Anschein nach nicht mal einen Bikini angehabt hatte.

Als er nach einer Weile auf die Uhr schaute, stellte er fest, dass seit seiner Ankunft auf dem Hof schon über eine halbe Stunde vergangen war – und die meiste Zeit davon hatte er wartend auf dem Sofa verbracht. In ihm keimte bereits die Befürchtung auf, dass Frau Engelhardt ihn einfach vergessen hatte, auch wenn ihm selbst klar war, wie absurd diese Vorstellung wäre. Um sich und an zweiter Stelle auch den Hund zu beruhigen, der sich neben der Couch auf dem Teppich abgelegt hatte, kraulte er ihn mit einer Hand hinter den Ohren.

Aber dann hörte er plötzlich Schritte auf der Treppe – endlich. Seine Vorfreude, aber auch eine schier unerträgliche Anspannung wuchs, als sie dem Geräusch nach zu urteilen näherkamen.

»Hallo? Ist da jemand?«, vernahm er die Stimme der jungen Frau, die er vorhin noch versehentlich beim Baden gestört hatte.

Jasper sprang auf der Stelle vom Sofa auf und ging an die halbgeöffnete Wohnzimmertür. Lupus, der ihm sogleich folgte, schenkte er dabei gar keine Beachtung mehr. »Ja, ich bin´s!«, antwortete er rasch.

»Herr Hauser? Wie sind Sie hier reingekommen?«

»Äh … mit meinem Hausschlüssel ...« Mehr bekam Jasper nicht mehr heraus, denn als Frau Engelhardt ihm nun im Flur entgegentrat, erstarrte er beinahe zur Salzsäule.

Während er vom Steg aus noch nicht sonderlich viel von ihr gesehen hatte und lediglich wahrnehmen konnte, dass sie erstens sicherlich ansehnlich war und zweitens offenbar keine Badebekleidung trug, erschien sie ihm nun in ihrer ganzen Pracht. Diesmal natürlich angezogen, aber dafür aus nächster Nähe – ihm wehte sogar direkt der betörende Geruch ihres frisch aufgetragenen Haarshampoos in die Nase. Ihre brünetten Haare waren noch nicht gänzlich getrocknet und fielen in leichten Wellen über ihre schmalen Schultern.

Sofort verlor er sich in ihren großen, braunen Augen, mit denen sie ihn aufmerksam anblickte. Mit der kleinen Nase, den hohen Wangenknochen und den vollen Lippen war ihr Gesicht ausgesprochen hübsch. Und der enganliegende Jogginganzug, in den sie nach dem Duschen hineingeschlüpft war, betonte ihre weiblichen Rundungen, sodass es Jasper kaum mehr schaffte, einen klaren Gedanken zu fassen.

Das Bellen seines Wolfshundes holte Jasper auf einmal ins Hier und Jetzt zurück.

»Lupus, aus!«, befahl er ihm – und zeigte dann mit strenger Miene zum Sofa. »Leg dich wieder da drüben hin, es gibt keinen Grund, hier Radau zu machen!« Dann richtete er sich mit verlegenem Lächeln an Frau Engelhardt: »Keine Angst, ist ´n zahmer Wolf, wie man sieht.«

Es war das erste Mal, dass Lupus seinem neuen Herrchen auf Anhieb gehorchte. Und eine der rühmlichen Ausnahmen, bei denen der berüchtigte Vorführeffekt entgegen aller Erwartungen außer Kraft gesetzt wurde.

Die hübsche Frau erwiderte Jaspers Lächeln zumindest, doch als Lupus wieder auf dem Teppich Platz genommen hatte, fragte sie mit skeptischer Stimme: »Sie haben noch einen Schlüssel für dieses Haus?«

»Ja, genau – den Zweitschlüssel. Tante Inga hat ihn mir selbst gegeben, als sie noch unter uns weilte.«

Jetzt trat Frau Engelhardt an Jasper vorbei ins Wohnzimmer und stellte sich neben den knisternden Kachelofen. »Sind Sie etwa auch mit ihr verwandt, oder warum bezeichnen Sie diese Frau ständig als ihre Tante? Darüber hab ich mich übrigens schon nach unserem Telefongespräch gewundert.«

»Nein, ich bin nicht mit ihr verwandt – sie wurde von jedem so genannt.« Nachdem diese Antwort nichts an ihrem misstrauischen Gesichtsausdruck änderte, ging er ein paar Schritte auf sie zu und erklärte: »Aber ich kann schon von mir behaupten, dass ich ziemlich viel für sie getan hab. Seit ihr Ehemann verstorben war, habe ich ihr bei vielen Dingen geholfen und sie auf dem Hof unterstützt. Deshalb schätze ich, dass sie mich tatsächlich als sowas wie ihren Neffen angesehen hat.«

Als Jasper anfing, über Tante Inga zu sprechen, merkte er plötzlich, wie es ihm nun keine Probleme mehr bereitete, eine Unterhaltung mit der hübschen Frau aufzubauen, die im Moment zwar noch ihre Arme vor der Brust verschränkte, ihn aber wenigstens nicht mehr ganz so argwöhnisch musterte.

»Okay – na, wenn das so ist, sind wir wohl sowas Ähnliches wie Großcousins«, sagte Frau Engelhardt schmunzelnd – wie Jasper vermutete, um damit die Stimmung ein wenig aufzulockern.

»Ja, genau.« Er ging noch zwei Schritte weiter und streckte ihr seine rechte Hand entgegen. »Ich bin übrigens Jasper.«

»Stefanie«, stellte sie sich ihm vor, wobei sie den Handschlag erwiderte. »Du kannst mich aber auch Steffi nennen.«

»Freut mich, Steffi«, gab Jasper strahlend zurück.

»Moment mal ...« Jetzt schaute sie ihn auf einmal an, als ob sie sich gerade verhört hätte. »Du heißt mit Vornamen Jasper? Also lautet dein voller Name Jasper Hauser?«

»Ja, richtig«, bestätigte er.

Im nächsten Augenblick brach Steffi in ein belustigtes Lachen aus. »Jasper Hauser, wie witzig ist das denn?«

»Wieso? Was soll daran so witzig sein?«, gab Jasper unbeeindruckt zurück. Er wusste natürlich genau, weshalb Stefanie sich über seinen Namen so sehr amüsierte. Schließlich hatte er schon als Kind genügend Witze über sich ergehen lassen müssen, wenn sich seine Mitschüler über seinen Namen lustig machten. Aber im Erwachsenenalter war das mit der Zeit immer seltener vorgekommen und in den letzten Jahren eigentlich überhaupt nicht mehr.

»Kennst du nicht die Geschichte von *Kaspar Hauser*?«, fragte Steffi, als sie sich halbwegs beruhigt hatte.

»Nein, nie gehört«, behauptete Jasper, was er dann allerdings schnell wieder revidierte: »Doch, natürlich kenn ich die. Ich verstehe nur nicht, was das mit mir zu tun haben soll.«

»Ach, ist auch egal«, gab Steffi mit einer abwinkenden Handbewegung zurück. »Wahrscheinlich habt ihr hier im Norden einfach nicht so einen großen Bezug dazu. Ich komme halt aus Nürnberg, wo Kaspar Hauser damals gefunden wurde, darum ist diese historische Figur bei uns bekannter als so mancher Bundeskanzler.«

»Bei uns ist dafür Klaus Störtebeker bekannter als der Bundeskanzler.«

»Der ist natürlich auch cool. Als ich etwa elf oder zwölf war, hab ich mir ´ne Zeitlang alles über ihn angesehen und durchgelesen, was ich in die Finger bekommen konnte.«

»Du hast wohl ´nen besonderen Hang zu Geschichten?«, erkundigte sich Jasper, was er aber eher wie eine Feststellung formulierte.

»Ja, das stimmt. Wahrscheinlich bin ich deshalb auch Schriftstellerin geworden.«

»Du bist Schriftstellerin?«, hakte er in leicht beeindrucktem Tonfall nach. Dabei war er schon fast von sich selbst überrascht, weil er sich jetzt so unbefangen mit ihr unterhalten konnte wie schon lange mit keiner Frau mehr. Aber er hatte sie ja schließlich auch schon zum Lachen gebracht – wenn auch nur unbeabsichtigt, aber das Eis sollte dadurch gebrochen sein.

»Ja, das ist tatsächlich sowas wie mein Beruf«, gab Steffi lächelnd zur Antwort. »Ich kann jedenfalls schon seit ein paar Jahren davon leben.«

»Das ist ja cool. Dann erklärt das wohl auch, woher du dir die Freiheit nimmst, einfach mal spontan nach Nordfriesland zu ziehen und im alten Bauernhof deiner Tante eine Tierpension zu eröffnen.«

»Ganz so weit sind wir noch nicht, Jasper«, amüsierte sie sich nun über dessen scheinbaren Enthusiasmus. »Bisher habe ich mich noch nicht dazu entschieden, das

Erbe anzunehmen. Ich will mir erst mal in Ruhe alles anschauen und mich dann mit meiner Mutter und meinen Schwestern beraten.«

Jasper nickte ein bisschen ernüchtert. »Ach so, okay ... Aber es scheint dir hier ja schon mal zu gefallen. Sonst hättest du vermutlich nicht gleich am ersten Tag die finnische Sauna ausprobiert ...«

Steffi warf ihrem Gegenüber einen kritischen Blick zu. »Was diesen Vorfall betrifft, wäre ich dir sehr verbunden, wenn wir von nun an nie wieder darüber sprechen würden.«

»Ja, klar ... kein Problem«, stammelte Jasper, der sich ertappt und jetzt auch wieder ein klein wenig eingeschüchtert fühlte. »Ich wollte nicht ... naja, ich hab´s nicht so ...« Weil es ihm gerade die Sprache verschlug, atmete er einmal tief durch und setzte dann – äußerst kopflos – von neuem an: »Ich will nur, dass du weißt, dass ich nicht lange auf dem Steg stand. Ich bin grade erst angekommen, als du dich zu mir umgedreht hast – und ich hab auch nicht viel von dir gesehen, also nur ...«

»Genug jetzt!« Stefanie hob energisch die Hand, um Jasper zum Schweigen zu bringen. »Ich hab gesagt, ich will nichts mehr davon hören. Und falls du irgendwas gesehen hast, dann behalt das ab sofort bitte für dich.«

»Ja, nein ... äh ... okay«, gab Jasper schließlich kleinlaut zurück. Er fühlte sich wie der letzte Vollidiot und wäre am liebsten im Erdboden versunken. Dass er aber auch unbedingt dieses peinliche Thema anschneiden musste, nachdem sich das Gespräch vorher noch in eine wirklich fabelhafte Richtung entwickelt hatte ...

»Nichts für ungut. Lass uns einfach auf den Hof und die Tierpension zurückkommen ... Da du Tante Inga offenbar besser kanntest, gehe ich davon aus, dass sie dich schon mal in ihr Vorhaben eingeweiht hat. Also hat sie dich schon zu Lebzeiten mit der Aufgabe betraut, die Scheune und den Stall umzubauen?«

»Ja, das stimmt. Sie hat vor etwa einem Jahr damit angefangen, immer wieder darüber zu sprechen, was aus dem Hof werden soll, wenn sie mal nicht mehr auf der Welt ist. Und dass ich mich darum kümmern werde, war von Anfang an klar. Ich hab übrigens auch schon bei der Renovierung des Wohnhauses mitgeholfen und das Holzhäuschen für die Sauna ...« Er verstummte zunächst, ehe er sichtlich betreten hinterherschob: »Entschuldige, die hab ich auch gebaut.«

»Schon okay«, entgegnete Steffi schmunzelnd. »Ich würde sagen, wenn du willst, könntest du mich jetzt eine Runde über den Hof führen und mir erzählen, wie du dir diesen Umbau zu einer Tierpension vorstellst.«

»Oh ja, sehr gern. Ich hab dafür auch schon ein paar Ideen. Natürlich haben Tante Inga und ich auch hin und wieder darüber geredet, wie so eine Tierpension aussehen könnte.«

»Das trifft sich gut – ich hab nämlich überhaupt keine Vorstellung davon.« Mit diesen Worten ging Stefanie in den Flur, um ihre Turnschuhe anzuziehen.

Jasper rief Lupus zu sich und folgte ihr. Kurz darauf gingen sie nacheinander durch die Hintertüre nach draußen.

»Wo hast du eigentlich deinen vierbeinigen Freund her?«, wollte Steffi von Jasper wissen, als sie nun gemeinsam zur Scheune schlenderten.

»Von Tante Inga. Sie hat ihn mir vererbt und das eigentlich auch in ihrem Testament festgelegt. Deswegen ging ich davon aus, du wüsstest das.«

»Ach so! Na klar, stimmt ja!«, schien es ihr erst jetzt wieder einzufallen. »In ihrem Testament stand ja wirklich was von einem Hund. Ich hatte nur nicht daran gedacht, dass *du* derjenige bist, dem sie ihn vermacht hat. Wie nennt man diese Rasse doch gleich?«

»Saarlooswolfhund. Eine aus den Niederlanden stammende Züchtung aus Deutschen Schäferhunden und geringen Anteilen von Wölfen.«

Steffi schaute Lupus, der jetzt einen Bogen über die Wiese lief, mit interessiertem Blick nach. »Er sieht halt wirklich so aus wie ein Wolf ... zwar auch ein bisschen nach Schäferhund, aber man merkt schon, dass ein richtiger Wolf in ihm steckt.«

»Ja, aber wie gesagt nur ganz geringe Anteile«, war sich Jasper sicher. »Von seinen Eltern und Großeltern war jedenfalls keiner ein Wolf.«

»Na, dann bin ich ja beruhigt. So ganz habe ich nämlich noch nicht den Eindruck, als ob du ihn schon komplett unter Kontrolle hättest.«

»Keine Sorge, Steffi – das wird noch. Ich hab uns schon bei der Hundeschule angemeldet, um zu lernen, wie ich ihm klarmache, wer von uns beiden der Boss ist.«

Nun öffnete Jasper das Scheunentor und zeigte Steffi die beiden Innenräume des großen, alten Bauwerks. Zu sehen gab es hier – unterhalb des Heubodens – einen uralten Traktor sowie einen ebenfalls in die Jahre gekommenen Anhänger und einige Utensilien wie Schaufeln und Mistgabeln. Im hinteren Bereich, der durch eine gemauerte Zwischenwand mitsamt Türe abgetrennt war, befand sich die kleine Werkstatt.

Als Getreidelager diente die Scheune jedoch schon lange nicht mehr. Inga und ihr Mann Marten hatten die Landwirtschaft schon in jungen Jahren an einen Großbauern abgegeben und sich seitdem auf die Tierhaltung spezialisiert. Da sie ohne eigene Kinder keine Nachkommen hatten, die sich um die Bewirtschaftung der Felder hätten kümmern können, war ihnen damals nichts anders übrig geblieben, als sich nur noch auf das zu konzentrieren, was ihnen wirklich wichtig war.

Jasper, der über die Geschichte und die Entwicklung des Hofs bestens informiert war, erzählte Steffi nun ein wenig davon. So setzte er sie darüber in Kenntnis, dass Tante Inga nach Martens Tod vor etwa fünfzehn Jahren die Kühe und Schweine verkauft und danach nur noch ihre Hühner und ein paar Ziegen behalten hatte. Doch auch die Ziegen verschwanden im Laufe der Zeit, da Inga sich dagegen entschied, verstorbene Tiere durch neue zu ersetzen – und mit dem Federvieh lief es später so ähnlich ab.

»Vor vier oder fünf Jahren hat es dann mal ein Marder in den Hühnerstall geschafft«, berichtete Jasper abschließend. »Von den Hühnern hat kein einziges überlebt – Tante Inga war darüber so traurig, dass sie danach keine Lust mehr hatte, sich neue Hühner anzuschaffen. Deshalb hab ich den Stall und das Freigehege dann abgebaut ...« Er zeigte mit Blicken nach draußen – dass er an der Stelle, an der früher der Hühnerstall stand, die Sauna errichtet hatte, behielt er dabei aber für sich.

»Traurige Geschichte mit den Hühnern«, sagte Steffi.

»Ja, schon irgendwie. Aber ich denke, Tante Inga war in erster Linie froh, dass sie den Stall nicht mehr sauber machen musste. Ich hab ihr zwar schon damals öfters dabei geholfen, aber das war ihr nicht besonders angenehm – weil es einfach ´ne scheiß Arbeit ist, Hühnerdreck wegzuputzen.«

»Ach so, verstehe. Aber dafür hat sie sich dann den Hund zugelegt?«

»Ja, nach Hunden war sie völlig verrückt. Sie hatte immer mindestens einen Hund im Haus – mit Katzen konnte sie dagegen nicht so viel anfangen, die waren ihr zu sprunghaft. Lupus hat sie sich geholt, nachdem ihre geliebte Brunhilde im hohen Alter von uns ging.«

»Brunhilde?« Steffi sah Jasper stirnrunzelnd an. »Komischer Name für eine ...«

»Brunhilde war eine Deutsche Dogge«, entgegnete Jasper lächelnd. »Tante Inga mochte am liebsten große Hunde.«

Kapitel 7

Nach einer verregneten Nacht erwachte Steffi am nächsten Morgen zum ersten Mal in Tante Ingas ehemaligem Schlafzimmer. Jasper hatte ihr zugesichert, umgehend mit den Bauarbeiten anzufangen, sobald sie das Erbe angenommen hätte. Sie waren dabei verblieben, dass Steffi eine Nacht darüber schlafen würde und sich dann noch mit ihrer Mutter absprechen müsste.

Als sie nach einem kurzen Aufenthalt im Badezimmer nach unten in die Küche ging, um Kaffee zu kochen und sich ein Müsli zusammenzustellen, hatte sie sich jedoch schon so gut wie dazu entschlossen, das Abenteuer Tierpension in Angriff zu nehmen. Sie spürte einfach, dass es die richtige Entscheidung sein würde. Nicht nur, weil es ihr auf dem ehemaligen Bauernhof besser gefiel als erwartet und sie das Gefühl hatte, hier genügend Ruhe und Inspiration zum Schreiben zu finden, sondern auch wegen dem handfesten Argument, das Jasper ihr gestern noch geliefert hatte.

Er bezweifelte nämlich, dass der Tierschutzverein den Hof vernünftig nutzen würde. Stattdessen zogen die Verantwortlichen seiner Meinung nach womöglich sogar eine Versteigerung in Erwägung, um das dadurch gewonnene Geld anderweitig einzusetzen. Dass dies nicht in Tante Ingas Interesse geschehen würde, brauchte er Steffi nicht lange zu erklären. Davon abgesehen wusste sie, dass sie sich seiner Hilfe sicher sein konnte, was ihr immerhin die Last von den Schultern nahm, sich selbst um alles kümmern zu müssen.

Jasper hatte ihr empfohlen, die Scheune weiterhin als Garage und Lagerraum zu nutzen und dafür den Stall als Unterkunft für die verschiedenen kleineren Tiere umzubauen, die sie in der Pension aufnehmen würden. Des Weiteren hatte er vor, Zäune aufzustellen, um damit die unterschiedlichen Bereiche für die jeweiligen Tierarten abzutrennen, und mehrere Hundehütten und Katzenhäuser zu bauen.

Als Stefanie mit dem Frühstücken fertig war, schaltete sie ihr Handy ein und setzte sich damit ins Wohnzimmer, wo sie nun ihre Mutter anrief.

Sabine arbeitete von zuhause aus als selbstständige Schneiderin, wodurch sie sich auch am Vormittag die Zeit für ein Telefonat nehmen konnte. Und wenn es sich dabei um ein für sie derart wichtiges Thema handelte wie in diesem Fall, dann war sie gerne bereit, dafür sofort alles stehen und liegen zu lassen.

Noch ehe Stefanie auch nur ein Wort sagen konnte, wurde sie von ihrer Mutter auch schon in überschwänglichem Ton begrüßt: »Hallo Steffi! Oder sollte ich sagen: moin, moin? Na, wie findest du´s da oben in der Südermarsch?«

»Von der Südermarsch hab ich bisher noch nicht viel gesehen«, antwortete sie lächelnd. »Ich bin nur mal nach Rantrum gefahren, um ein paar Lebensmittel einzukaufen. Aber wenn ich was anderes sehen will als Wiesen, Felder und Sumpfgebiete, muss ich dafür wahrscheinlich sowieso nach Husum.«

»Ja, das stimmt. Aber jetzt erzähl erst mal: Wie gefällt dir Tante Ingas alter Bauernhof? Und bist du gut angekommen?«

»Ja, das bin ich – ich hab dir doch schon gestern geschrieben, dass meine Anreise reibungslos verlaufen ist.«

Nahezu fassungslos schüttelte Steffi den Kopf. Da hatte sie schon die halbe Welt bereist, war monatelang in den entlegensten Gegenden geblieben, und jetzt machte sich ihre Mutter anscheinend Sorgen, ob sie es unbeschadet nach Norddeutschland geschafft hatte. Aber vielleicht war das auch genau der Grund dafür – dass es sie eben schon genügend schlaflose Nächte gekostet hatte, weil sie nicht wusste, was ihre Tochter gerade machte und ob sie überhaupt wohlauf war.

»Und was ist mit dem Hof?«, fragte Sabine jetzt. »Würde das Haus deinen Ansprüchen genügen, um darin zu wohnen?«

»Das Haus wurde erst vor etwa zehn Jahren frisch renoviert«, lachte Steffi über Sabines ungehaltene Neugier. »Aber was deine eigentliche Frage betrifft, auf die du sicher hinauswillst: Ja, ich hab mich dazu entschieden, hier einzuziehen, wenn wir die Erbschaft antreten. Ich würde mich der Herausforderung stellen und eine Tierpension auf dem Hof eröffnen.«

»Steffi, ist das dein Ernst? Das wäre echt super toll, ich freu mich ja so!«, jubelte ihre Mutter begeistert. »Sag mir bitte, dass du mich grade nicht nur auf den Arm nimmst!«

»Nein, Mama – ich meine das wirklich ernst«, bekräftigte sie unmissverständlich. »Ich hab mich gestern schon mit dem Zimmermann unterhalten, der den Stall umbauen soll. Er war übrigens ein enger Vertrauter von Tante Inga und steht auch voll und ganz hinter dem Projekt.«

»Dann wusste er also schon von Tante Ingas Idee mit der Tierpension?«, kam es mit interessiert klingender Stimme zurück.

»Ja, sie hatte ihm schon öfters davon erzählt. Er hat ihr auch bei vielen Sachen auf dem Hof geholfen und ist zum Beispiel mit ihr einkaufen gegangen.«

»Na, das hört sich ja schon mal ganz gut an. Dann hast du also jemanden an deiner Seite, der dich bei der Aktion tatkräftig unterstützt.«

»Davon kann ich zumindest ausgehen«, antwortete Steffi nickend. »Andernfalls würde ich mir das alles auch gar nicht zutrauen. Wenn wir das Erbe annehmen, würde Jasper schon nächste Woche mit den Umbauarbeiten beginnen. Ich muss ihm nur die Zusage ...«

»Ja, die Zusage kannst du ihm sofort geben«, ermunterte Sabine ihre Tochter. »Das Erbe wird sowieso automatisch angenommen, wenn wir die Frist verstreichen lassen, in der wir es ausschlagen können.«

»Ach so – das heißt, wir müssen gar nichts weiter tun als ...«

»Als einfach loszulegen. Ihr könntet mit den Bauarbeiten noch heute anfangen, wenn ihr wollt. Ich muss mich nur noch darum kümmern, dass wir an das Geld kommen, das Tante Inga dafür auf einem Sparkonto angelegt hat. Aber das sollte kein Problem sein – unser Anwalt wird das schon für uns regeln.«

»Okay, dann würde ich Jasper gleich mal anrufen und ihm die Neuigkeit mitteilen. Er hat mir nämlich auch schon zu verstehen gegeben, dass er sich darüber freuen würde, wenn wir den Hof übernehmen.«

»Jasper ist der Zimmermann, richtig?«, hakte Sabine nach. »War sein Nachname nicht Hauser?«

»Doch, Jasper Hauser heißt er.«

Am anderen Ende der Leitung hörte Steffi ein belustigtes Kichern.

»Ich musste auch lachen, als mir klar wurde, wie er mit vollem Namen heißt«, gab sie ihrer Mutter zu verstehen. Doch dann wurde sie auf einmal ernster. »Aber sag mal, Mama«, begann sie vorsichtig, »ich hätte da mal eine Frage.«

»Ja, was denn?«

»Warum haben wir Tante Inga eigentlich nie besucht? Du hast doch selber davon geschwärmt, wie schön es hier oben ist. Außerdem muss sie ja eine wahnsinnig interessante Frau gewesen sein – nach allem, was ich bisher von ihr gehört hab, war sie wirklich bewundernswert.«

»Ja, das war sie tatsächlich«, pflichtete Sabine ihrer Tochter bei. »Es hatte auch nichts mit ihr zu tun, dass wir nie nach Nordfriesland gefahren sind.«

»Mit was denn dann? Wir hätten dort oben doch so schön Urlaub machen können …«

»Ja, das stimmt schon. Aber euer Vater wollte es eben nicht – für ihn war es zu weit zu fahren, außerdem mochte er die Berge lieber als das Meer.«

»Ja, deshalb sind wir auch jedes Jahr nach Südtirol gefahren.« Widerwillig verzog Stefanie das Gesicht. »Ich verstehe nicht, wie man das Meer nicht mögen kann. Und ich verstehe auch nicht, warum du dich Papa gegenüber nie durchgesetzt hast – jedenfalls nicht, was die Wahl unserer Urlaubsziele angeht.«

»Dafür hast du ja in den letzten Jahren schon einige Meere und Ozeane gesehen«, lenkte Sabine schnell ab. »Und jetzt hast du es schlussendlich sogar an die Nordsee geschafft …«

»Noch nicht ganz, die Nordsee ist immer noch ein paar Kilometer entfernt. Aber ich werde heute Mittag wahrscheinlich mal hinfahren.«

»Mach das – und schick mir gerne ein paar Fotos davon.«

»Abgemacht. Aber dafür versprichst *du* mir, dass du mal zu mir nach Nordfriesland kommst, wenn ich mich hier oben eingelebt hab.«

Es blieb für die Dauer eines Atemzugs still in der Leitung.

»Wir werden sehen«, gab Sabine schließlich zurück. »Du weißt, es gibt nichts, was ich lieber täte.«

»Ich muss demnächst sowieso noch mal zurück nach Nürnberg, um meine Wohnung auszuräumen«, erklärte Stefanie. »Bei der Gelegenheit könnte ich dich dann gleich mitnehmen.«

»Ist gut, Kleine – so machen wir das«, schloss ihre Mutter das Gespräch ab. »Dann bis bald, ich hab dich lieb.«

»Ich dich auch, Mama. Mach´s gut, wir sehen uns.«

***

»Und du bist einfach auf dem Steg stehengeblieben, obwohl diese Frau nackt im See geschwommen ist?«, wunderte sich Finn, als Jasper ihm von seiner Begegnung mit der neuen Bewohnerin von Tante Ingas Bauernhof erzählte.

Die beiden waren gerade mit dem Aufbau eines Carports beschäftigt, für den sie von einem Kunden aus dem benachbarten Mildstedt beauftragt worden waren. Dieser war mit seiner Familie erst vor kurzem in ihr neu errichtetes Haus eingezogen, hatte beim Bau jedoch aus Kostengründen auf eine Garage verzichtet. Damit ihre beiden Autos künftig nicht unnötig dem rauen friesischen Wetter ausgesetzt wurden, musste daher schnell eine andere Lösung her: Ein hölzerner Unterstand mit Überbreite – neben Holzhütten die Spezialität von Zimmerermeister Hauser.

»Ja, Mann – ich weiß auch nicht. Irgendwie wusste ich in dem Moment nicht, wie ich sonst hätte reagieren sollen«, versuchte er seinem Cousin sein sonderbares Verhalten zu erklären. »Als ich gecheckt hab, dass sie nichts anhat, war es schon zu spät – da hat sie sich plötzlich umgedreht und mich sofort gesehen.«

»Verstehe; sich dann noch aus dem Staub zu machen, hätte natürlich auch keinen guten Eindruck hinterlassen.«

»Nein, ganz bestimmt nicht – dann hätte ich ja erst recht ausgesehen wie ein Spanner«, sagte Jasper ein bisschen zu laut. Vorsichtshalber sah er sich daraufhin um, obwohl er dadurch jetzt auch nichts mehr hätte retten können. Da er gerade auf dem Dach seiner Konstruktion saß, während Finn unter ihm eine der Seiten mit Latten abdeckte, konnte es leicht passieren, dass einer der Nachbarn ihr Gespräch mithörte. Darum musste man logischerweise aufpassen, was man von sich gab, sonst wusste es am nächsten Tag möglicherweise die halbe Siedlung.

»Hat sich die Spannerei wenigstens gelohnt?«, erkundigte sich Finn jetzt mit frechem Grinsen.

»Was ist das denn für ´ne dämliche Frage?« Jasper kletterte vom Dach des Carports herunter und visierte seinen jüngeren Cousin mit durchdringender Miene an. »Kannst du mir mal erklären, wie du das meinst?«

»Na, ob sie gut aussieht«, gab dieser daraufhin schulterzuckend zurück.

Jasper nickte bedächtig. »Ja, sie sieht wirklich gut aus. Und sie scheint auch ziemlich cool drauf zu sein.«

»Hast du aber ein Glück ...«, sagte Finn, bevor er die nächste Latte nahm und sie mit seinem Akkuschrauber an den beiden Stützbalken befestigte.

»Naja, irgendwie muss ich ja mit ihr klarkommen ... *Wir* müssen mit ihr klarkommen, wenn wir in den nächsten Monaten Tante Ingas Hof für sie umgestalten!«

»Bist du dir schon so sicher, dass sie das mit der Tierpension machen wird?«

»Ich hoffe es zumindest. Sie meinte gestern noch, dass sie mir ihre Entscheidung heute mitteilen wird.«

Finn blickte seinen Cousin verwundert an. »Ganz schön spontan, findest du nicht?«

»Doch – aber es ist auch nicht grade so, als ob sie da unten in Bayern irgendwas aufgeben müsste.«

»Wieso? Hat sie etwa keinen Job?«

»Nein, sie ist Schriftstellerin. Das heißt, sie kann von überall auf der Welt arbeiten, wenn sie will. Wäre auch echt schade, wenn sie das Erbe ablehnt und der Hof an den Tierschutzverein geht ...«

»... und du sie nie wieder siehst«, fügte Finn mit verschmitztem Schmunzeln hinzu.

»Mir geht es vor allem darum, dass mit dem Bauernhof kein Unfug getrieben wird«, stellte Jasper klar. »Dafür hab ich in den letzten zehn Jahren zu viel Arbeit hineingesteckt.«

»Ja, schon klar. Aber Tante Inga hat sie nie kennengelernt, wenn ich dich richtig verstanden hab?«

»Nein«, gab Jasper kopfschüttelnd zurück. »Nur ihre Mutter war früher regelmäßig bei Inga und Marten auf dem Hof zu Gast. Ich hab aber keine Ahnung, warum sie sich seitdem nie wieder bei ihr blicken lassen hat. Noch dazu, wo Tante Inga außer ihr sonst keine lebenden Verwandten mehr hatte.«

»Ja, schon irgendwie seltsam«, stimmte Finn seinem Cousin zu. »Aber das werden wir bestimmt noch rausfinden, wenn wir in Zukunft mehr mit dieser Familie zu tun haben.«

Jasper wollte sich gerade ein paar Bretter schnappen, um damit die andere Seite des Carports zu verkleiden, als sein Handy in der Hosentasche klingelte.

»Wenn man vom Teufel spricht«, sagte er, nachdem er es herausgezogen hatte und Steffis Namen auf dem Display sah. »Das ist sie.«

Finn sah ihn auffordernd an und streckte einen Daumen in die Luft. »Viel Erfolg, Casanova!«

»Schnauze«, zischte Japser zurück. Dann drehte er sich weg und nahm den Anruf an. »Moin Steffi! Na, hast du die erste Nacht in der neuen Umgebung gut überstanden?«

»Moin Jasper. Ja, ich habe tatsächlich ganz gut geschlafen – danke der Nachfrage. Und ich habe inzwischen auch meinen Entschluss getroffen ...«

»Ja?«, fragte Jasper gespannt dazwischen.

»Ja – ich werde Tante Ingas letztem Wunsch nachkommen und eine Tierpension auf ihrem Hof eröffnen.«

»Steffi, das ist ja großartig!«, freute sich Jasper, wobei er augenblicklich über beide Backen zu strahlen begann. »Mein Kollege und ich werden dann wie versprochen am Montag mit der Renovierung des Stalls anfangen. Und wenn du vorher noch bei irgendwas Hilfe brauchst oder ...« Den Gedanken, dass er sich auch gerne anbieten würde, um ihr einfach so ein wenig Gesellschaft zu leisten, wagte er in diesem Moment noch nicht auszusprechen.

»Ja, alles klar – ich melde mich, falls ich noch eine Frage hab«, gab Steffi bereitwillig zurück. »Also, Jasper – dann einen schönen Tag noch.«

»Danke, dir auch.«

Als Jasper sein Handy zurück in die Hosentasche schob, merkte er, wie Finn ihn neugierig ansah.

»Krass, dass sie jetzt echt zugesagt hat«, fasste dieser verblüfft zusammen, was er beim aufmerksamen Zuhören bereits mitbekommen hatte.

»Ich wusste doch gleich, dass sie bleibt«, entgegnete Jasper mit triumphierendem Lächeln. »Dem Charme von Tante Ingas altem Bauernhof kann sich einfach niemand entziehen.«

Kapitel 8

Am späten Vormittag brach Stefanie auf, um sich ein wenig mit ihrer neuen Umgebung vertraut zu machen und eine Runde am Meer spazieren zu gehen. Nach Husum brauchte sie mit dem Auto kaum mehr als eine Viertelstunde. Ihren Audi ließ sie auf einem Parkplatz in der Nähe des Hafens stehen und ging dann zu Fuß die restlichen zwei Kilometer bis zur Küste.

Vom Badestrand ›Dockkoogspitze‹ marschierte sie den Deich entlang nach Norden, während am Himmel immer wieder ein paar Sonnenstrahlen zwischen den Wolken hindurchschienen. Steffi genoss die herrliche Aussicht auf das Wattenmeer und die weite, flache Landschaft. Auf dem Wanderweg begegneten ihr einige freilaufende Schafe, die unbehelligt auf der Wiese grasten, hin und wieder kam ihr ein Fahrradfahrer entgegen. Mit tiefen Atemzügen füllte sie ihre Lungen mit der salzigen Seeluft, und die Kapuze ihres Anoraks schützte sie, wenn doch mal eine frische Brise von der Nordsee in ihr Gesicht wehte.

Als sie nach einer Weile an einer Sitzgelegenheit in Form von zwei Holzbänken mit einem daran befestigten Tisch vorbeikam, setzte sie sich, um eine kurze Pause zu machen. Sie öffnete ihren kleinen Rucksack und genehmigte sich etwas Obst und Tee aus ihrer Thermoskanne. Nebenbei schickte sie ihrer Mutter einige Bilder, die sie unterwegs geschossen hatte.

Nach etwa fünf Minuten kamen zwei ältere Damen mit Walkingstöcken, die ebenfalls Rast machten und sich Steffi gegenüber auf die andere Bank setzten.

»Moin«, grüßten die beiden Frauen fröhlich, bevor sie Platz nahmen und ihren Proviant auspackten.

Steffi erwiderte den Gruß freundlich. Eigentlich hatte sie gerade vorgehabt, ihre Wanderung fortzusetzen, doch ausgerechnet jetzt aufzustehen und weiterzugehen, fand sie dann doch etwas unhöflich.

»Da haben wir mit dem Wetter heute wohl ganz schön Glück«, sagte sie stattdessen, um nicht bloß schweigend dazusitzen und den beiden Frauen beim Essen zuzusehen.

»Das stimmt«, pflichtete ihr die eine Frau bei. Sie war relativ hochgewachsen und trug ein lilafarbenes Stirnband über ihren grauen, kurzgeschnittenen Haaren.

»Für morgen haben sie schon wieder Regen gemeldet, also sind wir gut damit beraten, wenn wir das heute ausnutzen«, fand ihre Begleiterin, die etwas kleiner und rundlicher gebaut war. Sie trug eine Hornbrille mit dicken Gläsern auf der Nase und hatte braunes, fast schulterlanges Haar, das unter ihrer bunten Strickmütze hinausragte.

Stefanie nickte. »Ja, hier in der Gegend regnet es wohl etwas häufiger als anderswo. Da kann man froh sein, wenn man mal so einen Tag erwischt ... vor allem im Herbst.«

»Sie sind wohl auch nicht von hier«, mutmaßte die hochgewachsene Frau mit den grauen Haaren.

»Nein«, antwortete Steffi und schüttelte lächelnd den Kopf.

»Das hört man doch schon an ihrem Dialekt«, bemerkte die kleinere Frau, noch ehe Steffi ihrer Antwort eine Erklärung hinzufügen konnte.

»Mir ist auch schon aufgefallen, dass sie nicht wie eine Einheimische klingt«, stellte die andere klar, wobei sie ihr angebissenes Wurstbrot in ihre geöffnete Tupperdose legte und sich dann wieder an Stefanie richtete, die ihr gegenübersaß: »Ich schätze, Sie kommen von irgendwo aus dem Süden. Wenn ich mich festlegen müsste, würde ich sagen; aus Bayern.«

»Ja, richtig«, bestätigte sie. »Aus Nürnberg, um genau zu sein.«

»Ah, ja natürlich!«, kam es nun von der grauhaarigen Frau zurück. »Eine Fränkin – deshalb rollen Sie auch das R so schön.«

Steffi lächelte zurückhaltend. »Und wo kommen Sie her, wenn ich fragen darf?«

»Aus dem Ruhrgebiet, Nähe Gelsenkirchen«, antwortete die kleine Frau mit der Hornbrille.

»Ach – sehen Sie; sowas in der Richtung hätte ich jetzt auch getippt.« Die etwas forsche, aber gleichzeitig auch humorige Art der Damen hatte Steffi zu dieser Vermutung geführt. »Und Sie machen hier Urlaub?«

»Jedes Jahr wieder«, antwortete die Grauhaarige. »Entweder hier oder auf einer von den Inseln – und vorzugsweise im Herbst, weil es uns im Sommer zu heiß zum Wandern ist.«

»Und was treibt *Sie* in diese Gegend?«, erkundigte sich die kleinere Frau mit dem Stirnband und der Hornbrille. »Die Strandsaison ist ja mittlerweile vorbei ... Sind Sie etwa auch zum Wandern nach Nordfriesland gekommen?«

»Nein, ich bin eigentlich gar nicht zum Urlaub machen hier«, entgegnete Steffi kopfschüttelnd.

»Also dann beruflich ...?«

»Mehr oder weniger. Ich habe nicht weit von hier einen alten Bauernhof geerbt, den ich zu einer Tierpension umbauen lassen soll.«

Die beiden älteren Frauen schauten sich staunend an.

»Oh, eine Tierpension«, wiederholte die Hochgewachsene interessiert. »Das hört sich aber spannend an.«

»Also sowas wie ein Katzenhotel?«, hakte die andere Frau nach.

»Ja, genau – nur eben auch für Hunde und eventuell sogar für Vögel oder Nagetiere. Ich bin mir noch nicht ganz sicher, aber generell bin ich offen für alles.«

»Ein Hotel für Katzen funktioniert auf jeden Fall, da kenne ich mich ein bisschen aus«, sagte die kleine, rundliche Frau jetzt. »Wir haben auch zwei Stubentiger zuhause, mein Mann und ich. Wenn er mit in den Urlaub kommt, bringen wir sie solange auch immer ins Katzenhotel, sie werden dort wirklich gut versorgt.«

»Aber diesmal haben wir unsere Männer mal zuhause gelassen«, schob die Grauhaarige schmunzelnd hinterher. »Wenn man schon so lange verheiratet ist wie wir, sollte man schließlich auch ab und zu etwas ohne den Partner unternehmen können.«

»Das kann ich mir vorstellen«, äußerte Stefanie kopfnickend. »Ich glaube, dass man sich auch in einer Partnerschaft eine gewisse Unabhängigkeit beibehalten sollte.«

»Sind Sie dann ganz alleine nach Nordfriesland gekommen?«, wollte die größere Frau nun wissen.

»Ja – ich habe auch gar keinen Mann, der mit mir hätte herkommen können. Den Bauernhof habe ich zusammen mit meiner Mutter und meinen drei Schwestern geerbt – aber von denen hatte leider gerade keine die Möglichkeit, um mich hierher zu begleiten.«

»Und dann machen Sie das alles alleine?«, bohrte die kleinere Frau hörbar beeindruckt nach. »Das wird doch bestimmt eine ganze Menge Arbeit ...«

»Nein, also ... es gibt da schon jemanden, der mich dabei unterstützt«, gab Steffi wahrheitsgemäß zur Antwort. »Ein Zimmerermeister aus dem Nachbarsdorf, der schon des Öfteren auf dem Hof gearbeitet hat. Er wird den ganzen handwerklichen Teil übernehmen.«

***

»So, Lupus – hier wären wir«, kündigte Jasper seinem vierbeinigen Gefährten an, als sie gegen fünfzehn Uhr auf dem Gelände der Hundeschule ankamen. Hierbei parkte er seinen VW Crafter auf der Wiese neben dem Zaun, der das Grundstück umgab, bevor er die Fahrertür öffnete und von Lupus gefolgt ausstieg.

Auf der freien Fläche standen noch zwei weitere Autos und als Jasper mit Lupus zu dem Tor ging, das in den hohen Zaun eingelassen war, kam ihm auch schon ein Mann entgegen. Er war vielleicht Anfang bis Mitte vierzig und relativ stämmig gebaut, außerdem trug er Vollbart und ein Holzfällerhemd.

»Moin, du musst der Neue sein«, sagte er und streckte Jasper auch schon seine rechte Hand entgegen. Obwohl Lupus ihn bereits beschnupperte, schenkte er diesem zunächst gar keine Beachtung. »Ich bin Elmar, Julia hat dich schon angekündigt.«

»Moin – Jasper«, stellte er sich vor.

Dann beugte sich Elmar zu Lupus herunter, um auch ihn in Empfang zu nehmen. »Du bist wirklich ein Prachtkerl. Dein Herrchen kann echt stolz auf dich sein. Jetzt müssen wir nur noch dafür sorgen, dass du dich ab sofort auch dementsprechend benimmst.« Während er ihm durchs Fell wuschelte, schaute er kurz nach oben, um Jaspers Blick einzufangen. »Wie heißt er denn?«

»Lupus.«

»Na, der Name passt zu ihm. Er ist ja ein richtiges Wölfchen«, lachte Elmar mit tiefer Stimme, bevor er sich wieder aufrichtete und Jasper erklärte: »Ich muss noch mal rüber ins Büro, aber du kannst schon mal mit Lupus zu Julia, damit sie ihn ein wenig kennenlernt. Sie macht dann erst mal ′ne halbe Stunde Einzeltraining mit euch und wenn soweit alles klappt, könnt ihr nachher auch am Gruppentraining teilnehmen.«

»Okay, alles klar«, gab Jasper mit einem Nicken zurück.

Elmar wandte sich ab und ging zu dem kleinen Holzhaus, das sich auf der anderen Seite der schmalen Straße befand. Es war eigentlich eher eine Hütte, ähnlich wie die, die Jasper für sich oder auch für den ein oder anderen

Kunden schon selbst gezimmert hatte. Dass darin jemand wohnte, wagte er allerdings auszuschließen, denn die nächste Ortschaft lag mehrere Kilometer entfernt. Dennoch sah er vor der Hütte einige weiße Tische und Gartenstühle – er konnte also davon ausgehen, dass sich hier regelmäßig zu einem gemütlichen Beisammensein getroffen wurde.

Auf der eingezäunten Hundewiese gab es mehrere Stationen mit Spielgeräten. Wippen, Tunnel, Hängebrücken – wie auf einem Kinderspielplatz, nur eben für Hunde. Doch dafür schien sich Lupus im Moment noch nicht sonderlich zu interessieren – denn seine volle Aufmerksamkeit galt jetzt erst mal dem braunen Labrador, der mit einer jungen Frau auf der Wiese herumtollte.

Das musste Julia sein, mit der Jasper schon vor ein paar Tagen telefoniert hatte. Als sie sich zu ihm umdrehte und sich eine Strähne ihrer dunkelblonden Haare aus dem Gesicht strich, fiel ihm als Erstes ihr offenes Lächeln auf, mit dem sie ihn sofort für sich einnahm.

»Moin, ich bin Jasper«, begrüßte er sie, während er nun ebenfalls lächelnd auf sie zuging.

»Moin! Julia, freut mich.« Sie schüttelten sich die Hände. »Und das ist dann wohl Lupus«, vermutete sie und zeigte dabei auf den Wolfshund, der sich gerade mit dem Labrador bekannt machte.

»Ja, richtig«, bestätigte Jasper. »Ich hoffe, es ist nicht schlimm, dass er gleich so stürmisch rangeht ...«

Es war eindeutig zu beobachten, wie Lupus unaufhörlich am Hinterteil des anderen Hundes zu schnüffeln probierte, dabei aber immer wieder von ihm abgehängt oder sogar weggedrängt wurde.

»Nein, das macht gar nix. Greta ist das schon gewohnt. Außerdem weiß sie ganz genau, wie sie aufdringliche Rüden in ihre Schranken verweist, wenn es ihr zu nervig wird.«

»Das trifft sich gut. Ich glaube nämlich, was den Umgang mit Artgenossen angeht, hat Lupus noch ein paar ... Defizite«, gestand Jasper vorsichtig.

»Keine Sorge, die werden wir ihm schon austreiben«, versicherte die Hundetrainerin mit heiterem Lachen. »Gibt es sonst noch Baustellen, mit denen wir uns bei ihm etwas mehr beschäftigen müssen?«

»Naja, mein Hauptproblem ist eigentlich, dass er mich jeden Morgen um halb sechs weckt. Ansonsten sind es wahrscheinlich eher kleinere Sachen – zum Beispiel, dass er beim Gassigehen oft in die falsche Richtung läuft oder dass es meistens mehrere Anläufe braucht, bis er hört, wenn ich ihn rufe.«

»Solche Probleme haben die meisten Leute mit einem Hund, der noch nicht erzogen wurde. Das gehört bei uns in der Hundeschule zum Standardprogramm. Und wenn er dich frühmorgens weckt, könnte es daran liegen, dass er abends zu wenig Bewegung bekommen hat ...«

»Mir ist schon klar, dass er ´ne Menge Bewegung braucht, aber deshalb gehe ich auch jeden Abend mindestens eine Stunde mit ihm spazieren«, erwiderte Jasper mit in Falten gelegter Stirn. »Bisher war ich eigentlich der Meinung, dass das genügen sollte.«

Julia reagierte mit einem nachdenklichen Nicken. »Es könnte auch sein, dass er sich einfach nach deiner Aufmerksamkeit sehnt. Wie genau kann ich mir das mit dem Wecken denn vorstellen?«

»Er schläft im Nebenzimmer auf seiner Hundedecke. Aber leider ist er schon unheimlich früh wach – und obwohl ich es ihm nie beigebracht hab, schafft er es, die Tür aufzumachen. Und ich schätze, wenn er es nicht schaffen würde, würde er einfach so lange jaulen, bis ich aufstehe und ihn aus dem Haus lasse.«

»Wenn er die Tür aufkriegt, zeigt das schon mal, dass er zumindest überdurchschnittlich intelligent ist. Das sollte unsere Arbeit mit ihm ein ganzes Stück erleichtern.«

»Ja«, gab Jasper zustimmend zurück, »ich glaube, auf den Kopf gefallen ist er nun wirklich nicht.«

Julia schmunzelte und warf Jasper dann einen fragenden Blick zu. »Am Telefon meintest du noch, er hätte Stress gemacht, als ihr einer Schafherde begegnet seid.«

»Ach ja, stimmt. Ich hatte den Eindruck, als hätte er sich am liebsten direkt auf sie gestürzt. Weil ich ihn aber an der Leine hatte, fing er an zu bellen und hat sie dadurch verjagt. Zum Glück waren sie eingezäunt – aber das trifft ja nicht auf alle Schafe zu, denen man hier in der Gegend über den Weg läuft.«

»Nein, wirklich nicht. Sowas könnte tatsächlich zu einem großen Problem werden. Es ist halt sein natürlicher Jagdinstinkt, sich auf andere Tiere zu stürzen – er hält sie logischerweise für Beutetiere. Darum liegt es dann eben an dir, ihn dabei im Zaum zu halten.«

»Aber ich bin mir sicher, dass ich nicht der erste Hundebesitzer bin, dem du beibringst, wie das funktioniert«, vermutete Jasper. Anschließend drehte er sich kurz zu Lupus, der noch immer mit der Labrador-Hündin über den Platz flitzte.

»Nein, ganz und gar nicht«, gab Julia kopfschüttelnd zur Antwort. »Auch wenn ihn vielleicht doch noch ein wichtiges Detail von anderen Hunden unterscheidet.«

»Ja? Welches denn?«, wollte Jasper wissen. Doch noch ehe Julia zu einer Erklärung ansetzen konnte, hatte er bereits eine Vermutung, was sie wohl damit meinen könnte.

»Als Saarlooswolfhund ist dein Lupus einem ursprünglichen Wolf immer noch etwas ähnlicher als die meisten anderen Hunderassen, wie man auch unschwer erkennen kann. Hast du zufälligerweise schon mal einen DNA-Test machen lassen?«

»Nein, ich wusste bisher noch gar nicht, dass es sowas für Hunde überhaupt gibt …«

»Aber klar! Warum sollte es das nicht geben? Ich würde dir dringend raten, euren Tierarzt beim nächsten Besuch darauf anzusprechen. Weißt du, Jasper – wenn wir genau wissen, wie viel Wolf genetisch in Lupus steckt, können wir viel besser auf ihn eingehen.«

»Klingt logisch. Dann werde ich demnächst mal ´nen Termin dafür ausmachen.«

»Okay – und jetzt würde ich sagen, dass wir mal langsam mit dem Training loslegen«, schlug Julia nun vor.

»Einverstanden.«

Julia richtete sich an ihre Labrador-Hündin: »Greta! Hier!«

Die Hundetrainerin hatte den Befehl kaum ausgesprochen, da kam Greta auch schon zu ihr gelaufen.

Jasper startete einen Versuch, es ihr gleichzutun: »Lupus! Hier!«

Zu seiner Überraschung setzte sich Lupus daraufhin tatsächlich in Bewegung – doch anstatt zu seinem Herrchen zu kommen, lief er dann geradewegs der Labrador-Dame hinterher, um sich nun erstmals von Julia einige Streicheleinheiten abzuholen.

»Na, du Süßer – warst du jetzt die ganze Zeit so beschäftigt, dass du noch gar nicht zu mir gekommen bist?«, fragte sie ihn dabei in Babysprache. »Dann musst du mich jetzt erst mal in Ruhe beschnuppern, damit du weißt, mit wem du es hier zu tun hast.« Noch bevor sie und Lupus voneinander ablassen konnten, richtete sich Julia an Jasper, der wie bestellt und nicht abgeholt danebenstand: »Immerhin springt er nicht an einem hoch. Das zeigt, dass er zumindest schon mal ein bisschen erzogen wurde.«

Jasper erinnerte sich, wie Tante Inga ihm dieses Verhalten gleich als Erstes ausgetrieben hatte. Wenn Lupus sie ansprang, hatte sie jedes Mal seine Vorderpfoten genommen und war dann auf ihn zugegangen, bis er aus dem Gleichgewicht geriet. Das hatte ihm überhaupt nicht gefallen und als Konsequenz hörte er schon nach wenigen Tagen damit auf, sie oder andere Personen zur Begrüßung anzuspringen – und damit hatte er auch bis heute nicht wieder angefangen.

»Ja, ich hab auch nie behauptet, dass er komplett unerzogen ist«, antwortete Jasper. »Seine frühere Besitzerin hat schon ziemlich gute Vorarbeit geleistet. Ich hab mir bloß nicht alle ihre Tricks merken können, deshalb versucht Lupus wohl immer wieder, seine Grenzen bei mir auszutesten.«

Kapitel 9

Nach ihrer Besichtigung Husums am Donnerstagnachmittag hatte Stefanie den Freitag damit verbracht, ihre Erkundungstour fortzusetzen, um sich auch noch vom Rest der Gegend einen Eindruck zu verschaffen. So war sie morgens zunächst nach Friedrichstadt gefahren und später auf die Halbinsel Eiderstedt. Um sich den *Leuchtturm Westerheversand* anzusehen, hatte sie zweimal eine fast einstündige Autofahrt auf sich genommen. Aber die Inspiration, die sie sich davon erhoffte, war ihr der Ausflug allemal wert – immerhin hatte sie sich vorgenommen, zu Anfang der kommenden Woche mit der Arbeit an ihrem Nordseeroman zu beginnen.

Es war kurz vor neun Uhr am Samstagmorgen, als Steffi in ihrem flauschigen Jogginganzug aus dem Bad kam und im Schlafzimmer das Fenster öffnete. Ein kühler Luftzug drang dabei in den Raum, doch das störte sie nicht. Zu verzaubert war sie von der Aussicht über die im Nebel liegende, friedvolle Landschaft. Kaum ein Geräusch war zu hören, lediglich der Schrei einer Krähe durchbrach hin und wieder die Stille. Die vernebelte Natur in Verbindung mit einer Ruhe, die man in der Stadt überhaupt nicht gewohnt war, hatte etwas Mystisches, so als ob sich ein Geheimnis darunter verbarg, das bisher noch von keinem Menschen gelüftet worden war.

Verträumt lauschte sie nach weiteren Vogelstimmen, als sie nun erstmals von einer Vorfreude auf das bevorstehende Buchprojekt gepackt wurde. Jetzt, wo sie sich ein wenig mit der Umgebung vertraut gemacht hatte und sich immer mehr einlebte, erkannte sie langsam die Faszination an dieser Gegend. Steffi glaubte allmählich zu verstehen, warum es nicht zwangsweise notwendig war, an exotische Orte zu reisen, um eine interessante Geschichte zu erleben, die sie im Nachhinein zu Papier bringen konnte. Denn ebenso wie die Südsee hatte auch die Nordsee ihre Vorzüge – und die konnte sie hier deutlich spüren, obwohl das Meer von Tante Ingas Hof aus noch nicht mal annähernd zu sehen war.

Mit ihren Plüschpantoffeln an den Füßen stieg sie die Treppe herunter, um dann im Wohnzimmer den Kamin anzuheizen. Anfangs fröstelte es sie hier ein wenig, doch das Feuer sorgte für eine wohlige Wärme, die sich schon bald im gesamten Raum verteilte.

Anschließend ging Stefanie nach nebenan in die Küche, wo sie sich eine Kanne mit Filterkaffee aufbrühte. Während das Heißgetränk in der Tasse dampfte, überlegte sie, was sie heute frühstücken sollte. Brot hatte sie keines mehr im Haus und auf ein Müsli nach mehreren Tagen infolge nur bedingt Lust. Davon abgesehen zog sie es samstags ohnehin vor, den Tag gemütlich mit frischen Brötchen zu beginnen – doch dafür blieb ihr nun keine andere Wahl als ins Auto zu steigen und kurz zum Dorfladen nach Rantrum zu fahren.

Ein wenig widerwillig trat Steffi in den Flur, um ihre Schuhe anzuziehen. Wenn sie sich ein bisschen beeilte, wäre sie wieder zurück, bevor ihr Kaffee komplett abgekühlt war. Ihn lauwarm zu trinken, war ihr immer noch lieber, als jetzt tatenlos abzuwarten und die Brötchen erst zu holen, nachdem sie ihn ausgetrunken hatte.

Sie wollte gerade in ihre Schuhe schlüpfen, als die Haustürklingel schrillte. Überrascht fuhr sie herum und wunderte sich dann, wer das wohl sein könnte. Die Lieferung ihrer Kaffeemaschine, die sie sich im Internet bestellt hatte, war eigentlich erst für Mitte nächster Woche angekündigt. Aber wer außer einem Postboten sollte sie hier draußen denn sonst noch aufsuchen? Waren das vielleicht die Bewohner von dem knapp einen Kilometer entfernten Aussiedlerhof, die sie jetzt in der Nachbarschaft willkommen heißen wollten? Wenn ja, hatten sie sich dafür aber einen verdammt unpassenden Zeitpunkt ausgesucht. Es sei denn, sie hatten frisch gebackenes Brot dabei, dann könnte Steffi wahrscheinlich darüber hinwegsehen ...

Steffi atmete tief durch und drückte dann beherzt die Türklinke nach unten. Sie hatte die Tür kaum mehr als einen Spalt weit geöffnet, als sich auch schon eine graubraune Schnauze ins Haus drängte. Nachdem sie erschrocken zur Seite wich, wurde ihr im nächsten Moment bereits klar, wem diese Schnauze gehörte.

»Lupus, was machst *du* denn hier?«, fragte sie ihn, als er sie schwanzwedelnd begrüßte und dabei unentwegt versuchte, ihre Hände abzuschlecken.

»Moin Steffi«, hörte sie noch im selben Augenblick Jaspers Stimme, der nun ebenfalls durch die Tür ins Haus trat.

»Moin! Ich hätte mir ja gleich denken können, dass ihr es seid.«

»Klar, wer denn sonst?« Grinsend hielt Jasper eine Bäckertüte in die Luft. »Frische Brötchen gefällig?«

Steffi schenkte ihm ein freudiges Lächeln. »Damit kommst du genau richtig. Ich wollte jetzt grade selbst losfahren und welche holen.«

»Dann kommen wir heute also mal nicht ungelegen?«

»Ich werde euch zumindest nicht rausschmeißen, falls du das meinst«, gab sie schnippisch zurück und nahm ihm dann grinsend die Tüte mit den Backwaren aus der Hand. »Wobei ... was dich angeht, muss ich es mir erst noch überlegen – aber der Hund darf auf jeden Fall hierbleiben.«

»Wenn ich gehen muss, kommt Lupus mit«, erklärte Jasper belustigt, während er im Flur seine Wanderstiefel auszog. »Wir beide sind unzertrennlich.«

Doch der Wolfshund folgte Stefanie bereits in die Küche und schien gar nicht daran zu denken, an der Seite seines Herrchens zu bleiben.

»Zu fressen hab ich leider nix für dich«, sagte sie und streichelte ihm dabei über den Kopf. »Ich muss erst noch Hundefutter besorgen. Aber ich könnte dir was zu trinken anbieten.« Dann nahm sie einen Suppenteller aus dem Geschirrschrank und befüllte ihn an der Spüle mit Wasser.

»Keine Sorge, ich hab noch ein paar Leckerlis dabei!«, rief Jasper durch die geöffnete Küchentür.

Steffi stellte den Teller mit dem Wasser für Lupus im Wohnzimmer auf den Fußboden und ging dann zurück in die Küche. Dort nahm sie eine Pfanne aus dem Schrank und platzierte sie auf dem Herd, den sie auch direkt einschaltete. Dann holte sie ein paar Eier aus dem Kühlschrank, die sie in einer Schüssel aufschlug und mit einem Schneebesen verquirlte.

Jasper hatte inzwischen seine Jacke im Flur an der Garderobe aufgehängt und kam jetzt auf der entgegenliegenden Seite zur Küche herein.

»So, was machst du denn Feines?«, fragte er, wobei er wie selbstverständlich eine Handvoll Hundekuchen auf der Arbeitsplatte ablegte.

Als Steffi das sah, verzog sie unweigerlich das Gesicht – und zwar sichtlich angewidert. »Kannst du die Dinger bitte irgendwo hinlegen, wo sie nicht mit Lebensmitteln in Berührung kommen?«

»Wieso? Das *sind* doch Lebensmittel«, gab Jasper verwundert zurück.

Sie warf ihm einen gleichermaßen verständnislosen wie auch ungläubigen Blich zu. »Das meinst du doch hoffentlich nicht im Ernst.«

»Doch, natürlich. Es wird zwar als Hundefutter verkauft, aber für Menschen ist es trotzdem nicht giftig. Oder hast du etwa ´ne generelle Abneigung gegen Fleisch?«

»Nein, hab ich nicht. Ich selbst esse aber nur gelegentlich Fleisch. Meistens wenn ich in fremden Ländern unterwegs bin und die dort üblichen Spezialitäten koste –

oder zu besonderen Anlässen. Zuhause wird bei mir aber so gut wie nie Fleisch verarbeitet.«

»Okay ... also bist du keine Veganerin oder sowas?«

Anstatt darauf zu antworten, hielt Steffi die Schüssel mit den verquirlten Eiern hoch, sodass Jasper sie ganz genau erkennen konnte.

»Und jetzt?«, fragte er schulterzuckend, wobei er sie irritiert ansah.

»Es gibt Rührei«, schob sie schließlich erklärend hinterher. Dann stellte sie die Schüssel zurück auf die Arbeitsplatte und holte die Butter aus dem Kühlschrank.

»Das ist ja auch kein Fleisch«, hielt Jasper dagegen.

»Veganer essen überhaupt keine tierischen Produkte – und dazu gehören unter anderem auch Käse, Butter und Ei.«

»Dann halt Vegetarier. Aber ist schon okay, ich hab´s verstanden: Du bist nur sowas wie ´ne Teilzeitvegetarierin. Wenn´s nix anderes gibt, beißt du auch mal in ´nen Stück Fleisch.«

»So in etwa«, gab Steffi sichtbar amüsiert zurück. »In Nordfriesland wären das dann wohl hauptsächlich Fische und Meeresfrüchte.«

»Ja, oder Schafe und Kühe. Von denen haben wir hier auch jede Menge.«

»Wir brauchen es nicht gleich übertreiben, mein Freund«, stellte sie nun unmissverständlich klar, während sie erst die Butter und dann die flüssige Eimasse in die Pfanne gab. »Nur weil ich ab und zu Fleisch esse, bedeutet das nicht, dass für mich mehr Tiere sterben sollen, als es unbedingt notwendig ist.«

Jasper lehnte sich lässig gegen das Küchenbuffet und blickte Steffi neugierig an. »Aber Eier und Butter zu essen, ist für dich okay, obwohl dafür auch Tiere leiden müssen?«

»Das ist für mich grade noch so im Rahmen des Erträglichen. Aber falls es dich beruhigt, kann ich dir versichern, dass ich ausschließlich Bioprodukte kaufe – von Tieren aus Freilandhaltung und so …«

»Ja, genau – von glücklichen Hühnern und so. Aber ist ein totes Huhn glücklich? Und ist nicht ein Huhn, das ein schönes Leben hatte, viel unglücklicher, wenn es am Ende umgebracht wird?«

Steffi, die soeben noch mit dem Pfannenwender in den Rühreiern herumgestochert hatte, verharrte mitten in der Bewegung und warf Jasper einen bohrenden Blick zu. »Soll das hier jetzt ´ne Grundsatzdiskussion über moralische Ansichten werden oder willst du dich einfach nur über mich lustig machen?«

»Nein, sowas würde ich mir niemals anmaßen«, behauptete er und hob dabei beschwichtigend die Hände. »Es interessiert mich nur, wie du dazu stehst.«

»Naja, im Großen und Ganzen kennst du meine Einstellung jetzt. Ich bin jedenfalls gegen Massentierhaltung und ich glaube, dass es auch nicht gesund sein kann, jeden Tag tierische Lebensmittel zu essen.«

»Ganz meine Meinung«, pflichtete Jasper ihr nun höchst unerwartet bei. »Aus dem Grund lebe ich übrigens auch vegan.«

»Du tust *was*?«, brach es aus Steffi mit fast schon überschlagender Stimme heraus. Entweder hatte sie sich gerade verhört oder Jasper völlig falsch eingeschätzt. »Sag das bitte noch mal«, forderte sie ihn daher auf.

»Ich bin Veganer«, wiederholte er standhaft.

»Du bist Veganer? Warum hast du das nicht gleich gesagt? Ich hab grade fünf Rühreier in die Pfanne gehauen …«

»Das hättest du mich fragen müssen, *bevor* du die Eier aufgeschlagen hast«, sagte Jasper, wobei er nun allerdings schon erhebliche Schwierigkeiten hatte, sein diebisches Grinsen zu unterdrücken. »Du kannst doch nicht einfach fünf Rühreier braten, ohne vorher …«

»Niemals!«, stellte Steffi jetzt mit entschlossenem Kopfschütteln fest.

Und im nächsten Moment brachen sie beide in ein schallendes Lachen aus.

»Du hast es geglaubt!«, prustete Jasper belustigt hervor. »Das hab ich doch genau gemerkt!«

»Aber nur für eine Sekunde«, rechtfertigte sich Steffi kichernd. »*So* schlecht, dass ich dir das komplett abkaufen konnte, ist meine Menschenkenntnis nämlich wirklich nicht!«

***

Noch während ihrem gemeinsamen Frühstück bot Steffi ihren beiden neuen Freunden an, ihnen bei einem ausgedehnten Spaziergang durch die Südermarsch Gesellschaft zu leisten. Jasper musste dazu nicht lange überredet werden; er freute sich darauf, noch ein wenig mehr Zeit mit ihr verbringen zu können – und für Lupus galt offensichtlich dasselbe.

Als sich der morgendliche Nebel lichtete, wanderten sie zwischen Wiesen und Sumpfflächen, an Bächen und Entwässerungsgräben vorbei, über die Feldwege. Manche Bäume verloren bereits ihre Blätter und am Horizont ragten die gigantischen Windräder in den Himmel, wodurch das ansonsten durchweg ursprünglich anmutende Bild dieses Landstrichs ein wenig getrübt wurde. Lupus, der hier ohne Leine herumspringen durfte, rannte immer mal wieder ein Stück voraus, kam aber spätestens dann zurück, wenn er die Möglichkeit bekam, einem geworfenen Ast nachzujagen.

»Nur das Apportieren klappt noch nicht so richtig«, stellte Jasper fest, als er merkte, dass Lupus es offenbar für unnötig hielt, ihm die Äste zurückzubringen. »Aber das lernt er bestimmt noch in der Hundeschule, er hat sich schon bei unserer ersten Unterrichtseinheit ganz gut angestellt«, ergänzte er mit seiner für ihn typischen Zuversicht.

»Und du kannst in der Hundeschule wahrscheinlich auch noch einiges dazulernen«, gab Steffi neckisch zurück. »Es liegt ja nicht allein an dem Hund, ob er gehorsam ist.«

»Ja, auf jeden Fall. Dass man als Hundehalter weiß, was man tut, ist mindestens genauso wichtig. Das haben mir die zwei Hundetrainer auch schon zu verstehen gegeben.«

»Dieses weitläufige Gebiet hier scheint für Lupus ja wie geschaffen zu sein«, sagte Steffi nach einer kurzen Gesprächspause. »Er kann sich hier richtig austoben.«

»Ja, das stimmt schon. Ich muss aber genau aufpassen, wo ich mit ihm entlanggehe. Es ist nämlich auch schon vorgekommen, dass er ohne Vorwarnung in einen Tümpel gesprungen ist. Und wenn auf einer Wiese gerade Schafe geweidet werden, mache ich auch lieber ´nen großen Bogen darum.«

»Du könntest ihn dann aber auch einfach an die Leine nehmen ...«

»Das wäre natürlich auch ´ne Option«, räumte Jasper ein. »Ich kenne mich hier ja zum Glück gut genug aus, um zu wissen, wo ich ein bisschen besser aufpassen muss.«

»Lebst du eigentlich schon immer in dieser Gegend?«, wollte Steffi jetzt wissen.

»Nicht ganz ... ich bin mit meiner Mutter nach Rantrum gezogen, als ich etwa neun Jahre alt war. Davor haben wir in der Nähe von Lübeck gewohnt.«

»Und in Rantrum wohnt ihr jetzt immer noch?«

Jasper spürte, auf was Steffi mit dieser Frage hinauswollte. Ihr ging es darum, herauszufinden, ob er heutzutage noch immer bei seiner Mutter lebte oder ob er mittlerweile in eine eigene Wohnung gezogen war.

»Wir leben beide noch in Rantrum, aber nicht mehr im gleichen Haus, wenn du das meinst. Ich hab´s irgendwann nicht mehr mit meinem Stiefvater unter einem Dach ausgehalten, wollte aber auch nicht von hier weg ...«

»Verstehe«, sagte Steffi nickend und mit einem herzerwärmenden Lächeln auf den Lippen. »Finde ich schön, dass du dich zu dieser Gegend so verbunden fühlst ... und zu deiner Mutter vermutlich auch.«

»Ja, definitiv. Ich könnte mir wirklich nicht vorstellen, irgendwo anders zu leben. Auch wenn hier nur selten was los ist, aber ich mag das einfach. In einer Großstadt zu leben, wäre echt nix für mich.«

»Das kann auf Dauer auch ganz schön anstrengend sein. Ich kenne beides – sowohl Großstadtalltag als auch ein abgeschiedenes Leben draußen in der Natur. Und auch wenn sich der Trubel in Nürnberg noch einigermaßen in Grenzen hält, muss ich sagen, dass ich mich, je älter ich werde, immer mehr nach Ruhe und Zurückgezogenheit sehne.«

»Die brauchst du vermutlich auch, um ungestört an deinen Büchern zu schreiben«, äußerte Jasper eine zumindest nicht völlig abwegige Annahme.

»Nicht unbedingt – aber es ist auf jeden Fall hilfreicher, als wenn in der Wohnung nebenan die ganze Zeit ein Baby schreit oder wenn in der WG über mir bis zum nächsten Morgen eine wilde Party gefeiert wird.«

»Tja, solche Störfaktoren bleiben dir auf Tante Ingas Hof erst mal erspart.«

»Wieso ›erst mal‹?«, wunderte sich Steffi.

Jasper zuckte arglos mit den Schultern. »Naja, man weiß ja nie, was in der Zukunft noch so alles passieren könnte ...«

Stefanie lachte erheitert auf. »Eine Party können wir auf dem Hof gerne veranstalten, wenn alle Umbauarbeiten abgeschlossen sind. Das wird dann die Einweihungsparty der Tierpension – sowas sollten wir sowieso organisieren, schon alleine zu Marketingzwecken.«

»Gute Idee«, stimmte Jasper ihr zu. »Damit könntest du die Tierpension dann gleich ein bisschen in der Gegend bekannt machen. Am besten wäre es, wenn du dafür auch eine Anzeige in der Zeitung schalten würdest.«

»Ja, natürlich – das wäre sogar sehr wichtig, damit die Leute überhaupt davon erfahren. Wir müssten dann schon ein richtiges Fest auf die Beine stellen, auf dem wir Essen und Getränke verkaufen. Und eine Hüpfburg für die Kinder sollten wir auch aufstellen ...«

Jasper sah Steffi etwas erstaunt an. »Mit ›wir‹ meinst du ... *uns* oder ...?«

Daraufhin warf sie ihm einen bittenden Blick zu und klimperte verheißungsvoll mit den Augen. »Wir beide und noch ein paar andere Helfer. Du würdest mich doch bestimmt dabei unterstützen, Jasper, oder?«

»Ja, also ... wenn du willst. Dann klar, gerne ...«

»Danke – ich wüsste echt nicht, wie ich das alles ohne dich hinbekommen sollte. Und damit meine ich nicht nur deine Zimmererarbeiten, sondern auch das ganze Drumherum«, beteuerte sie, wobei ihre Mundwinkel zu einem erleichterten Lächeln nach oben wanderten.

Auch Jasper lächelte – er konnte gar nicht anders, wenn er Steffi so etwas sagen hörte. Nachdem ihn schon der erste Eindruck von ihr regelrecht umgehauen hatte, fand er nun sogar noch mehr Gefallen an der hübschen jungen Frau aus Süddeutschland. Wie er inzwischen erkannt hatte, sah sie nicht nur sehr gut aus, sondern hatte auch einen tollen Sinn für Humor und war darüber hinaus auch noch ziemlich schlagfertig.

Er freute sich darauf, sie näher kennenzulernen und Tante Ingas alten Bauernhof mit ihr gemeinsam umzugestalten. Dafür hätte er sich gar keine bessere Kandidatin vorstellen können, denn menschlich passte bei ihnen scheinbar alles zusammen. Bei dem Gedanken daran erahnte er plötzlich, dass die alte Dame bestimmt nicht zufällig Steffis Mutter als Erbin ausgewählt hatte. Auch wenn sie deren Töchter nie kennengelernt hatte, musste sie sich mehr dabei gedacht haben. Und dass sie außer ihnen sonst keine Verwandten mehr gehabt hatte, konnte mit Sicherheit auch nicht der einzige Grund gewesen sein.

Kapitel 10

»Ich hoffe, die reichen erst mal«, sagte Jasper zu Steffi am Montagmorgen, während er ihr einen Stapel zusammengefalteter Umzugskartons überreichte, die er gerade aus seinem Kleintransporter geholt hatte.

»Danke – ich schätze, die müssten genügen«, antwortete Steffi, bevor sie die Kartons, um die sie Jasper am Samstag noch gebeten hatte, entgegennahm.

»Aber räum bitte nicht gleich alle von Tante Ingas Dekoartikeln weg«, hielt er sie noch zurück, als sie sich bereits in Richtung Hauseingang umgedreht hatte. »Ihr waren die Sachen unheimlich wichtig, deshalb hat sie auch nie was davon weggeschmissen. Und auch ich verknüpfe mit manchen davon die ein oder andere schöne Erinnerung.«

Steffi sah Jasper an und nickte ihm verständnisvoll zu. »Verstehe – wenn das so ist, werde ich einen Teil davon behalten. Du kannst dir nachher ja mal anschauen, was ich aussortiert hab, und dann entscheiden wir gemeinsam, von was wir uns trennen können.«

»Okay, so machen wir´s«, gab er erleichtert zurück.

Steffi ging mit den Umzugskartons zunächst ins Schlafzimmer, um den Kleiderschrank auszuräumen. Bisher hatte sie ausschließlich aus dem Koffer gelebt, aber nun wurde es allmählich Zeit, sich in dem alten Bauernhaus einzurichten. Und dazu gehörte für sie natürlich auch, mehrere Zimmer von Tante Ingas angehäuftem Krempel zu befreien – dass dies unumgänglich war, hatte sie schließlich schon am Tag ihrer Ankunft festgestellt.

An diesem Morgen hatte sie auch Jaspers Cousin Finn kennengelernt, der jetzt mit ihm zusammen in den Stall ging, um dort ebenfalls die Überbleibsel aus längst vergangenen Tagen nach draußen zu verfrachten. Nachdem das Gebäude in den letzten zehn Jahren hauptsächlich als

Lagerschuppen genutzt wurde, musste auch hier erst einmal aufgeräumt werden, ehe die beiden Handwerker mit ihrer eigentlichen Arbeit beginnen konnten.

Seit ihrem gemeinsamen Frühstück und der anschließenden Wanderung durch die umliegende Umgebung war Stefanie klargeworden, dass in Jasper mehr steckte als sie anfangs angenommen hatte. War er ihr bei ihrer ersten Begegnung noch wie ein unbedarftes Landei vorgekommen, dem sie bestenfalls zugestanden hatte, ein versierter Zimmermann zu sein, erkannte sie inzwischen, dass er noch einiges mehr zu bieten hatte.

Äußerlich attraktiv war er schon aufgrund seiner beachtlichen Körpergröße und seiner kräftigen Schultern, doch auch sein markantes Gesicht fand sie optisch durchaus ansprechend. Genauso wie seine himmelblauen Augen, die meistens zwar hellwach zu sein schienen, aber gleichzeitig auch eine beständige Ruhe ausstrahlten.

Aber was für Steffi noch viel wichtiger war, um sich zu einem Mann hingezogen zu fühlen, war es, dass er sie zum Lachen brachte und sie sich gut mit ihm unterhalten konnte. Mit jemandem intensive Gespräche führen zu können, war für sie die Grundvoraussetzung, um ihm auch körperlich näherkommen zu wollen – und das war bei Jasper tatsächlich der Fall. Und darüber hinaus sah sie es natürlich auch als großen Pluspunkt, dass er so liebevoll mit seinem Hund umging.

Nachdem Stefanie drei Umzugskartons mit Tante Ingas alten Klamotten und zwei mit verschiedenen Gegenständen aus Wohnzimmer und Bad gefüllt hatte, betrat sie den Büroraum, der sich gegenüber von ihrem Schlafzimmer im oberen Stockwerk befand. Das Mobiliar, mit dem der Raum eingerichtet war, machte einen geradezu antiken Eindruck und war dadurch nicht nur deutlich älter als fast alle anderen Möbel im Haus, sondern stammte vermutlich noch aus der Zeit, in der das Gebäude erbaut wurde.

Nur ein einziges Mal hatte Steffi bisher einen Blick in das Zimmer geworfen – und obwohl ihr auch da schon der Unterschied zu den restlichen Räumen des Hauses aufgefallen war, hatte sie ihm keine weitere Beachtung geschenkt. Als sie sich jetzt allerdings genauer darin umsah, spürte sie, wie sie vom Flair der mehr als hundert Jahre alten Einrichtung des Raumes verzaubert wurde.

Andachtsvoll strich sie mit der Hand über das riesige Bücherregal und überflog dabei die angestaubte Ansammlung von Werken der Weltliteratur, die hier offenbar schon seit Generationen untergebracht war. Steffi war sofort klar, dass sie in diesem Raum nichts verändern würde. Das hatte anscheinend auch Tante Inga schon nicht getan, denn im Gegensatz zu den meisten anderen Zimmern gab es hier keine unpassende Dekoration, sondern nur Dinge, die wahrscheinlich schon immer dazugehörten. Lediglich die elektrische Lampe an der Decke musste später irgendwann einmal hinzugekommen sein – doch selbst die war einem altertümlichen Kronleuchter nachempfunden, wodurch sie keinesfalls wie ein Fremdkörper wirkte, sondern reibungslos zum Gesamtbild passte.

Steffi trat an den massiven Schreibtisch aus Eichenholz und betrachtete das Gemälde, welches darüber an der Wand hing. Es zeigte ein Segelschiff auf dem Meer, im Vordergrund war ein Sandstrand zu erkennen. Steffi vermutete, dass es sich dabei um die Nordseeküste handelte.

Auf einmal überkam sie das Verlangen, herauszufinden, wie es sich wohl anfühlte, auf dem alten Ledersessel zu sitzen und an diesem Schreibtisch zu arbeiten.

Vorsichtig zog sie den Sessel zu sich heran – und als sie sich darauf niederließ, kam es ihr vor wie Magie. Es erfasste sie eine Welle der Inspiration, ohne dass sie deuten konnte, woher diese wohl kam. Steffi wusste nicht, ob es daran lag, dass an diesem Schreibtisch womöglich schon vor etwa hundert Jahren Bücher geschrieben oder andere kreative Arbeiten erschaffen worden waren. Sie kannte nicht die Geschichte, die dahintersteckte, wenngleich es diese zweifellos gab. Aber eines glaubte sie sich sicher zu sein: Die Atmosphäre, die dieses Möbelstück sowie der Rest des Raumes versprühten, würde beim Schreiben ihres neuen Buches mit Sicherheit auf sie abfärben.

Prüfend zog sie die seitlichen Schubladen des Schreibtischs auf – sie öffnete sie nacheinander von oben nach unten, doch jede einzelne davon war leer. Allerdings gab es dann noch ein großes Fach in der Mitte. Dieses war verschlossen und es steckte auch kein Schlüssel im Schloss. Steffi fragte sich, ob der Schlüssel dafür wohl noch existierte. Ob sie ihn vielleicht hier im Haus irgendwo finden würde?

Es musste schließlich einen Grund dafür geben, warum dieses Fach zugeschlossen war. Mit etwas Glück hatte einer der Vorbesitzer etwas darin versteckt, was ihr Aufschluss auf die Tätigkeiten gab, die an diesem Tisch ausgeführt worden waren. Die Vorstellung, etwas Interessantes darin finden zu können, weckte Stefanies Neugierde und den Ehrgeiz, nach einem passenden Schlüssel für dieses Schloss Ausschau zu halten.

***

Jasper und Finn hatten es bis zum Abend geschafft, den ehemaligen Kuhstall weit genug zu entrümpeln, um am nächsten Tag mit den Abrissarbeiten im Innenbereich beginnen zu können. Nachdem sie danach noch von Steffi, die in der Zwischenzeit für sie gekocht hatte, zum Essen eingeladen worden waren, machten sie sich nun auf den Weg nach Hause.

Die Fahrt bis nach Rantrum dauerte nur wenige Minuten. Finn wohnte zwar zwei Dörfer weiter – nämlich im rund sieben Kilometer entfernten Schwabstedt –, aber damit sein Cousin keinen Umweg auf sich nehmen musste, trafen sie sich morgens meistens vor Jaspers Blockhütte. Für Finn stellte das kein Problem dar; andere Leute mussten schließlich auch ihren Weg zur Arbeit zurücklegen und die knapp zehn Minuten auf dem Motorrad halfen ihm frühmorgens beim Wachwerden.

Als sie in die Straße einbogen, sahen sie vor einem der Nachbarshäuser einen Streifenwagen stehen – ein äußerst ungewohnter Anblick in der friedlichen Ortschaft.

»Was wollen denn die Bullen von Familie Anderson?«, fragte Jasper verwundert, als er beim Vorbeifahren die zwei Polizeibeamten bemerkte, die sich an der Haustür mit dem Nachbarsehepaar unterhielten. Die Sonne war zwar schon untergegangen, doch er konnte die beiden deutlich im Schein der Lampen erkennen, die den Hauseingang in ein warmes Licht tauchten.

Finn ließ die Achseln zucken. »Keine Ahnung, vielleicht wurde ja bei ihnen eingebrochen.«

»Eingebrochen? Nein, das kann ich mir nicht vorstellen.«

»Dann weiß ich auch nicht, was passiert sein könnte. Geh doch einfach rüber und frag sie selbst, wenn es dich interessiert. Du kennst sie doch gut genug – wahrscheinlich wollen sie dir sowieso erzählen, was los ist.«

»Hast recht, ich frag sie einfach direkt«, stimmte Jasper seinem Cousin zu, während er den Kastenwagen auf der Wiese neben seiner Blockhütte parkte.

Sie waren kaum ausgestiegen, als sie auch schon Lupus´ freudiges Bellen hörten. Der Wolfshund hatte den Tag mit Jaspers Mutter verbracht und kam jetzt schwanzwedelnd aus dem Haus gerannt, um sein Herrchen gebührend in Empfang zu nehmen.

»Also, dann bis morgen!«, verabschiedete sich Finn, ehe er seinen Motorradhelm aufsetzte und sich auf seine Geländemaschine schwang.

Für Jasper stand jetzt noch eine Stunde Gassigehen mit Lupus auf dem Plan. Also holte er die Hundeleine aus dem Haus und befestigte sie an seinem Halsband. Bevor er mit ihm zu dem Feldweg aufbrach, der sie aus der Ortschaft herausführte, wollte er gleich mal bei seinen Nachbarn vorbeischauen und sich erkundigen, was es denn für ein Problem gab, wegen dem sie die Polizei zu Hilfe gezogen hatten.

Dass die Beamten nicht zu Familie Anderson gekommen waren, weil jemand anderes gegen sie Anzeige erstattet hatte, stand für ihn von Anfang an fest. Er wusste, dass sich weder Kai Anderson noch seine Frau Wiebke etwas zu Schulden kommen lassen würden. Das galt zwar auch für die meisten anderen Dorfbewohner, doch für die Andersons hätte er jederzeit ohne zu zögern beide Hände ins Feuer gelegt. Sie hatten zwei wohlerzogene Kinder im Alter von zwölf und acht Jahren, waren rechtschaffende Bürger und die anständigsten Leute, die man sich überhaupt vorstellen konnte.

Kai, der etwa fünf Jahre älter war als er, kannte Jasper schon, seit er damals mit seiner Mutter in Hagens Haus eingezogen war. Im Lauf der Zeit hatte sich zwischen den beiden eine richtige Freundschaft entwickelt und auch mit Wiebke verband Jasper inzwischen mehr als bloß eine durchschnittliche Nachbarschaft. Daher fand er es durchaus legitim, bei ihnen zu klingeln und nachzufragen, was der Anlass für den Beamtenbesuch war.

Der Streifenwagen war mittlerweile wieder weggefahren und Jasper ging mit Lupus an der Leine zielstrebig auf das Haus zu. Nachdem er den Klingelknopf gedrückt hatte, dauerte es nicht lange, bis die Haustür geöffnet wurde.

»Moin Jasper«, wurde er von Kai tonlos begrüßt. Dessen traurige Miene sprach eindeutig dafür, dass hier etwas ganz und gar nicht in Ordnung sein konnte.

»Moin Kai«, begann Jasper ohne Umschweife, »ich hab gesehen, dass die Polizei grade bei euch war. Ich hab mir Sorgen gemacht, dass euch was passiert ist und wollte mal wissen, ob ich euch vielleicht irgendwie helfen kann …«

»Das ist nett gemeint, Jasper«, gab Kai sichtlich niedergeschlagen zurück. »Ich würde mich freuen, wenn du uns dabei helfen könntest … aber leider wage ich das im Moment zu bezweifeln.«

Etwas verdutzt über diese Antwort, wollte Jasper gerade nachhaken, was denn überhaupt vorgefallen war, als nun auch Wiebke an die Tür kam. Mit Schrecken registrierte er, in was für einem miserablen Zustand sie sich befand. Ihr Gesicht war von Falten durchzogen, die er vorher noch nie an ihr gesehen hatte, und unter ihren Augen zeichneten sich tiefe, dunkle Augenringe ab.

»Moin Jasper«, sagte sie zur Begrüßung mit schwacher Stimme.

»Moin Wiebke. Ich wollte fragen, weshalb die Polizei grade bei euch war. Anscheinend ist ja irgendwas vorgefallen und …«

»Unsere Nele ist weg«, gab Wiebke in deprimiertem Ton zur Antwort. »Sie ist von zuhause weggelaufen, nachdem wir uns gestern gestritten haben.«

Nele war Wiebkes und Kais zwölfjährige Tochter. Jasper hatte bisher noch nie von einem größeren Streit innerhalb der Familie mitbekommen und dass Nele von zuhause weglief, sah ihr auch überhaupt nicht ähnlich.

»Ihr habt euch gestritten und dann ist sie gestern sofort von zuhause weggelaufen?«, wunderte er sich.

»Nein, erst heute Morgen«, antwortete Kai. »Sie ist mit ihrem Pony zusammen abgehauen und bisher nicht wieder aufgetaucht. Ihr Handy hat sie auch ausgeschaltet –

wir haben also keine Ahnung, wo sie sich jetzt rumtreibt.«

Seine Frau erklärte mit feuchten Augen weiter: »Sie muss sich schon ganz früh aus dem Haus geschlichen haben. Anstatt mit dem Bus nach Husum zur Schule zu fahren, ist sie einfach mit Charly, ihrem Pony, verschwunden. Ich bin heute Morgen in ihr Zimmer gegangen, um sie zu wecken, weil sie nicht wie sonst immer allein in die Küche gekommen ist – und dann musste ich feststellen, dass sie gar nicht mehr da ist.«

»Und sie hat euch auch nicht Bescheid gesagt?«, wollte Jasper wissen.

»Nein«, erwiderte Wiebke, ehe sie im nächsten Moment in Tränen ausbrach. »Sie hat uns nur gestern damit gedroht, dass sie nichts mehr mit uns zu tun haben will, wenn wir ihr Pony verkaufen!«

»Aber das haben wir natürlich nicht ernst genommen«, fügte Kai hinzu. »Du weißt doch, wie Kinder in dem Alter sind – wir hätten nie gedacht, dass sie auf so eine Ankündigung auch Taten folgen lässt.«

»Also habt ihr euch gestritten, weil es Nele nicht passt, dass ihr das Pony verkaufen wollt?«, fasste Jasper aufmerksam zusammen.

»Ja, genau«, gestand Kai, der sich dabei spürbar unwohl fühlte. »Du hast ja schon mitgekriegt, dass wir die anderen Pferde auch alle verkauft haben. Meine Eltern werden langsam zu alt, um sich um die Tiere zu kümmern ... außerdem können wir uns das auch finanziell gar nicht mehr leisten. Aber das wollte Nele einfach nicht verstehen.«

Jasper nickte teilnahmsvoll. »Klar, ich weiß schon ...«

»Sie wollte aber unbedingt ihre Charly behalten, weil sie auf ihr das Reiten gelernt hat«, schluchzte Wiebke nun, wobei sie sich mit dem Handrücken ihre Tränen aus dem Gesicht wischte. »Wenn wir gewusst hätten, dass sie deswegen so einen Aufstand macht, hätten wir uns eine andere Lösung überlegt ...«

Kai sah seine Frau mit düsterem Blick an und knurrte frustriert: »Wiebke, du weißt doch ganz genau, dass wir schon einen Käufer für den Stall haben. Das Geld können wir gut gebrauchen.«

»Das ist mir egal! Ich will nur, dass mein Kind wieder nach Hause kommt!«, rief Wiebke in einem Anflug von Verzweiflung, bevor sie wimmernd im Haus verschwand.

»Verdammt!«, ärgerte sich Kai offenbar über sich selbst. »Sie ist völlig durcheinander, weil ... naja, siehst du ja selbst.«

»Ja, klar – tut mir echt leid, Mann. Wenn ich irgendwas mitkriege, lass ich es dich auf jeden Fall sofort wissen. Ich meine, so ein Pony wird ja nicht einfach spurlos verschwinden können ...«

»Hoffen wir´s. Außer hoffen und abwarten können wir heute sowieso nichts mehr tun.«

»Na gut, dann ...« Jasper wollte sich schon umdrehen, um endlich mit Lupus Gassi zu gehen, da dieser bereits seit mehreren Minuten ungeduldig an der Leine zog – doch dann fiel ihm noch etwas ein: »Hat Nele eigentlich Verpflegung dabei, um längere Zeit draußen zu bleiben?«

»Ja, sie hat sich tatsächlich ´nen Rucksack voll mit Proviant gepackt«, bestätigte Kai. »Und ´nen Schlafsack hat sie auch mitgenommen. Man kann ihr also zumindest nicht vorwerfen, dass sie nicht an alles gedacht hätte ...«

Außer daran, dass die Nächte trotzdem schon eisig kalt werden, dachte Jasper. Doch um seinen Nachbarn nicht unnötig zu beunruhigen, sagte er stattdessen nur: »Es dauert bestimmt nicht lange, bis sie wieder zurückkommt. Ich schätze, sie braucht einfach nur etwas Zeit für sich allein.«

Kapitel 11

»Na, Jungs – wie kommt ihr voran?«, erkundigte sich Steffi, als sie am nächsten Morgen um kurz vor neun Uhr mit einer Kanne Kaffee und zwei Tassen in den Stall kam.

Jasper und Finn hatten die Baustelle inzwischen so weit vorbereitet, dass sie als Nächstes mit dem Abriss der alten, aus Stein gemeißelten Futtertröge und der inneren Halbwände beginnen konnten. Dafür hatten sie zwei elektrische Abbruchhämmer mitgebracht, die sie zusammen mit ein paar Baulampen an quer durch die Räume gelegte Kabelrollen angeschlossen hatten.

»Wir haben gestern erst mal alles ausgeräumt«, erklärte Jasper und zeigte dabei nach draußen, wo das zusammengetragene Gerümpel vor der Türe auf einem Haufen lag. »Heute fangen wir damit an, die Trennwände und Futtertröge rauszureißen, damit wir die Räume später nach unseren eigenen Anforderungen komplett neu aufteilen können. Aber ich weiß noch nicht, wie lange das dauern wird – wahrscheinlich werden wir dafür mehrere Tage brauchen.«

»Und falls wir uns dabei ein bisschen ungeschickt anstellen, würde ich dich bitten, darüber hinwegzusehen«, ergänzte Finn augenzwinkernd. »Solche Abrissarbeiten gehören nämlich normalerweise gar nicht zu unserem Aufgabenbereich.«

»Wie ihr euch anstellt, kann ich doch nicht mal beurteilen«, gab Steffi lachend zurück. »Aber lasst euch ruhig Zeit, wir haben es ja nicht eilig. Mir würde es reichen, wenn wir die Tierpension nächsten Frühling eröffnen können – vorher wäre es sowieso noch zu kalt für unsere Einweihungsfeier.«

Jasper nickte. »Nächstes Frühjahr wäre ein realistisches Ziel, das wir auch ohne Probleme erreichen können. Und ich bin froh, wenn ich den Winter über keine anderen Aufträge reinholen muss.«

»Der Winter ist generell nicht die richtige Jahreszeit, um draußen zu arbeiten«, sagte Finn, der dabei das Gesicht verzog, als ob er frieren würde.

»Daran wirst du dich wohl oder übel gewöhnen müssen, wenn du nicht zurück in die Backstube willst«, erinnerte Jasper ihn mit einem verständnislosen Kopfschütteln.

»Nicht unbedingt. Ich bin immer noch jung genug, um was Anständiges zu lernen – ich müsste mir nur mal darüber Gedanken machen, was das sein könnte.«

»Gut, dann mach dir deine Gedanken, während du die Wände einhämmerst«, riet Jasper seinem Cousin, bevor er sich einen der beiden Abbruchhämmer schnappte. »Die körperliche Anstrengung wird dir dabei helfen, deine grauen Zellen in Schwung zu bringen.«

»Okay, dann lass ich euch beide mal in Ruhe arbeiten«, beschloss Stefanie schmunzelnd.

»Ach ja, eine Sache noch«, hielt Jasper sie auf, als sie sich bereits umdrehte. »Ich muss heute Nachmittag wieder mit Lupus zur Hundeschule, deshalb machen wir spätestens um halb drei Feierabend.«

»Kein Problem, Jasper – ich bin nicht eure Chefin, ihr müsst euch bei mir für sowas nicht rechtfertigen.«

»Ich wollte mich auch nicht rechtfertigen, sondern dich nur wissen lassen, dass du heute Abend nicht für uns mitkochen musst.« Als Jasper merkte, dass er diese Aussage ein wenig zu humorlos rübergebracht hatte, schickte er schnell ein versöhnliches Lächeln hinterher. »Wobei ...« Jetzt sah er kurz zu Finn, der ebenfalls drauf und dran war, sich an seiner ersten Mauer zu schaffen zu machen. »... vielleicht hat ja mein Mitarbeiter Lust, trotzdem bis heute Abend hierzubleiben.«

»Nee, sorry – hab schon was vor«, kam es daraufhin wie aus der Pistole geschossen zurück.

Steffis Mundwinkel formten sich zu einem Grinsen, ehe sie den beiden nacheinander zunickte. »Ist in Ordnung – länger als bis heute Mittag hätte ich euch diese harte Arbeit sowieso nicht zugemutet.«

***

Die nächsten Stunden verbrachte Stefanie vorrangig im Büro, wo sie mit der Arbeit an ihrem Nordseeroman begann. Ihren Laptop hatte sie auf dem antiken Schreibtisch platziert und die Energie, die von dem Möbelstück ausging, schien sie wie von Geisterhand zu beflügeln. Ohne für eine längere Pause aufzustehen, tippte sie eine Seite nach der anderen in ihr Word-Dokument.

Erst ihr rumorender Magen erinnerte sie nach mehreren Stunden daran, dass es allmählich Zeit wurde, um etwas zu Mittag zu essen. Wie sie mit einem Blick auf die rechte Seite des Monitors feststellte, war es schon fast vierzehn Uhr. Steffi stand auf und ging nach unten in die Küche, entschied sich dann aber dafür, vorher noch kurz bei ihren Handwerkern vorbeizuschauen. Schließlich hielt sie es für angebracht, den beiden zumindest anzubieten, bei ihr mitzuessen.

Als sie den Stall betrat, musste sie zunächst lautstark auf sich aufmerksam machen, damit Jasper und Finn ihre elektrischen Abbruchhämmer ausschalteten.

»Ich wollte euch nur mal fragen, ob ihr noch zum Mittagessen bleiben wollt«, eröffnete sie den beiden, als es in dem leeren Gebäude endlich still war.

»Das ist echt lieb von dir, Steffi – aber wir haben vorhin erst noch mal Pause gemacht«, gab Jasper zurück.

Finn zog sein Handy aus der Tasche und schaute kurz auf das Display. Dann fügte er hinzu: »Das ist jetzt zwar auch schon wieder zwei Stunden her, aber Hunger hab ich im Moment noch keinen.«

»Es ist schon so spät?«, hakte Jasper beinahe ungläubig nach. »Dann können wir ja bald Feierabend machen.«

»Da hätte ich gar nix dagegen«, erwiderte Finn. »Mir fallen auch schon langsam die Arme ab.«

»Okay, dann machen wir Schluss für heute«, entschied Jasper einsichtig. Auch er klang schon ziemlich erschöpft, aber nicht unbedingt bloß wegen der Arbeit. An seinen Cousin gerichtet, erklärte er: »Die Abrisshämmer nehmen wir mit, auch wenn sie hier bestimmt nicht geklaut werden – aber sie sind schließlich nur ausgeliehen, deshalb sollten wir sie nicht einfach auf der Baustelle rumliegen lassen.«

»Das heißt, die Lampen lassen wir hier?«, schlussfolgerte Finn, während er sie aus den Steckdosen der Kabelrolle ausstöpselte.

»Ja, und die Kabel kannst du auch liegen lassen«, bestätigte Jasper, dann ging er mit seinem schweren Abrisshammer an Steffi vorbei und durch die Türe nach draußen.

Steffi nahm die leere Kaffeekanne und die zwei Tassen, die sie den Handwerkern einige Stunden zuvor hingestellt hatte, und verließ damit den Stall. Draußen folgte sie Jasper zu seinem Kleintransporter, in dessen Laderaum er nun das Werkzeug verstaute.

Sie spürte, dass ihn irgendetwas beschäftigte. Schon heute Morgen hatte er lange nicht so fröhlich gewirkt wie sonst immer, aber dafür musste es nicht zwangsweise einen tieferen Grund geben. Vielleicht war Jasper auch einfach nur ein Morgenmuffel, der erst im Laufe des Vormittags etwas gesprächiger wurde. Dass sich seine Laune seitdem aber nicht wirklich gebessert hatte, fand Steffi jedoch schon auffällig. Immerhin wusste sie, wie viel Spaß es ihm gemacht hatte, mit Lupus zur Hundeschule zu gehen, weshalb sie annahm, dass er sich eigentlich darauf freuen müsste.

Um herauszufinden, was mit ihm los war, nutzte sie den Augenblick, bevor Finn dazustieß, und sprach Jasper kurzerhand darauf an. Mit einfühlsamer Stimme fragte sie ihn: »Sag mal, Jasper, geht´s dir heute nicht gut? Du wirkst so nachdenklich, so richtig in dich gekehrt.«

Er sah sie mit ernster Miene an. »Ja, das stimmt – ich mache mir Sorgen um jemanden.«

Mit einem fragenden Blick ermunterte Steffi ihn, mehr zu erzählen.

»Es ist die Nachbarstochter«, führte Jasper nun aus, »sie ist von zuhause weggelaufen, weil ihre Eltern ihr Pony verkaufen wollen. Ich kenne die Familie schon ziemlich lange, musst du wissen – ihr Vater und ihre Mutter haben es mir gestern selbst erzählt. Sie haben jetzt natürlich Angst, dass ihr irgendwas passiert, deshalb haben sie auch schon die Polizei eingeschaltet.«

Stefanie merkte, dass es Jasper guttat, darüber zu sprechen, und streichelte ihm tröstend über den Arm. Dass ihm die Geschichte so naheging, zeigte ihr außerdem, dass er ein unheimlich empathischer Mensch sein musste, was sie wiederum richtig süß fand.

Weil sie den Zeitpunkt für ein derartiges Kompliment allerdings etwas ungeeignet hielt, fragte sie ihn stattdessen: »Wie alt ist denn das Mädchen?«

»Sie ist zwölf Jahre alt – also eigentlich noch zu jung, um nachts alleine durch die Gegend zu ziehen.«

»Verstehe«, gab Steffi mit einem behutsamen Nicken zurück. »Also macht ihr euch hauptsächlich Sorgen, dass sie in falsche Hände gerät?«

Jasper zuckte unschlüssig mit den Schultern. »Man weiß ja nie … Sie ist zwar nicht auf den Kopf gefallen und sich bestimmt darüber im Klaren, dass sie nicht mit irgendwelchen Fremden mitgehen soll, aber … Ach, keine Ahnung«, schob er leise hinterher.

»Dann vermutet ihr also, dass sie sich auf den Weg in die nächste Stadt gemacht hat? Wahrscheinlich nach

Husum? Oder könnte sie direkt mit dem Zug nach Hamburg gefahren sein?«

»Nein, mit dem Zug fährt sie auf gar keinen Fall«, erwiderte Jasper und schüttelte energisch mit dem Kopf. »Sie hat ihr geliebtes Pony nämlich mitgenommen. Deshalb glaube ich eher, dass sie sich von sämtlichen Ortschaften fernhält.«

Steffi musste sich ein Schmunzeln verkneifen, als sie das hörte. »Dadurch sollte sich die Gefahr, dass sie auf jemanden trifft, der ihr etwas antun würde, aber deutlich verringern – findest du nicht?«

»Doch, natürlich. Mir ist völlig klar, dass es in einer Großstadt für so ein junges Mädchen noch viel gefährlicher ist – aber das bedeutet ja nicht, dass man hier auf dem Land jegliches Risiko ausschließen kann.«

***

Am späten Nachmittag fuhr Steffi noch einmal nach Husum, um sich in den Geschäften der Innenstadt nach neuen Kleidungsstücken und verschiedenen Alltagsgegenständen für ihren neuen Haushalt umzusehen. Ganz oben auf ihrer Liste standen dabei Gummistiefel und eine Regenjacke, die sie brauchen würde, um sowohl für ihre Arbeit auf dem Hof als auch allgemein für die nordfriesischen Wetterverhältnisse gerüstet zu sein.

Nach kurzer Suche landete sie schließlich in einem kleineren Laden, der sich auf Campingausrüstungen, Angelzubehör sowie Outdoorbekleidung spezialisiert hatte. Hier würde Steffi mit Sicherheit fündig werden. Sie schaute gerade die Regale durch und hatte auch schon die Schuhabteilung entdeckt, als eine junge Verkäuferin am Ende des Ganges erschien.

Sie trug ein grünes T-Shirt mit dem Logo des Geschäfts darauf und ihre dunkelblonden Haare hatte sie hinten zu einem Zopf zusammengebunden. Steffi schätzte sie auf Anfang zwanzig.

»Moin, kann ich Ihnen irgendwie behilflich sein?«, fragte sie auffallend freundlich.

»Ja, ich denke schon«, gab Steffi lächelnd zurück. »Ich bräuchte ein Paar Gummistiefel und eventuell noch eine Regenjacke.«

»Da haben wir bestimmt was Passendes für Sie.« Zielsicher ging sie ein paar Schritte weiter und zog einen gelben Kunststoffstiefel aus dem Regal. »Welche Größe haben Sie denn?«

»Neununddreißig«, antwortete Steffi.

»Dann würden wir damit schon richtig liegen«, sagte die junge Verkäuferin und hielt den Stiefel dabei mit beiden Händen in die Luft. »Wir hätten aber auch Modelle, die innendrin gefüttert sind. Gerade jetzt, wenn es kälter wird, kann ich Ihnen sowas auch sehr ans Herz legen.«

»Ja, das wäre wohl gar nicht so verkehrt«, bestätigte Steffi ein wenig unschlüssig.

»Wollen Sie vielleicht mal von jeder Variante einen anprobieren?«

»Klar, warum nicht?«

»Sie können sich dafür auch gerne hinsetzen«, bot die Verkäuferin an, während sie bereits einen Hocker heranzog, der zwischen den Regalen stand.

Als Steffi sich nun darauf niederließ und ihre Schuhe auszog, wurden ihr noch zwei weitere Paar Gummistiefel gebracht. Sie war gerade in die gefütterten Stiefel geschlüpft, als sie spürte, wie die junge Verkäuferin sie aufmerksam musterte. Als sie sich aufrichtete, trafen sich ihre Blicke. Steffi bemerkte, dass der jungen Frau etwas auf der Zunge lag und schaute sie abwartend an.

»Sagen Sie mal«, tastete sich die Verkäuferin jetzt langsam heran. »Kann es sein, dass Sie die Schriftstellerin Stefanie Engelhardt sind?«

Ihre Lippen zogen sich daraufhin unweigerlich zu einem breiten Lächeln auseinander. »Ja, das stimmt«, antwortete sie überrascht.

»Hab ich´s mir doch gleich gedacht«, kam es mit freudigem Strahlen zurück. »Ich hab mich bloß nicht sofort getraut, Sie darauf anzusprechen.«

»Dann haben Sie vermutlich eines von meinen Büchern gelesen.«

»Nicht nur eins, sondern alle. Aber *Die Aussteigerin von La Gomera* hat mich schon am meisten beeindruckt – das war übrigens auch das erste Buch, was ich von Ihnen gelesen hab. Seitdem folge ich Ihnen auch in den sozialen Netzwerken.«

»Ach so, natürlich«, lachte Steffi. »Das erklärt dann auch, woher Sie mein Gesicht kennen. An das Foto von mir, das man in meinen Büchern auf der letzten Seite sieht, erinnert sich nach dem Lesen meistens niemand mehr.«

Es kam ohnehin eher selten vor, dass Steffi von fremden Menschen aufgrund ihrer Bücher angesprochen wurde. Wie oft sie bisher von Leserinnen oder Lesern erkannt worden war, konnte sie an einer Hand abzählen – zumal ihr letzter Fernsehauftritt inzwischen auch schon knapp zwei Jahre her war. Und obwohl man im Internet einige Bilder von ihr finden konnte, war sie als Autorin im Vergleich zu Musikern oder Schauspielern für die Öffentlichkeit doch immer noch relativ uninteressant. Daher wunderte sie sich umso mehr darüber, dass ihr ausgerechnet in dieser Kleinstadt eine Leserin begegnete, die sich offenbar schon mit ihr auseinandergesetzt hatte.

»Ich hab mir auch die Reiseberichte auf Ihrer Homepage durchgelesen, auf denen sieht man Sie ja auch auf mehreren Fotos«, erklärte die junge Frau. »Sie müssen wissen, dass mich Ihre Bücher und Blogs dazu ermutigt haben, selbst auch mal eine Zeitlang ins Ausland zu gehen. Als erstes Ziel habe ich mir sogar La Gomera schon fest vorgenommen – einfach nur, weil mich Ihre Beschreibung von dieser Insel so sehr fasziniert hat.«

»Das freut mich jetzt aber, dass ich Sie mit meinem Buch dazu inspirieren konnte. Ich würde generell allen jungen Leuten raten, sich ein bisschen die Welt anzuschauen. Haben Sie auch schon geplant, wann die Reise losgehen soll?«

»Anfang Januar. Ich werde noch bis Ende des Jahres hier im Laden arbeiten, um etwas Geld zusammenzusparen – mein Chef weiß schon Bescheid, ich hab ihn extra ganz sachte darauf vorbereitet. Und wenn ich mich dann auf der Insel ein wenig zurechtgefunden hab, will ich spontan entscheiden, ob ich mich dort für längere Zeit niederlasse oder ob ich erst noch andere Gegenden auf der Erde bereise.«

Steffi erfüllte es auf eine gewisse Art mit Stolz, als sie von ihrer Leserin erzählt bekam, welchen positiven Einfluss sie mit ihren Reiseberichten auf sie ausgeübt hatte. Begegnungen wie diese waren wohl mitunter die schönsten Momente, die sie dank ihrer Tätigkeit als Buchautorin erleben durfte.

»Wenn ich sowas höre, fühle ich mich wieder richtig motiviert, mit dem Schreiben weiterzumachen«, eröffnete sie der jungen Verkäuferin. »Für mich ist es einfach das Größte, wenn ich die Bestätigung bekomme, dass ich anderen Menschen mit meinen Büchern auf ihrem Weg weiterhelfen kann.«

»Mir haben Ihre Bücher auf jeden Fall weitergeholfen. Auf Ihr neues Buch bin ich auch schon wahnsinnig gespannt. Ich hab auch jeden einzelnen Blogeintrag gelesen, den Sie während Ihrer Zeit in Australien auf Ihrer Homepage veröffentlicht haben. Das Buch erscheint ja auch noch dieses Jahr, oder?«

Stefanie nickte. »Ja, die Veröffentlichung ist für Mitte Dezember geplant. Wann genau, weiß ich im Moment leider selbst noch nicht. Der Verlag und natürlich auch ich werden es vorher aber noch rechtzeitig bekannt geben.«

»Und was führt sie jetzt ausgerechnet nach Husum?«, erkundigte sie sich jetzt hörbar interessiert. »Soweit ich weiß, kommen Sie ja eigentlich aus Süddeutschland ...«

»Eine unerwartete Erbschaft hat mich hierhergeführt«, gab Steffi ein wenig geheimnisvoll zur Antwort. »Ich kann Ihnen jetzt erst mal nur so viel verraten, dass ich vermutlich für längere Zeit in dieser Gegend bleiben werde. Aber wie genau es dazu gekommen ist, erfahren Sie auf jeden Fall in einem meiner nächsten Bücher.«

Die junge Verkäuferin lachte amüsiert auf. »Also damit machen Sie mich jetzt aber erst recht neugierig. Ihr Leben möchte ich haben – auf Sie wartet wohl immer irgendein Abenteuer.«

»Na logisch, sonst wüsste ich doch gar nicht, über was ich schreiben sollte.« Steffi ging ein paar Schritte zwischen den Regalen entlang, um die Gummistiefel zu testen, die sie sich schon angezogen hatte, bevor das Gespräch vom ursprünglichen Thema abgeschweift war. Als sie zurückkam, zeigte sie nach unten auf ihre Füße und sagte: »Die sind schon mal gar nicht schlecht, aber ich würde jetzt noch gerne die anderen Modelle anprobieren.«

Kapitel 12

Als Steffi von ihrem Einkaufsbummel aus Husum zurückkam, war es draußen schon stockdunkel, außerdem fiel leichter Nieselregen vom Himmel. Sie parkte ihr Auto zwischen Scheune und Wohnhaus, bevor sie dann erst mal die Haustüre aufschloss. Die außen an der Fassade angebrachte Lampe schaltete sich automatisch ein und leuchtete den kompletten Eingangsbereich aus.

Steffi hatte vier große, bis zum Anschlag vollgestopfte Einkaufstüten mit Lebensmitteln, Klamotten und diversen Gebrauchsgegenständen im Kofferraum, von denen sie nun eine nach der anderen ins Haus schleppte. Mit der letzten Tüte auf dem Arm verriegelte sie ihr Auto per Knopfdruck auf den Schlüssel, als sie plötzlich ein merkwürdiges Geräusch aus der Scheune vernahm.

Es hörte sich zunächst an wie ein Poltern, so als wäre etwas hinter dem Scheunentor umgefallen. Steffi spitzte die Ohren, um herauszufinden, ob sich das Geräusch wiederholte oder ob sie sich womöglich getäuscht hatte.

Als sie auf einmal ein Rascheln hörte, erstarrte sie für einen kurzen Moment. Da musste irgendjemand in der Scheune sein! Oder war es vielleicht nur ein Tier, das sich hineinverirrt hatte?

Steffi brachte die Einkaufstüte ins Haus und ging dann zurück an ihr Auto, um ihre Taschenlampe aus dem Handschuhfach zu holen. Als sie damit in der Hand auf die Scheune zuging, erkannte sie, dass das Tor nicht richtig geschlossen war. Es stand einen Spalt weit offen, weshalb auch die hölzerne Verriegelung nicht eingerastet war. Wer oder was sich hier Zugang verschafft hatte, konnte also unmöglich ein Tier gewesen sein.

Sie nahm ihren ganzen Mut zusammen und schob vorsichtig das Scheunentor auf. Dann leuchtete sie mit der Taschenlampe ins Innere des alten Gebäudes. Der

Lichtkegel huschte über den alten Traktor, den dazugehörigen Anhänger sowie die Ecke mit den Schaufeln, Rechen und Mistgabeln. Die meisten davon lagen auf dem Boden, sie waren also umgefallen. Dann war das wahrscheinlich auch der Auslöser des Polterns, welches Steffi von draußen gehört hatte!

»Hallo, ist da jemand?«, rief sie mit fester Stimme in den Raum hinein.

Es blieb einen Augenblick lang still, ehe sie wie aus dem Nichts das Wiehern eines Pferdes hörte.

Steffi zuckte erschrocken zusammen, leuchtete aber beinahe gleichzeitig blitzschnell in die Richtung, aus der das Wiehern gekommen war. Als sie nun auch etwas genauer hinsah, bemerkte sie, dass sich hinter dem Anhänger tatsächlich etwas bewegte.

Mit vorsichtigen Schritten ging sie nun darauf zu, als sich ihre erste Vermutung bestätigte. Hinter dem Anhänger stand wirklich ein kleines Pferd – ein Pony, um genau zu sein.

Steffi dachte sofort an das Mädchen, von dem Jasper ihr am Mittag erzählt hatte. Seine Nachbarin, die mit ihrem Pony zusammen von zuhause weggelaufen war. Es konnte nur sie sein! Wer sonst sollte in dieser nahezu menschenverlassenen Gegend in ihre Scheune kommen, um dort sein Pferd abzustellen?

Zu dumm nur, dass Steffi nicht wusste, wie das Mädchen hieß. Warum hatte sie Jasper aber auch nicht wenigstens nach ihrem Vornamen gefragt?

»Du kannst rauskommen, ich weiß, dass du hier bist!«, forderte sie, während sie jeden Winkel hinter dem Anhänger gründlich ausleuchtete. »Wenn du dich noch länger in meiner Scheune versteckst, muss ich die Polizei rufen – die suchen sowieso schon nach dir.«

Unter dem Anhänger wurde Steffi auf einmal fündig. Das Mädchen kauerte dort mit fast bis zu den Ohren gezogenen Knien, als es genau in den Schein der Taschenlampe fiel.

»Hab ich dich!«, gab Steffi ihr zu verstehen, die sich dabei zu ihr hinunterbeugte und ihr direkt ins Gesicht sah. Dann reichte sie ihr die Hand und sagte freundlich: »Komm, es reicht jetzt mit dem Versteckspiel. Deine Eltern sind schon ganz krank vor Sorge und sogar Jasper hat sein Lachen verloren, seitdem du von zuhause abgehauen bist.«

»Jasper?«, fragte das Mädchen verwirrt und kam dann unter dem Anhänger hervorgekrochen. Dabei griff sie jetzt sogar nach Steffis Hand und ließ sich von ihr hochhelfen.

»Ganz genau – Jasper Hauser, dein Nachbar. Ich schätze, du weißt, dass er öfters hier auf dem Hof ist.«

»Ja, aber ... ich dachte, dass hier niemand mehr wohnt, seit Tante Inga gestorben ist. Sind Sie etwa die neue Besitzerin?«

»Das könnte man so sagen. Ich bin Steffi. Und wie heißt du?«

»Nele«, antwortete das Mädchen. »Entschuldige bitte, dass ich mich in deiner Scheune verstecken wollte. Ich hab nur nach einem trockenen Schlafplatz gesucht, weil es vorhin zu regnen angefangen hat – und da erschien mir der Heuboden wie gemacht dafür.«

»Du brauchst dich nicht bei mir zu entschuldigen, Nele. Aber ich möchte, dass du sofort deine Eltern anrufst und ihnen sagst, dass es dir gut geht. Außerdem solltest du sie wissen lassen, wo du bist, damit sie dich abholen können.«

Nele senkte resigniert den Kopf. »Aber das geht nicht. Wenn ich zu ihnen zurückgehe, werde ich Charly verlieren. Meine Eltern haben in den letzten Monaten schon alle anderen Pferde verkauft und wollen jetzt auch noch den Stall verkaufen. Nicht mal, wenn sie wollten, hätten wir dann noch einen Platz, an dem wir sie unterbringen könnten.«

Als hätte es nur auf sein Stichwort gewartet, kam das Pony jetzt hinter dem Anhänger hervor. Es stellte sich neben Nele und legte ihr seinen Kopf auf die Schulter. Behutsam streichelte sie dem Tier über den Kopf.

»Okay, ich mach dir einen Vorschlag«, sagte Steffi, der dieser herzerwärmende Anblick sogleich ein liebevolles Lächeln ins Gesicht zauberte. »Wenn du zurück zu deinen Eltern gehst, darf Charly hierbleiben. Wir werden auf dem Hof in ein paar Monaten eine Tierpension eröffnen und ich kann dein Pony bei mir aufnehmen, wenn du damit einverstanden bist.«

»Das würdest du tun?«, fragte Nele vorsichtig. »Und ich könnte sie hier auch immer besuchen?«

»So oft wie du willst, von mir aus auch gerne jeden Tag. Und ich verspreche dir, dass es ihr hier sehr gut gehen wird.«

»Abgemacht«, freute sich Nele, die nun erstmals zu strahlen anfing. Doch schon kurz darauf zogen sich ihre Mundwinkel wieder nach unten, als ihr plötzlich einfiel: »Du müsstest halt noch meine Eltern dazu überreden. Ich weiß nämlich nicht, ob sie davon so begeistert sein werden – immerhin hatten sie vor, für Charly noch ein bisschen Geld zu bekommen.«

»Das werde ich ganz bestimmt hinkriegen«, versicherte Steffi in beruhigendem Ton. »Ich würde vorschlagen, dass du sie jetzt anrufst und wenn sie hier sind, werde ich gleich mit ihnen darüber reden.«

»Na gut …« Nele holte ihren Rucksack hinter dem Anhänger vor und kramte ihr Handy heraus. So richtig begeistert schien sie jedoch nicht davon zu sein, ihre Eltern anzurufen. Etwas hielt sie offenbar noch zurück.

»Was ist denn noch?«, erkundigte sich Steffi mit ruhiger Stimme, als sie bemerkte, wie das Mädchen mit dem unumgänglichen Anruf zögerte.

»Ich hab Angst, dass ich Ärger bekomme, weil ich von zuhause abgehauen bin«, gestand Nele sichtlich verlegen. »Was mache ich, wenn mir meine Eltern Charly jetzt extra wegnehmen, um mich zu bestrafen?«

»Nele, du wirst keinen Ärger bekommen, glaub mir. Deine Eltern sind überglücklich, wenn sie erfahren, dass du wohlauf bist. Und wegen Charly werde ich wie gesagt mit ihnen reden. Außerdem werde ich jetzt auch noch Jasper anrufen und ihm Bescheid sagen, dass ich dich gefunden hab. Vielleicht kommt er ja auch noch kurz vorbei, um uns dabei zu helfen, die Sache mit deinen Eltern zu klären.«

Das Mädchen schaute Steffi mit großen Augen an und nickte dann. »Ja, dann müssten wir es schaffen, sie zu überzeugen. Auf Jasper hört sogar mein Vater manchmal.«

***

Jasper wollte gerade zu seinem allabendlichen Spaziergang mit Lupus aufbrechen und war daher kurz davor, in seine Stiefel zu steigen, als sein Handy klingelte.

»Wer ruft denn jetzt um diese Zeit noch an?«, fragte er sich, wobei er auch schon nach dem Mobiltelefon griff, das nur eine Armlänge entfernt auf einem Regal neben der Tür seiner Blockhütte lag.

Als er den Namen ›Stefanie Engelhardt‹ auf dem Display sah, verflüchtigte sich sein Desinteresse über den Anruf abrupt.

»Moin Steffi«, meldete er sich. »Was gibt´s?«

»Moin Jasper. Ich hab Nele gefunden. Sie hat sich bei mir in der Scheune versteckt.«

Im ersten Moment glaubte er, seinen eigenen Ohren nicht trauen zu können. »Ist das dein Ernst? Nele ist bei dir?«

»Ja, sag ich doch. Ich würde sie auch mit dir sprechen lassen, wenn sie nicht grade mit ihren Eltern telefonieren würde.«

»Schon okay, Steffi – ich glaub es dir ja.«

»Wir hatten uns gefragt, ob du vielleicht Lust hättest, noch mal vorbeizukommen ...«, hörte er nun am anderen Ende der Leitung. »Nicht zuletzt deshalb, weil du dich ja so gut mit Neles Vater verstehst.«

»Ja, klar – mach ich«, gab Jasper kurzentschlossen zurück. »Ich geh gleich rüber zu Kai und Wiebke und biete ihnen an, mit mir zusammen zu euch zu fahren.«

»Gute Idee, Jasper. Dann bis gleich ...«

»Bis gleich«, verabschiedete er sich, bevor er eilig seine Stiefel anzog und sich sein Regencape überwarf.

Als Jasper die Tür öffnete, sprang Lupus augenblicklich an ihm vorbei ins Freie.

»Komm, Lupus – hier geht´s lang«, winkte er ihn hinter sich her. »Wir müssen sofort zu den Andersons und dann fahren wir mit Kai oder Wiebke noch mal schnell zu Tante Ingas Bauernhof.«

Als sie das Grundstück der Familie betraten, öffnete sich auch schon die Haustüre.

»Jasper!«, rief Kai, der in Jacke und Schuhen an der Schwelle erschien. »Nele hat sich gemeldet. Sie ist drüben auf ...«

»Ja, Kai – ich weiß! Steffi, die neue Besitzerin, hat sie gefunden und mich auch gerade angerufen. Lupus und ich kommen mit dir. Sollen wir mit meinem Wagen fahren?«

»Wenn du deinen Fellfreund mitnehmen musst, auf jeden Fall«, stellte der Nachbar klar. »Ich kann keine Hundehaare im Auto gebrauchen.«

Jasper machte auf der Stelle kehrt und eilte mit Lupus und Kai zu seinem Kleintransporter.

Nachdem sie eingestiegen waren und sich das Fahrzeug in Bewegung setzte, erkundigte sich Kai: »Du hast die Frau, die Tante Ingas Hof geerbt hat, ja schon ein bisschen kennengelernt, nicht wahr?«

»Ja«, antwortete Jasper. »Deshalb hat sie mich ja auch gerade angerufen.«

»Und wie ist sie so?«, wollte sein Nachbar wissen.

»Nett.«

»Nett?«

»Ja, schon. Oder wolltest du etwa was anderes hören?«, fragte Jasper, der sich von so viel Wissbegierde ein wenig bedrängt fühlte. Aber dann ließ er sich dennoch dazu hinreißen, seinem Nachbar und Kumpel bereitwillig zu erklären: »Ja, okay – sie ist wirklich ´ne ganz tolle Frau. Wir haben schon ein oder zwei wunderbare Gespräche miteinander geführt.«

»Aha, okay ... Gespräche also«, wiederholte Kai murmelnd.

»Ja, klar! Was denn sonst?«

»Keine Ahnung, ich kenn mich da nicht so gut aus. Bin schon zu lange verheiratet für sowas, weißt du.«

»Ja, das merkt man«, gab Jasper kopfschüttelnd zurück.

Als sie nach wenigen Minuten Fahrt auf dem Bauernhof ankamen, parkte er seinen Kastenwagen direkt neben dem Scheunentor. Steffi und Nele warteten dort bereits mit dem Pony im Schein einer Taschenlampe unter dem Dach. Jasper hatte sich kaum abgeschnallt, als Kai bereits aus dem Fahrzeug heraussprang und seine Tochter in die Arme schloss.

»Meine kleine Nele, was machst du denn nur für Sachen?«, schluchzte er voller Erleichterung.

Es war das erste Mal, dass Jasper seinen langjährigen Nachbarn weinen sah, weshalb er sich dabei schon ein wenig unangenehm berührt fühlte. Er wusste gar nicht recht, wo er am besten hinschauen sollte und suchte dementsprechend betreten nach Steffis Blick.

Diese betrachtete die Szene jedoch sichtlich verzückt und legte dabei lächelnd ihre Hände ineinander. »Hab ich dir nicht gesagt, dass er sich freuen wird, dich wiederzusehen?«, flüsterte sie Nele zu, und streichelte ihr dabei zärtlich über den Kopf.

»Wir haben uns solche Sorgen um dich gemacht«, sagte Kai zu seiner Tochter, ehe er von ihr abließ und sich mit dem Handrücken mehrere Tränen aus dem Gesicht wischte.

»Ja, ich weiß«, gab Nele verlegen zurück. »Das wollte ich eigentlich gar nicht ... naja, vielleicht ein bisschen. Aber ich glaube, vor allem wollte ich euch spüren lassen, wie es sich anfühlt, wenn einem jemand weggenommen wird, den man liebt.«

»Also, das ist doch ...« Kai schnappte empört nach Luft. Dass seine Tochter selbst nach seinem emotionalen Gefühlsausbruch noch immer zu ihrer vermeintlichen Trotzreaktion stand und sie nun sogar rechtfertigte, war wohl so ziemlich das Letzte, mit dem er gerechnet hatte.

»Ich denke, genau das hast du auch geschafft«, schaltete sich Steffi mit verstohlenem Schmunzeln ein. An Kai gerichtet erklärte sie dann: »Sie hat ansonsten keinen anderen Weg mehr gesehen, um zu verhindern, dass ihr Lieblingspony verkauft wird. Ich kann das verstehen – schließlich war ich auch mal in ihrem Alter und weiß genau, wie es sich anfühlt, wenn die Eltern Entscheidungen über einen treffen, ohne dass man von ihnen auch nur nach seiner Meinung gefragt wird.«

»Die Entscheidung, unsere Pferde zu verkaufen, war leider nichts, bei dem es Sinn gemacht hätte, unsere Kinder nach ihrer Meinung zu fragen«, gab Kai unter angestrengtem Schnaufen zu verstehen. »Glaubt mir; wenn wir eine andere Wahl hätten, würden wir die Tiere liebend gerne behalten. Aber die Haltungskosten sind für uns leider schon lange nicht mehr finanzierbar.«

»Steffi hat gesagt, dass Charly bei ihr bleiben kann«, gab Nele ihrem Vater nun zu verstehen. »Sie eröffnet hier eine Tierpension und wenn der Stall renoviert wird, können dann auch gleich ein paar Pferdeboxen eingebaut werden.«

»Das stimmt«, bestätigte Steffi, die dabei Kai ansah und dem Shetlandpony mit einer Hand über die Mähne streichelte. »Ich hab Nele versprochen, dass Charly auf Lebenszeit bei uns wohnen darf.«

Kai warf ihr einen skeptischen Blick zu. »Eine Tierpension für Pferde? Ich weiß nicht, ob sowas hier in der Gegend Anklang finden wird ...«

»Eine Tierpension für *alle* Tiere«, wurde er von Steffi verbessert. »Wir sind sowieso nicht darauf angewiesen, ob unser Konzept von irgendwem angenommen wird. Wenn ich mein Geld damit verdienen müsste, dass Leute dafür bezahlen, weil ich vorübergehend auf ihre Haustiere aufpasse, würde das niemals ausreichen, um damit den Hof hier betreiben zu können. So viele Hunde und Katzen findet man wahrscheinlich in der ganzen Umgebung nicht. Deshalb hab ich mir überlegt, für alle möglichen Tiere ein Zuhause zu schaffen, in dem sie sich wohlfühlen können. Egal, ob nur vorübergehend oder bis an ihr Lebensende. Deshalb nennen wir das Ganze hier ja auch nicht Tierhotel, sondern *Tierpension* ...«

»Wir schaffen hier also eine Heimat für *pensionierte* Tiere – für mich macht das durchaus Sinn«, sagte Jasper, was er mit einem deutlichen Kopfnicken untermauerte. »Diese Beschreibung von einer Tierpension trifft tatsächlich am ehesten das, was sich Tante Inga darunter vorgestellt hatte. Mir selbst ist es bloß noch nie gelungen, es so treffend in Worte zu fassen, obwohl sie mir bestimmt ein dutzend Mal davon erzählt hat.«

»Also, Papa – was sagst du? Darf Charly in die Tierpension ziehen?«, fragte Nele ihren Vater jetzt mit Dackelblick, aber auch mit langsam aufkeimender Ungeduld.

»Ich werde mich natürlich weiterhin jeden Tag um sie kümmern, damit Steffi nicht alles allein machen muss.«

Und die versicherte nun ausdrücklich: »Die Haltungskosten werde ich selbstverständlich komplett übernehmen – das ist überhaupt kein Problem. Tatsächlich übersteigen Tante Ingas Ersparnisse den Betrag, den wir für den Umbau des Stalls brauchen, bei Weitem.«

»Das wundert mich nicht, immerhin hat sie damit ja auch den besten Zimmermann beauftragt, den man hier weit und breit finden kann«, lachte Kai, wobei er Jasper freundschaftlich auf die Schulter klopfte. Lächelnd blickte er daraufhin zu seiner Tochter und anschließend zu Steffi. »Und ja, natürlich darf Charly in die Tierpension ziehen. Ich würde mich sogar dazu bereit erklären, mit dem Verkauf von unserem Stall noch zu warten, bis ihre neue Behausung bezugsfertig ist.«

Kapitel 13

Jasper und Finn waren am nächsten Morgen wieder in ihre Abrissarbeiten vertieft, als Steffi wie schon am Tag zuvor mit zwei Tassen und einer Kanne Kaffee in den Stall kam.

»Jasper, hättest du mal ´nen Moment Zeit für mich?«, fragte sie, nachdem sie die beiden Handwerker begrüßt und die mitgebrachten Sachen abgestellt hatte.

»Ja, klar – für dich doch immer«, antwortete Jasper mit fröhlicher Stimme. Dann legte er seinen elektrischen Abbruchhammer zur Seite und folgte ihr durch die Türe nach draußen.

»Das war gestern echt mal ein glücklicher Zufall, dass Nele sich ausgerechnet unsere Scheune ausgesucht hat«, begann sie ihr Resümee über die Ereignisse des Vorabends.

Jasper nickte. »Irgendwie schon, sie hätte sich schließlich auch in die entgegengesetzte Richtung davonmachen können. Aber so ist das ganze Drama doch noch zu einem Happy End gekommen.« Augenzwinkernd fügte er hinzu: »Mit Happy Ends kennst du dich ja bestimmt aus.«

»Auf jeden Fall, die sind meine Spezialität«, lachte Steffi. »Begebenheiten wie diese eignen sich sowieso hervorragend für eine interessante Geschichte.«

»Aber dann bitte die Namen ändern, wenn dieses Erlebnis am Ende tatsächlich in deinem nächsten Buch landet.«

»Na klar, das ist doch selbstverständlich.«

Lächelnd ließ Jasper den Blick über die umliegenden Wiesen hinweg in die Ferne schweifen, während er einen tiefen Atemzug von der frischen Morgenluft nahm. Dann äußerte er schließlich den Gedanken: »Ich hätte nicht gedacht, dass ich jemals miterleben würde, wie Kai so sehr von seinen Gefühlen überwältigt wird. Dabei zuzusehen, war schon ziemlich ...«

»Schön«, vervollständigte Steffi seine Überlegung. »Das zeigt, dass es ihm wirklich nahe gegangen ist. Aber ich glaube, dich hat dieser Vorfall auch ganz schön aufgewühlt. Fand ich übrigens richtig niedlich, wie dich das Ganze mitgenommen hat.«

Als Jasper bemerkte, wie sie ihn schmunzelnd von der Seite ansah, erhitzten sich seine Wangen. »Sowas findest du also niedlich? Naja, okay ... Aber klar, es stimmt schon – natürlich hab auch ich mir Sorgen um Nele gemacht. Ich kenne sie schließlich schon, seit sie ein kleines Baby war.«

Steffi lächelte vielsagend. »Ich wusste doch, dass unter deiner harten Schale auch ein weicher Kern steckt.«

»Hab ich jemals behauptet, dass es anders wäre?«, fragte Jasper stirnrunzelnd. »Ich kann mich nicht daran erinnern, dir gegenüber auch nur ein einziges Mal unfreundlich gewesen zu sein.«

»Nein, das meine ich doch auch gar nicht. Es hat mich nur überrascht, dass du ... naja, dass es eben Menschen gibt, zu denen du dich derart verbunden fühlst. Du bist jedenfalls nicht der sozial unterentwickelte Einsiedler, für den man dich im ersten Moment vielleicht halten könnte.«

»Sozial unterentwickelt, also wirklich«, zischte Jasper kopfschüttelnd. »Damit wäre dann auch die Frage beantwortet, wer von uns beiden nicht weiß, wie man freundlich mit anderen Menschen umgeht.«

»Sorry, so war das nicht gemeint«, versicherte Steffi, die ihre Stirn dabei an seine breite Brust lehnte, mit versöhnlichem Lachen.

Jasper spürte die Wärme, die von ihr ausging, und nahm ihren blumig-süßen Geruch in seiner Nase auf. »Entschuldigung angenommen«, sagte er lächelnd, wobei er einen Arm um ihre Taille legte und sie sanft zu sich heranzog. Es war schon einige Zeit her, dass er einer Frau so nahegekommen war, und obwohl sich sein Herzschlag dabei beschleunigte, hatte Steffis Nähe gleichzeitig eine beruhigende Wirkung auf ihn.

Nach ein paar Augenblicken wandte sie sich jedoch von ihm los und blickte in Richtung Stall, aus dem das Rattern von Finns Abbruchhammer ertönte. »Okay – ich denke, ich sollte dich jetzt nicht länger von deiner Arbeit abhalten.«

Jasper, der in diesem Moment noch stundenlang hätte verharren können, blieb vorerst wie ein Fels in der Brandung stehen und erklärte mit nachdenklicher Stimme: »Ich schätze, der Grund für meine Verbundenheit zu den meisten meiner Nachbarn ist der, dass ich das ganze Dorf als sowas wie meine Familie sehe. Ich war erst sieben Jahre alt, als ich meinen Vater verlor. Er war mein größter Held und seine Rolle konnte für mich kein anderer Mann einnehmen – weder meine Großväter noch der neue Mann meiner Mutter.«

Stefanie blickte ihn mitleidsvoll an. »Das tut mir leid – ich wusste nicht, dass dein Vater gestorben ist.«

»Ich hab es dir bisher ja auch noch nicht erzählt«, entgegnete Jasper mit bedächtigem Nicken. »Er war Feuerwehrmann und kam bei einem Einsatz ums Leben. Beim Brand eines Pferdestalls, in den er noch mal alleine reinging, um die Tiere zu befreien. Seine Kollegen wollten ihn noch davon abhalten, weil das Gebäude schon am Einstürzen war, aber er ... hatte seinen eigenen Kopf. Meine Mutter sagt, er hat immer nur das getan, was er selbst für richtig hielt.«

Steffi sah mit fassungslosem Gesicht zu ihm auf. »Ist er ... verbrannt?«

Jasper schüttelte den Kopf, während es ihm zunehmend schwerfiel, seine Tränen zu unterdrücken. »Er wurde von einem umfallenden Stützbalken erschlagen. Zuerst war er wohl nur bewusstlos – aber als es seine

Kollegen endlich geschafft hatten, das Feuer unter Kontrolle zu bringen, war es schon zu spät. Er verstarb noch auf dem Weg ins Krankenhaus.«

Jasper spürte erneut Steffis Kopf an seiner Brust und merkte, wie sie dabei wortlos nach seiner Hand griff. Obwohl sich klammheimlich zwei oder drei Tränchen aus seinen Augen stahlen, tat es ihm gut, über den Verlust seines Vaters zu sprechen – das hatte er in den letzten siebenundzwanzig Jahren ohnehin viel zu selten getan. Und genauso gut tat es ihm, Steffi bei sich zu haben, zu der er sich plötzlich mindestens so verbunden fühlte wie zu seinen liebsten Nachbarn.

»Jedenfalls fand ich hier in der Gegend eine Menge Trost«, fuhr er nun fort. »Sowohl draußen in der Natur, wo ich sehr viel Zeit alleine verbracht hab, als auch von den Dorfbewohnern in Rantrum. Deshalb hab ich schon immer gerne geholfen, wenn es irgendwo ein Problem gab, und natürlich fühle ich auch mit, wenn zum Beispiel sowas wie in den letzten Tagen passiert.«

»Das finde ich toll«, hauchte Stefanie leise. »Ich glaube, so ein starkes Heimatgefühl hatte ich bisher noch nie. Wahrscheinlich wollte ich deshalb auch immer so viel herumreisen und neue Orte und Menschen kennenlernen. Aber besonders lange hab ich es noch an keinem Ort ausgehalten.«

Das zu hören, machte Jasper ein bisschen traurig. Wollte sie damit etwa andeuten, dass sie auch hier auf Tante Ingas Bauernhof nicht lange bleiben würde? Aber was sollte dann aus der Tierpension werden?

Jasper vermied es, sie jetzt danach zu fragen, weil er damit womöglich den Augenblick zerstört hätte. Solange Steffi in seinem Arm lehnte, war es nicht wichtig, was die Zukunft bringen würde. Daran konnte er sowieso nichts ändern, also konzentrierte er sich jetzt erst mal darauf, nur den Moment zu genießen.

»Erzähl mir noch was von Tante Inga«, hörte er sie auf einmal sagen. »Wie war sie so? Und was war eigentlich mit ihrem Mann? Waren sie glücklich zusammen?«

»Ich denke schon, dass sie zusammen glücklich waren«, antwortete Jasper. »Trotzdem hatte ich nicht das Gefühl, dass Tante Inga nach seinem Tod unglücklicher war. Sie war eigentlich grundsätzlich ein sehr lebensfroher Mensch. Auch, dass sie nie Kinder bekommen hatte, schien ihr nichts auszumachen. Sie war zufrieden mit ihren Tieren und ihrem Leben auf dem Hof – deswegen blieb sie auch bis zum Schluss hier. Ihre Hunde und die Natur waren eigentlich alles, was sie brauchte, um glücklich zu sein.«

»Hattest du schon immer so ein enges Verhältnis zu ihr?«

»Ich hab sie schon als meine Tante angesehen, als ich gerade mal ein halbes Jahr in Rantrum gewohnt hab. Ihr Ehemann war ein Onkel von meinem Stiefvater ... aber die beiden haben sich nicht sonderlich gut verstanden. Laut meinem Stiefvater lag es an Tante Inga, aber das ist meiner Meinung nach kompletter Schwachsinn. Mich hat Inga jedenfalls mehr gefördert als er selbst und ich finde, das sagt schon genug aus. Sie hat schon vor allen anderen mein handwerkliches Geschick erkannt und mich später dazu ermutigt, es zu meinem Beruf zu machen. Nur dank ihrer Unterstützung konnte ich mich auch schon vor knapp zehn Jahren selbstständig machen – denn sie hat mir nicht nur dazu geraten, meinen eigenen Weg zu gehen, sondern mir auch die Meisterschule bezahlt.«

»Das hört sich so an, als ob du ihr echt wichtig gewesen bist«, schlussfolgerte Steffi bewundernd. »Es ist wirklich schade, dass ich sie nie kennenlernen durfte.«

»Ja, und ich finde es offen gestanden auch ein bisschen merkwürdig von deiner Mutter, dass sie Tante Inga nie wieder besucht hat. Sie hat mir ab und zu von ihr erzählt, deshalb weiß ich, dass sie ihre ganze Jugend über jeden

Sommer mehrere Wochen bei Inga und Marten auf dem Hof verbracht hat. Bis sie achtzehn war und dann hat sie den Kontakt auf einmal beinahe restlos abgebrochen …«

Als Steffi sich nun abrupt aus seiner Umarmung löste, merkte Jasper, dass er bei ihr offenbar einen wunden Punkt getroffen hatte, an den er sich besser nicht herangewagt hätte.

»Ich weiß leider auch nicht, was meine Mutter dazu getrieben hat«, stellte sie in deutlichem Ton klar. »Aber falls ich es eines Tages herausfinden sollte, wirst du der Erste sein, den ich es wissen lasse.«

Jasper schickte ihr ein dankbares Lächeln entgegen. »Okay, Steffi. War schön, mit dir zu plaudern. Aber ich gehe jetzt mal besser wieder zurück an meine Arbeit.«

***

Ihre Unterhaltung mit Jasper hatte Steffi nicht unbeeindruckt zurückgelassen. Sowohl seine Schilderung über den Tod seines Vaters als auch seine Erinnerungen an Tante Inga hatten etwas in ihr ausgelöst. Sie hatten ihr bereits gewecktes Interesse, mehr über die ehemalige Bewohnerin des Bauernhofs zu erfahren, verstärkt – und da Jasper sich ihr geöffnet hatte, glaubte sie nun, auch ihn besser verstehen zu können.

Als sie abends alleine im Wohnzimmer vor dem Kaminfeuer saß, nutzte sie die Zeit, um mit ihrer älteren Schwester Katharina zu telefonieren. Die beiden hatten sich hin und wieder geschrieben, doch zu einem ausführlichen Gespräch war es seit ihrem Zusammentreffen im Elternhaus, bei dem auch ihre beiden jüngeren Geschwister anwesend waren, noch nicht gekommen.

»Wie kann ich mir das vorstellen, wenn die Nordsee bei dir gleich um die Ecke liegt?«, erkundigte sich Katharina interessiert. »Siehst du das Meer von deinem Schlafzimmerfenster aus?«

»Nein, bis zum Meer sind es schon an die zehn Kilometer«, gab Steffi lachend zur Antwort. »Es ist also doch etwas weiter weg, als es unsere Mutter in Erinnerung hatte. Aber sie hatte schon recht damit, dass man theoretisch mit dem Fahrrad hinfahren könnte.«

»Aber man spürt es schon bei dir auf dem Hof, oder?«

»Naja, es fällt zumindest auf, dass es hier oft regnet. Du kannst es dir vielleicht ein bisschen so vorstellen, dass man sich hier fühlt wie in Schottland, bloß ohne die Berge.«

»Ich war noch nie in Schottland«, erwiderte Katharina. »Aber vergleichst du das jetzt nur miteinander, weil es dort auch so viel regnen soll?«

»Naja, okay – vielleicht hinkt der Vergleich auch ein bisschen. Ich war ja selbst auch noch nie in Schottland, aber ich hätte es mir halt so ähnlich vorgestellt. Weil es hier auch oft neblig ist und ... naja, an das Wetter werde ich mich erst noch gewöhnen müssen.«

»Verstehe. Aber die Landschaft ist schon flach, so wie man es von der Nordsee kennt?«

»Ja, hier ist alles flach, außer die Deiche«, bestätigte Stefanie. »Bisher hab ich am Meer aber noch nicht viel Zeit verbracht. Ich bin nur zweimal an der Küste spazieren gegangen.«

»Klar, baden gehen kannst du momentan sowieso noch nicht. Ich glaube halt, dass es dort oben vor allem im Sommer richtig schön wird.«

»Ja, mit Sicherheit«, stimmte Steffi ihrer Schwester zu. Dabei überlegte sie bereits, ob sie Katharina nun darauf ansprechen sollte, weshalb ihre Mutter nie mit ihnen Tante Inga und ihren Mann auf dem Hof besucht hatte. Nach einer kurzen Pause fragte sie daher in grüblerischem Ton: »Hast du dich eigentlich auch schon mal darüber gewundert, warum unsere Eltern nie mit uns Urlaub an der Nordsee gemacht haben?«

»Nun ja ... die Nordsee ist schon ein ganzes Stück von uns weg. Papa war halt kein Fan davon, mitten in der Nacht aufzustehen, um dann den kompletten Tag auf der Autobahn zu verbringen. Stattdessen sind wir wohl meistens nach Italien gefahren, weil das einfach näher war.«

»Aber das waren trotzdem jedes Mal um die sechs Stunden Fahrt. Und normalerweise reist man doch auch an verschiedene Urlaubsorte – gerade dann, wenn man Kinder hat, denen man die Welt zeigen will.«

»Hattest du jemals den Eindruck, es ginge unseren Eltern darum, uns die Welt zu zeigen?«, hielt Katharina mit zweifelnder Stimme dagegen. »Und außerdem: Was ist denn schon ›normal‹? Wir waren vier Kinder im Haus – und dann auch noch ausschließlich Mädels. Findest du ernsthaft, dass bei uns irgendwas *normal* war?«

Steffi schüttelte lächelnd den Kopf, was ihre Schwester aber logischerweise nicht sehen konnte. Also entgegnete sie: »Nein, also ... so gesehen war bei uns natürlich gar nichts normal. Obwohl wir unseren Eltern schon lassen müssen, dass sie sich zumindest bemüht haben, uns ein normales Leben zu bieten.«

»Genau, der Meinung bin ich doch auch. Wobei sie auch wirklich ihr bestmöglichstes gegeben haben, um uns etwas bieten zu können. Und das sage ich sogar, obwohl wir beide es sicher noch etwas schwerer hatten als unsere jüngeren Geschwister. Deshalb finde ich es auch gar nicht so schlimm, dass wir im Urlaub nie an die Nordsee gefahren sind.«

»Nein, natürlich nicht. Ich meine ja nur, dass es mir eben aufgefallen ist. Ich hab das jetzt eigentlich auch vielmehr aus dem Grund angesprochen«, erklärte Steffi beschwichtigend, »weil ich es schon irgendwie seltsam finde, dass Mama auf einmal den Kontakt zu Tante Inga abgebrochen hat.«

»Naja, komplett abgebrochen hat sie den Kontakt nicht«, wurde sie von ihrer Schwester am anderen Ende der Leitung verbessert. »Sie hat ihr immerhin jedes Jahr eine Weihnachtskarte geschickt.«

»Wow, toll – darüber hat sich Tante Inga bestimmt jedes Mal gefreut wie ein Schneekönig«, gab Steffi in sarkastischem Tonfall zurück.

»Höre ich da etwa sowas wie Ironie heraus, Schwesterchen?«, fragte Katharina mit scharfer Betonung. »Damals gab es eben noch keine Handys, mit denen man sich ständig über WhatsApp hin und her schreiben konnte.«

»Damals? Tante Inga ist doch erst vor wenigen Monaten ... Naja, egal.« Nachdenklich schob Stefanie hinterher: »Ich glaube, ich frage Jasper wirklich mal, ob sie ein Handy mit WhatsApp hatte – das könnte ich mir bei ihr nämlich glatt vorstellen.«

»Wieso? War sie etwa *so* eine moderne alte Frau?«

»Ja, schon irgendwie. Sie war zwar äußerst naturverbunden, aber auch ziemlich modern. Sonst hätte sie ja wohl kaum das Haus nach dem Tod ihres Mannes noch mal renovieren lassen. Aber vor allem muss sie bis ins hohe Alter aktiv gewesen sein. Sie hatte immer mindestens einen großen Hund, mit dem sie jeden Tag um die zehn Kilometer spazieren gegangen ist, und vor ein paar Jahren hat sie sich dann noch ´ne Sauna in den Garten bauen lassen.«

»Das könntest du sein, wenn du älter bist«, witzelte Katharina hörbar amüsiert. »So abenteuerlustig wie du jetzt bist, würde es mich nicht wundern, wenn du im Seniorenalter genauso lebst wie Tante Inga.«

»Das würde mir jedenfalls guttun. Es wundert mich schon fast, dass sie bei diesem gesunden Lebensstil keine hundert Jahre alt geworden ist.«

Es blieb einen Augenblick lang still in der Leitung, dann hörte Steffi ihre Schwester auf einmal sagen: »Aber eines fällt mir jetzt doch noch ein, bezüglich unserer Eltern und der Nordseethematik. Ich weiß nur nicht, ob es direkt damit zu tun haben könnte, aber ...«

»Ja, was denn?«, bohrte sie neugierig nach.

»Ist dir auch aufgefallen, wie Papa darauf reagiert hat, als du gesagt hast, dass du nach Nordfriesland fährst und dir Tante Ingas alten Bauernhof ansehen willst?«

Steffi überlegte einen Moment und erinnerte sich an die Situation, als sie mit ihren Schwestern und ihren Eltern in deren Esszimmer saß und sie sich gemeinsam die Kopie von Tante Ingas Testament durchlasen. »Ja, er war davon nicht gerade begeistert, das hat man schon gemerkt. Aber andererseits war er auch nicht begeistert gewesen, als er damals erfuhr, dass ich auf La Gomera als Aussteigerin in einer Höhle lebe.«

Kapitel 14

Mittlerweile war es Freitag und bei der Sanierung des ehemaligen Kuhstalls gab es schon sichtbare Fortschritte zu begutachten. Jasper und Finn hatten die massiven Futtertröge sowie die knapp anderthalb Meter hohen Trennwände abgerissen und die dabei entstandenen Steinbrocken hinausgeschafft.

Wie sie Steffi erklärten, würden sie sich nun von oben nach unten und von außen nach innen durcharbeiten. Begonnen hatten sie daher schon am Vortag mit der Sanierung des Dachs, wofür sie die kommenden drei Wochen einplanten. Anschließend würden sie sich um die Fassade kümmern und neue Fenster einsetzen, ehe zum Schluss der Innenraum renoviert werden sollte. Spätestens wenn es dann darum ging, fließendes Wasser und Strom in das alte Gebäude zu bringen, würden sie zur Unterstützung jedoch Fachleute aus diesen Bereichen hinzuziehen.

Lächelnd beobachtete Steffi vom Bürofenster aus, wie Jasper und Finn auf dem Dach herumkletterten, um es zunächst von den restlichen Ziegeln zu befreien.

Wie schon in den letzten Tagen arbeitete sie auch an diesem Vormittag wieder an ihrem autobiografischen Nordseeroman, doch so langsam zeigte sich, dass ihre ursprüngliche Vorstellung von dessen Konzept nicht unbedingt mit ihrer persönlichen Geschichte zusammenpasste. In ihrem Kopf sah sie noch immer das Bild von Strand und Meer, von Ebbe und Flut, von kreischenden Möwen, Robben und Leuchttürmen. Dieses Bild hatte sie auch ihren Lesern vermitteln wollen und sich daher überlegt, die Tierpension in ihrem Buch einfach direkt an die Küste zu versetzen. Doch mittlerweile wurde ihr zunehmend bewusst, dass diese Vermischung von Realität und Fiktion möglicherweise nicht funktionieren würde.

In einem leichten Anflug von Frustration entschied sie sich dazu, ihre Arbeit vorerst niederzulegen und sich stattdessen in der Küche davon abzulenken. Inzwischen hatte sie es sich schon zur Gewohnheit gemacht, jeden Tag für sich und ihre fleißigen Handwerker zu kochen, und da sie von den beiden auch gerne Essenswünsche entgegennahm, gab ihr das die willkommene Gelegenheit, neue Rezepte auszuprobieren.

Da Jasper am Nachmittag wieder mit Lupus zum Hundetraining gehen würde, wollte sie ihn und Finn heute ausnahmsweise mal schon zur Mittagszeit mit einer eigenhändig gezauberten Mahlzeit verwöhnen. Auf gemeinsamen Wunsch der beiden bereitete Steffi dafür einen mexikanisch angehauchten Nudelauflauf zu, für den sie anstatt Hackfleisch Sojagranulat verwendete. Sie vertrat nämlich die Ansicht, dass man, wenn man Fleischersatz mit den richtigen Gewürzen verfeinerte, kaum einen Unterschied herausschmeckte, und war dementsprechend gespannt, ob es einem der beiden überhaupt auffallen würde, dass sie ihnen ein vegetarisches Gericht vorsetzte.

Steffi hatte außerdem beschlossen, das Gästezimmer, welches sich im Obergeschoss neben dem Büro befand, neu zu gestalten und in Zukunft für sich als Schlafzimmer zu nutzen. Als sie nun mit Jasper und Finn beim Mittagessen saß, offenbarte sie den beiden Männern ihr Vorhaben.

»Ich würde das Zimmer gerne frisch tapezieren und neue Möbel reinstellen«, erklärte sie. »Und Tante Ingas Schlafzimmer könnte in Zukunft somit als Gästezimmer genutzt werden. Ich würde dann auch ihre Puppensammlung und die Gartenzwerge und das ganze Zeug in dem Zimmer unterbringen. Auch wenn das für meine Gäste vielleicht ein wenig beängstigend sein könnte – aber ich denke, das wäre die vernünftigste Lösung, um die Sachen nicht wegschmeißen zu müssen.«

»Finde ich gut, die Idee«, entgegnete Jasper zustimmend. »Dadurch gäbe es immerhin noch einen Raum im Haus, in dem Tante Ingas Spirit erhalten bleibt.«

»Ja, das wär dann ein richtiger Tante-Inga-Schrein, wenn du das Zimmer mit ihren ganzen Sachen vollstellst«, fügte Finn schmatzend hinzu.

Jasper blickte Steffi daraufhin fragend an. »Du bräuchtest nur noch jemanden, der dir dabei hilft, die Möbel im Gästezimmer abzubauen, nehme ich an ...«

»Ja, ich denke schon – deshalb hatte ich auch gehofft, dass mir einer von euch dabei helfen würde«, antwortete sie, ehe sie beiden nacheinander ein bittendes Lächeln zuwarf.

»Klar, machen wir«, beschloss Jasper. »Wenn du willst, würden wir uns gleich nach dem Essen darum kümmern, dann könntest du schon am Wochenende die Tapete runterkratzen. Wobei ... eigentlich könntest du die Tapete im Gästezimmer auch einfach überstreichen. Oder willst du was ganz Spezielles? Eine Tapete mit Aufdruck oder so?«

Steffi schüttelte den Kopf. »Nein, ich wollte nur ein bisschen Farbe reinbringen. Wenn die Tapete noch gut genug ist, hätte ich auch nix dagegen, die Wände bloß neu zu streichen.«

»Dann spar dir das Tapezieren lieber«, wurde ihr nun auch von Finn geraten. »Damit machst du dir nur unnötig viel Arbeit.«

»Okay, gut.« Steffi nickte und lächelte dabei. »Dann fahr ich heute noch zum Baumarkt und hol mir Farbe, Pinsel und Malerrollen.«

»Und die Abdeckfolie nicht vergessen«, ergänzte Jasper. »Kreppklebeband, um die Fensterrahmen und Steckdosen abzudecken, wäre auch nicht verkehrt.«

»Ja, schon klar – ich bin schließlich nicht komplett ahnungslos. Wenn du dich so gut auskennst, darfst du gerne morgen früh zum Helfen vorbeikommen.«

»Wenn ich meinen Hund mitbringen darf, überleg ich´s mir. Dann drehen wir unsere Runde Gassi eventuell so, dass wir am Ende bei dir ankommen.«

»Du weißt, dass Lupus immer ein gern gesehener Gast bei mir ist«, entgegnete Steffi mit freudigem Schmunzeln. Jasper dazu zu bringen, ihr beim Streichen des Zimmers Gesellschaft zu leisten, war genau das, was sie hatte bezwecken wollen.

»Was willst du dann eigentlich mit den alten Möbeln aus dem Gästezimmer machen?«, erkundigte sich Finn, während er sich noch eine Portion Nudelauflauf auf den Teller schaufelte. »Sie einfach wegzuschmeißen, wäre ja schon noch ein bisschen schade ...«

Steffi dachte kurz nach. »Ich hab gesehen, dass es hinten neben der Waschküche noch eine Art Abstellraum gibt. Wie wär´s, wenn ihr sie einfach dort unterbringt?«

»Wir könnten den Abstellraum auch ausräumen und ein zweites Gästezimmer daraus machen«, äußerte Jasper eine Überlegung. »Dann hättest du genügend Schlafplätze, wenn dich deine drei Schwestern mal alle auf einmal besuchen wollen.«

»Au ja, das wäre echt super«, freute sich Steffi über diesen Vorschlag. »Ich sehe schon, wie wir dieses Haus noch zu einem richtigen kleinen Paradies machen.«

Die beiden Männer sahen sich daraufhin grinsend an – und Steffi entging auch nicht das heitere Strahlen, das nach ihrer letzten Bemerkung in Jaspers Augen aufblitzte.

»Okay, dann wollen wir mal«, sagte er wenig später, als sie die Auflaufform komplett leergemacht hatten, und erhob sich dabei von seinem Stuhl. »War echt lecker, Steffi – ich finde, mit deinen Kochkünsten übertriffst du dich mittlerweile jedes Mal aufs Neue.«

Und auch sein Cousin lobte das Essen mit den Worten: »Ja, das war wirklich ein Gaumenschmaus. Dieses Gericht darfst du ab sofort öfters für uns zaubern.«

»Freut mich, wenn´s euch geschmeckt hat«, gab Steffi lächelnd zurück. »Und es war sogar komplett fleischlos. Das nächste Mal mache ich es dann noch mit veganem Käse, damit überhaupt kein Tier mehr dafür ausgebeutet werden muss.«

Von Jasper und Finn erntete sie daraufhin nur ungläubige Blicke.

Kopfschüttelnd befand Letzterer schließlich: »Ich weiß zwar nicht, *was* wir da gerade gegessen haben, aber solange es so gut schmeckt, kannst du es machen wie du willst.«

***

»Okay, das war´s für heute!«, verkündete Julia nach einem einstündigen Gruppentraining in der Hundeschule. »Wir treffen uns dann wieder am Dienstag, selber Ort, selbe Uhrzeit. Bis dahin wünsche ich euch ein schönes Wochenende und viel Spaß mit euren Fellfreunden!«

Die Hundehalter verabschiedeten sich nacheinander und gingen größtenteils zu ihren Autos, die sie auf der anliegenden Wiese geparkt hatten. Manche von ihnen blieben aber auch noch einen Augenblick stehen, um die beiden Hundetrainer für eine oder mehrere Fragen in Beschlag zu nehmen.

Jasper hatte zwar kein spezifisches Anliegen an Julia oder ihren Kollegen Elmar, blieb aber trotzdem noch auf der Hundewiese, um Lupus dabei zuzusehen, wie er mit zwei anderen Hunden herumtobte. Solange sein Vierbeiner mit den beiden Artgenossen Spaß hatte, sah er noch keinen Grund, ihn zu sich zu rufen. Außerdem merkte er, dass Lupus ohnehin noch etwas Bewegung brauchte, und je mehr er sich mit den anderen Hunden verausgabte, desto weniger brauchte Jasper dafür zu tun.

»Manni, komm!«, holte eine der Teilnehmerinnen ihren Dalmatiner schließlich von Lupus und Julias

Labrador-Dame Greta weg. Als er auf Anhieb zu ihr gerannt kam, belohnte sie ihn mit ein paar Streicheleinheiten. »Fein hast du das gemacht. Bist ein ganz braver Junge.« Dann verabschiedete sie sich von Jasper und den anderen Anwesenden und machte sich mit Manni auf zu ihrem Geländewagen.

»Die sind wohl beide noch nicht genug ausgelastet«, hörte Jasper im nächsten Moment eine andere Frauenstimme in seiner unmittelbaren Nähe.

Er blickte nach rechts und sah Julia, die sich neben ihn gestellt hatte. Aufmerksam sah sie den beiden Hunden beim Spielen zu und Jasper stellte – nicht zum ersten Mal – fest, dass sie eine überaus attraktive Frau war. Wie er trotz ihrer gepolsterten Weste erkennen konnte, hatte sie eine sehr sportliche Figur, und ihrem fast jugendlich aussehenden Gesicht nach zu schließen, musste sie sogar noch ein paar Jahre jünger sein als er.

Aber vor allem bewunderte er sie dafür, mit wie viel Feingefühl, aber auch gleichzeitiger Entschlossenheit sie die Hunde trainierte. Darin war sie ein wahrhaftiger Vollprofi. Wie sie bereits erwähnt hatte, war sie mit Hunden aufgewachsen und hatte schon im frühen Teenageralter damit angefangen, sie zu dressieren und auszubilden.

»Ja, das stimmt wohl«, pflichtete Jasper ihr bei. »Ich glaube, ich sollte mit Lupus jetzt gleich noch ′ne Runde drehen, damit ich später zuhause meine Ruhe hab.«

»Das habe ich mit Greta auch vor. Würde es dir was ausmachen, mit uns zusammen spazieren zu gehen?«

»Nein, Quatsch – ich fände das sogar sehr angenehm.«

Julias Lippen formten sich zu einem Lächeln. »Gut – dann würde ich vorschlagen, dass wir am Moor vorbei in Richtung Schwabstedt gehen. Dort können wir sie auch noch ein bisschen frei herumspringen lassen.«

»Einverstanden«, sagte Jasper nickend.

Er und Julia riefen ihre Hunde zu sich, ehe sie sich zu ihrem Spaziergang über die umliegenden Wanderwege aufmachten.

»War die ältere Frau, die ihn dir vermacht hat, eigentlich seine erste Besitzerin?«, erkundigte sich die Hundetrainerin wenige Minuten später, und deutete dabei auf Lupus, der einige Meter vor ihnen mit ihrer Labrador-Dame um die Wette sprang.

Jasper schüttelte den Kopf. »Nein, wir haben ihn vor etwas mehr als einem Jahr aus der Auffangstation in Süderdorf geholt. Davor hat er wohl mit seinem vorherigen Besitzer auf Sylt gelebt. Soweit ich weiß, wusste der aber nicht richtig, wie er mit ihm umgehen sollte. Deshalb neigte Lupus in der Vergangenheit anscheinend anderen Hunden gegenüber zu aggressivem Verhalten. Es muss jedenfalls irgendwas vorgefallen sein, weshalb sein ehemaliger Halter ihn in der Auffangstation abgegeben hat. Offenbar hat er damals auch Sylt verlassen müssen, aber was da genau passiert ist, weiß ich auch nicht.«

»Ist ja auch nicht so wichtig«, entgegnete Julia. »Aber dass nicht jeder mit der Haltung von so einem Hund zurechtkommt, ist eigentlich klar. Saarlooswolfhunde sind schließlich keine Schoßhündchen und absolut nicht für Anfänger geeignet. Ich kann teilweise sogar die Leute verstehen, die der Meinung sind, dass man solche Tiere überhaupt nicht mehr züchten sollte.«

»Naja, als Anfänger müsste ich mich in Punkto Hundehaltung eigentlich auch noch bezeichnen«, gab Jasper schulterzuckend zu. »Aber es ist jetzt nicht so, dass ich mich mit ihm irgendwie überfordert fühle. Ich denke, wir kommen schon ganz gut miteinander aus.«

»Ja, das merkt man auf jeden Fall. Ihr macht auch beide unglaubliche Fortschritte. Mir fällt bei jedem Training auf, wie ihr immer besser werdet.«

»Danke, das freut mich zu hören«, sagte Jasper mit stolzem Lächeln. »Ohne dich würden wir es aber auch nur halb so gut hinbekommen. Du bist wirklich grandios als Hundetrainerin.«

»Danke«, nahm Julia ihrerseits nun ebenfalls das Kompliment an. »Ich bemühe mich zumindest. Hunde sind aber auch alles für mich – mir war schon früh klar, dass ich mein Leben lang mit ihnen arbeiten will.«

»Dann hast du es also geschafft, deine Leidenschaft zum Beruf zu machen ...«

»Oh ja, meine mit Abstand größte Leidenschaft sogar. Vermutlich kann ich mich wirklich glücklich schätzen, dass sich das alles so ergeben hat.«

Jasper nickte. »Ich glaube, wenn man das Richtige tut, kommt es früher oder später auch so, wie es für einen selbst am besten passt. Dadurch bin ich glücklicherweise auch in die Position gekommen, meine Leidenschaft beruflich ausleben zu können.«

Ein bisschen war er danach von sich selbst überrascht, weil er gar nicht gewusst hatte, dass dermaßen viel philosophisches Talent in ihm steckte.

»Du bist selbstständig im Bereich Holzbau, richtig?«, hakte Julia interessiert nach.

»Ja, genau. Zimmermann, um genau zu sein. Ich mache aber eher kleinere Baustellen und hab mich auf Carports und Blockhäuser spezialisiert.«

»Nicht schlecht«, befand Julia mit ehrlicher Bewunderung. »Das heißt, wenn ich mal ´nen Unterstand für mein Auto brauche, bist du der richtige Ansprechpartner.«

»Ganz genau – oder wenn du mal vorhast, in eine Holzhütte zu ziehen.«

Julia lachte erheitert auf. »Kann man in den Hütten, die du baust, etwa auch wohnen?«

»Na klar, ich lebe selbst in einer davon«, antwortete Jasper lächelnd. »Das war die erste, die ich in dieser Größe gebaut hab und so ausstatten ließ, dass man auch darin wohnen kann. Und seitdem bekomme ich immer wieder mal Anfragen von Leuten, für die so eine

Blockhütte eine Alternative zu einer Eigentumswohnung darstellt.«

»Verstehe. Dann ist das für Leute, die keine Lust mehr haben, mit anderen Menschen unter einem Dach zu leben, aber nicht genügend Geld für ein eigenes Haus haben, also genau das Richtige.«

»Genau das war tatsächlich der Grund, warum ich mir damals meine Hütte gebaut hab«, lachte Jasper.

»Man muss nur Ideen haben. Und wenn man dann auch noch handwerklich begabt ist ... Klar, warum sollte man sowas dann nicht machen?«

Nun gingen sie ein Weilchen nebeneinander her, ohne das Gespräch wieder aufzunehmen. Jasper fiel gerade nichts mehr ein, über was er sich noch mit Julia unterhalten konnte. Er war generell kein Freund von überflüssigem Smalltalk und wenn es nichts Gehaltvolles zu bereden gab, bevorzugte er es, den Mund zu halten. Julia schien das jedoch nichts auszumachen, was natürlich ganz klar für sie sprach. Somit fühlte sich die Stille zwischen ihnen keineswegs unangenehm an.

Jaspers Gedanken schweiften bereits ab; er dachte an den nächsten Tag und die Zeit, die er gemeinsam mit Steffi verbringen würde. Hatte sie ihn wirklich nur zu sich eingeladen, damit er sie beim Streichen des Gästezimmers unterstützen würde – oder hegte sie dabei etwa noch andere Hintergedanken? Jasper hoffte auf Option Nummer zwei. Das Zimmer könnte man schließlich ohne Probleme auch alleine streichen, es war also durchaus naheliegend, dass sie ...

»Hast du eigentlich ´ne Freundin?«, fragte Julia auf einmal völlig unvermittelt, wodurch sie Jasper prompt aus seinen Gedanken herausriss.

»Nein, äh ...« Während er hörbar überrumpelt auf diese aus heiterem Himmel gestellte Frage antwortete, dachte er daran, dass es seit kurzem in der Tat eine ganz besondere Person in seinem Leben gab. Aber diesen

Gedankengang auszusprechen, vermied er dann doch lieber. »Nein, momentan nicht«, schob er stattdessen hinterher.

»So, so – momentan wärst du also noch zu haben«, murmelte Julia versonnen.

Jasper blickte sie überrascht von der Seite an. Hatte sie etwa gerade mit ihm geflirtet?

Dass sie nicht weiter darauf einging, ließ ihn erst recht leicht verwirrt zurück. Jasper wusste nicht, ob er nun darauf schließen sollte, dass Julia romantisches Interesse an ihm zeigte oder ob es für sie möglicherweise ganz normal war, jeden Menschen nach seinem oder ihrem Beziehungsstatus zu fragen. Auch wenn er solche Informationen eigentlich als private Angelegenheit sah, war es für manche anderen Leute immerhin selbstverständlich, so etwas für jeden einsehbar auf Facebook preiszugeben.

In Anbetracht dessen musste Jasper wohl auch die Möglichkeit in Betracht ziehen, dass Julia einfach nur neugierig war. Aber sich danach zu erkundigen, was sie denn nun zum Anlass nahm, ihm eine derartige Frage zu stellen, hielt er dann doch nicht für angebracht.

Kapitel 15

»Ich will eigentlich nur diese zwei Wände streichen«, erklärte Steffi und zeigte dabei an die entsprechenden Stellen, als sie am Samstagvormittag mit Jasper und Lupus zusammen das ausgeräumte Gästezimmer betrat. »Den Rest lassen wir weiß und hier kommt dann sowieso der neue Kleiderschrank hin.«

»Okay«, gab Jasper in gedehnter Betonung zurück, ehe er einen Blick auf den Farbeimer warf, den Steffi besorgt hatte. Dann fragte er hörbar verwundert: »Du willst die Wände in Grau streichen?«

»Klar, warum nicht? Sie sollen farblich schließlich zu den neuen Möbeln passen. Außerdem nennt man den Farbton *Zartgrau* – du siehst den Unterschied, wenn du es mit einem Stück Metall vergleichst.« Passend dazu hielt sie ihm nun den metallischen Griff von einem der beiden Farbroller unter die Nase.

»Schon gut, ich hab´s verstanden«, lachte Jasper und nahm ihr den Farbroller aus der Hand. »Also, dann fangen wir jetzt erst mal damit an, den Boden mit dem Malerflies abzudecken und alles, was ansonsten auch nicht angemalt werden soll, mit dem Krepp abzukleben.«

»Ich hab uns übrigens auch noch diese schönen Anzüge hier gekauft, damit wir beim Streichen nicht unsere Kleider mit Farbe bekleckern«, informierte sie ihn nun, wobei sie auch schon zwei in durchsichtiger Folie verpackte Einwegoveralls vom Fußboden aufhob und für Jasper gut sichtbar in die Luft hielt.

»Ach was, du hast ja echt an alles gedacht«, amüsierte er sich darüber. »Und ich hab mir jetzt extra alte Klamotten angezogen, denen ein bisschen Farbe auch nichts mehr ausmachen würde. Meinst du nicht auch, dass es uns in diesen Dingern tierisch heiß wird?«

»Du kannst ihn ja wieder ausziehen, wenn du das Gefühl hast, dass du darin eingehst. Aber vorher würde ich schon gerne sehen, wie du ihn wenigstens mal anprobierst.«

»Na gut – wenn du unbedingt darauf bestehst, schlüpfe ich halt mal rein. Aber nur, weil du es bist ...«

»Danke, das wäre echt nett von dir. Ich würde mich nämlich schon ein bisschen unwohl fühlen, wenn ich als Einzige in so ′nem Ganzkörperkondom stecke«, sagte Steffi, die ihrem Renovierungshelfer dabei frech zuzwinkerte.

Jasper lachte belustigt auf und schnappte sich dann die Rolle mit dem Malerflies, um damit den Fußboden abzudecken. Mit einem Teppichmesser, das er aus einer seiner vielen Hosentaschen zog, trennte er mehrere Stücke in der benötigten Größe von der Rolle ab.

Stefanie begann derweil schon mal, die Steckdosenrahmen abzukleben, während Lupus es sich auf Anweisung seines Herrchens im Flur bequem machte.

»Er hört wirklich schon viel besser auf dich, wenn man es damit vergleicht, als ich euch beide kennengelernt hab«, stellte Steffi anerkennend fest, ehe sie mit einem herausfordernden Grinsen hinzufügte: »Wenn das so weitergeht, akzeptiert er dich vielleicht tatsächlich eines Tages als Alphatier.«

»Was das betrifft, sind wir zumindest schon auf dem richtigen Weg«, antwortete Jasper mit merklicher Überzeugung. »Dafür hat uns gestern auch schon die Trainerin in der Hundeschule gelobt. Sie meinte, dass wir beide unglaubliche Fortschritte machen.«

»Das liegt aber sicher auch an ihr«, vermutete Steffi. »Ich könnte mir vorstellen, dass diese Frau eine Menge Erfahrung mit Hunden hat.«

»Ja, die hat sie tatsächlich. Julia trainiert Hunde nämlich schon seit fast zwanzig Jahren – und dabei ist sie grade mal Anfang dreißig. Was sie drauf hat, ist echt beeindruckend.«

»Ja, wirklich? Warum? Was macht sie denn so beeindruckend?«

»Naja, ich weiß auch nicht. Ich glaube, es ist einfach ihre ganz eigene Art wie sie mit den Tieren umgeht. Zu lernen, wie man Hunde trainiert, kann vermutlich so ziemlich jeder, der keine Angst vor ihnen hat. Das machen ja schließlich auch Leute bei der Polizei oder bei der Bundeswehr, aber Julia ...«

Freudlos verzog Steffi das Gesicht, als sie diesmal den Namen hörte – was Jasper aber nicht sehen konnte, weil sie sich bewusst von ihm wegdrehte, während sie noch immer vor einer bereits überklebten Steckdose kniete. Jasper musste wirklich einen Narren an dieser Hundetrainerin gefressen haben und das behagte Steffi ganz und gar nicht.

»Ich glaube, sie kann einfach allgemein gut mit Tieren, aber auch mit Menschen«, plauderte Jasper völlig unbefangen weiter. »Man fühlt sich einfach wohl in ihrer Nähe. Ich hab das gemerkt, als Lupus und ich gestern nach der Hundeschule noch mit ihr und ihrer Hündin spazieren gegangen sind ...«

Jetzt erhob sich Steffi abrupt und blickte Jasper mit strenger Miene an. »Und wahrscheinlich sieht sie auch noch wahnsinnig gut aus.«

Diese Äußerung war ihr mehr oder weniger herausgerutscht, denn eigentlich hatte sie ihn unter gar keinen Umständen wissen lassen wollen, was ihr in diesem Moment im Kopf herumgegangen war. Aber dafür war es nun ganz offensichtlich bereits zu spät.

»Äh ... ja, also – sie ist jedenfalls nicht hässlich«, gab Jasper spürbar verdattert zurück.

Als Steffi realisierte, dass sie bei Jaspers Berichterstattung nicht nur auf diese Hundetrainerin eifersüchtig geworden war, sondern es sich sogar unverblümt anmerken lassen hatte, trieb es ihr umgehend die Schamesröte ins Gesicht.

»Aber für ihre Arbeit mit den Hunden spielt das bestimmt keine Rolle«, schob Jasper nach einer kurzen Pause eilig hinterher. »Außerdem gibt es da noch Elmar, der auch ein erstklassiger Hundetrainer ist.«

»Okay, also sind sie in der Hundeschule zu zweit«, resümierte Steffi, um irgendetwas von sich zu geben, mit dem sie die unangenehme Situation, in die sie sich hier hineinmanövriert hatte, wieder entspannen konnte.

»Ja, genau – Julia und Elmar leiten das Hundetraining zusammen. Ich weiß aber nicht, ob sie auch noch privat etwas miteinander verbindet ...«

»Ob sie zusammen sind, hast du sie also noch nicht gefragt?«, versuchte Steffi durch einen vermeintlichen Scherz herauszufinden.

Wie sie sich selbst eingestehen musste, würde es deutlich zu ihrer Beruhigung beitragen, wenn die Hundetrainerin, von der Jasper so sehr schwärmte, in festen Händen wäre. Und dafür wäre wohl kaum einer besser geeignet als ihr Kollege aus der Hundeschule, dessen Bekanntschaft Jasper ebenfalls gemacht hatte.

»Nein, hab ich nicht«, erwiderte der nun mit nachdenklicher Stimme. »Obwohl sich mir gestern die perfekte Gelegenheit dazu geboten hätte. Aber daran hab ich in dem Moment gar nicht gedacht. Ich konnte irgendwie gar nicht schnell genug darauf reagieren, um sie danach zu fragen.«

Jetzt wurde Steffi auf einmal wieder hellhörig. »Wieso das?«, fragte sie bemüht lässig. »Über was habt ihr euch denn unterhalten?«

»Naja«, setzte er vorsichtig zu einer Antwort an. »Sie hat mich halt einfach so aus dem Nichts heraus gefragt, ob ich ´ne Freundin hab.«

Steffi spürte bereits, wie die Eifersucht erneut in ihr aufkeimte, aber diesmal konzentrierte sie sich voll und ganz darauf, sie vor Jasper geheim zu halten. »Und? Was hast du geantwortet?«

Jasper sah sie beinahe entgeistert an und hob dabei die Schultern. »Natürlich die Wahrheit. Welchen Grund hätte ich denn gehabt, sie anzulügen?«

»Das stimmt wohl auch wieder. Sorry, dass ich so blöd gefragt hab.«

»Ist okay«, beteuerte er grinsend. »Dafür gebe ich dir ja auch blöde Antworten.«

Damit fand nun auch Steffi wieder zu ihrem Lächeln zurück. »Damit kann ich leben, Jasper. Bei dir kommt es sowieso nicht so sehr darauf an, was du von dir gibst. Du sagst einfach ganz freiheraus, was dir auf der Zunge liegt, und das ist es, was dich so sympathisch macht.«

»Weil ich mir keine Mühe gebe, um mich zu verstellen, meinst du?«

»Ja, das ist es wahrscheinlich. Du bist einfach du selbst und sowas findet man heutzutage nicht mehr besonders oft.«

Jasper schien sichtlich geschmeichelt, als er nun nachhakte: »Ist das ein Kompliment? Wenn ja, dann vielen Dank dafür.«

Die unschuldige Art und Weise, wie er sie danach fragte, brachte Steffi zum Lachen. »Ja, du kannst es auf jeden Fall als Kompliment aufnehmen.«

»Dann will ich dir jetzt auch ein Kompliment machen: Du hast wirklich einen tollen Sinn für Humor. Ich hab echt noch nicht viele Frauen getroffen, die so wunderschön lachen können wie du.«

Steffi glaubte berechtigterweise annehmen zu können, dass Jasper generell noch nicht übermäßig viele Frauen kennengelernt hatte. Das wäre schon allein aufgrund des eher zurückgezogenen Landlebens, das er führte, gar nicht möglich gewesen.

Nicht, dass es sie an ihm gestört hätte – Männer, die viele Frauen gehabt hatten, waren ihr auf ihren Reisen schon genügend über den Weg gelaufen. Für die war sie im Normalfall nur eine von vielen gewesen, weshalb sie Typen von dieser Sorte mittlerweile lieber auf Abstand hielt. Bei Jasper war das hingegen ganz anders; er gab ihr das Gefühl, etwas Besonderes zu sein. Und wenn sie ehrlich zu sich selbst war, wünschte sie sich auch, diesen Zustand nicht nur beizubehalten, sondern auch zu vertiefen. Wahrscheinlich hatten deshalb sofort sämtliche Alarmglocken bei ihr geklingelt, als er ihr von der Hundetrainerin erzählt hatte.

***

Steffi und Jasper waren inzwischen damit beschäftigt, die beiden Wände des zukünftigen Schlafzimmers zu streichen. Dafür brauchten sie eigentlich keine fünfzehn Minuten – den Großteil der Zeit hatte die Vorbereitung des Raumes in Anspruch genommen –, aber Jasper hielt es für besser, eine zweite Farbschicht darüberzustreichen, sobald die erste getrocknet war.

»Mich würde es eigentlich schon mal interessieren, was in dieser Hundeschule genau gemacht wird«, hörte er Steffi auf einmal sagen. »Meinst du, ich könnte dich mal dorthin begleiten?«

»Ja, klar – natürlich«, antwortete er relativ überrascht.

Nachdem er im ersten Moment noch befürchtet hatte, dass sich die Stimmung gleich wieder verschlechtern könnte, wenn Steffi abermals auf dieses Thema zu sprechen kam, klang sie jetzt doch schon äußerst versöhnlich. Aber auch davon abgesehen war es stets ein Grund zur Freude für ihn, wenn sie an seinem Leben teilhaben wollte, was natürlich auch Lupus´ Erziehung miteinschloss. Oder ging es ihr vielleicht einfach nur darum, mehr über Julia herauszufinden, um sicherzugehen, dass sie keine Konkurrenz für sie war?

Während er seine Wand fertig strich, dachte er darüber nach, was es wohl bedeuten würde, wenn er mit seiner Mutmaßung richtig lag. Und als er schlussendlich auch den letzten Winkel mit zartgrauer Farbe versehen hatte, kam er zu dem Ergebnis, dass Steffi – gemäß dem Fall, dass sie seine Hoffnungen nicht enttäuschen würde – sich ebenfalls mehr als nur eine Freundschaft mit ihm wünschte.

»Wie wär´s, wenn wir jetzt erst mal eine Tasse Kaffee trinken gehen, solange die Farbe trocknet?«, fragte Steffi, die inzwischen auch ihre Wand zu Ende gestrichen hatte.

»Gute Idee«, antwortete Jasper. »Und wenn wir die Wände danach zum zweiten Mal gestrichen haben, wäre es an der Zeit, um noch mal ´ne Runde mit Lupus Gassi zu gehen.«

»Das machen wir«, sagte Steffi zustimmend. »Heute Mittag kommt auch noch ein bisschen die Sonne zwischen den Wolken durch. Das sollten wir ausnutzen.« Dann zog sie den Reisverschluss ihres durchsichtigen Einwegoveralls herunter und streifte ihn von sich ab.

Jasper entledigte sich nun gleichermaßen seines Schutzanzugs, während Steffi sich zu dem Farbeimer drehte, um den Deckel darauf anzubringen. Als sie sich hierfür nach unten beugte, fiel sein Blick unweigerlich auf ihren wohlgeformten Hintern, den sie dabei verheißungsvoll in ihrer engen Jeans herausstreckte. Dann richtete sie sich wieder auf und warf ihre langen, brünetten Haare mit einer eleganten Handbewegung nach hinten.

Erst als Steffi dabei zu ihm sah, wurde Jasper klar, dass er sie ein wenig zu auffällig beobachtet hatte. Aber es schien ihr nichts auszumachen, denn sie lächelte vielversprechend und kam jetzt drei oder vier langsame Schritte auf ihn zu, bis sie direkt vor ihm stand.

Als Jasper nun in ihre kastanienbraunen Augen sah, verschlug es ihm glatt die Sprache. Ihre halbgeöffneten

Lippen glänzten einladend im Tageslicht, das durch das Fenster fiel, und ihr zu ihm hochgestreckter Kopf schien wohl ein klares Indiz dafür zu sein, dass sie darauf wartete, von ihm geküsst zu werden. Jaspers Herz klopfte wie verrückt in seiner Brust, als er spürte, wie sie jetzt auch noch nach seiner Hand griff.

Damit waren nun auch seine letzten Zweifel verflogen. Er neigte sein Gesicht zu ihr nach unten und spitzte die Lippen, während sie ihm mit ihren entgegenkam.

Doch kurz bevor sie aufeinandertrafen, schrillte auf einmal die Haustürklingel, woraufhin Lupus im Flur zu bellen anfing. Jasper und Steffi schreckten beide augenblicklich ein Stück zurück, bis sich ihre Lippen wieder eine Armlänge voneinander entfernt hatten.

Ausgerechnet jetzt!, dachte Jasper ein wenig verdrossen – gleichzeitig war er aber auch glücklich darüber, dass es gerade zu ihrem ersten Kuss gekommen wäre, wären sie dabei nicht unterbrochen worden. Die Gewissheit, dass er sich keine falschen Hoffnungen gemacht hatte, beflügelte ihn geradezu.

»Wer kann das sein?«, fragte Steffi verblüfft.

Jasper ließ die Achseln zucken. »Keine Ahnung – lass uns doch einfach mal nachsehen.«

»Okay«, sagte Steffi lächelnd, ehe sie durch die geöffnete Zimmertür in den Flur ging.

Jasper und Lupus folgten ihr über die Treppe nach unten. Als sie die Haustür öffnete, stand der Wolfshund bereits wachsam an ihrer Seite, um den Besucher in Empfang zu nehmen. Es war gut möglich, dass er die drei Menschen, die dort vor dem Haus standen, schon längst am Geruch erkannt hatte – denn wie Jasper nun auch sehen konnte, handelte es sich dabei um seine Mutter, seinen Stiefvater und Onkel Joris. Letzterer hatte außerdem noch seine beiden Border Collies dabei, die ein paar Meter weiter hinten auf dem Hof warteten.

Steffi warf Jasper einen fragenden Blick zu – sie hatte bisher noch keinen der drei kennengelernt, konnte sich aber scheinbar schon denken, dass sie Jasper dafür umso vertrauter waren.

»Steffi – darf ich dir meine Mutter Erika, meinen Stiefvater Hagen und meinen Onkel Joris vorstellen?«, sagte er zu ihr, während sich Lupus auf der Stelle einige Streicheleinheiten abholte. Seinen Familienmitgliedern eröffnete er, was sie teilweise ohnehin schon wussten: »Das ist die berühmte Schriftstellerin Stefanie Engelhardt, die neue Besitzerin von Martens und Ingas ehemaligem Bauernhof.«

»Bitte einfach nur Steffi«, verbesserte sie Jasper, als sie nun eine Hand nach der anderen schüttelte.

Erika, Hagen und Joris stellten sich ihr noch einmal der Reihe nach vor und traten dann auf ihre Aufforderung hin ins Haus ein.

»Ich hab euch einen friesischen Käsekuchen gebacken«, erklärte Erika, die ihre runde Tortentransportbox längst ihrem Sohn in die Hände gedrückt hatte.

»Danke – das trifft sich gut«, erwiderte Steffi lächelnd. »Wir wollten uns nämlich grade eine Tasse Kaffee genehmigen.«

»Und ich hab dir einen selbstgemachten Schafskäse mitgebracht«, sagte Onkel Joris, der Steffi daraufhin ein in Papier eingewickeltes Stück des Milcherzeugnisses überreichte, welches gut und gerne die Größe von drei aufeinandergestapelten Taschenbüchern besaß.

»Oh, vielen Dank – das ist aber ganz schön viel«, entgegnete sie, als sie das Geschenk annahm. »Und den stellst du wirklich selbst her?«, erkundigte sie sich.

»Nein, herstellen lasse ich den von einer kleinen, lokalen Käserei, die einem Kumpel von mir gehört«, räumte Joris kopfschüttelnd ein. »Aber die Milch dafür stammt von meinen Schafen. Du wirst schon am Geschmack feststellen, dass dafür keine Tiere ausgebeutet werden. Ich sorge nämlich dafür, dass meine Schafe ein würdevolles Leben haben, und ich nehme die Lämmchen auch nicht von ihren Müttern weg, um an die Milch ranzukommen.«

Als Jasper sah, wie Steffi ihm nach dieser Aussage einen geradezu tödlichen Blick zuwarf, hob er beschwichtigend die Hände. »Ich hab ihm das nicht erzählt – das schwöre ich auf alles, was mir heilig ist.«

»Finn hat es mir gesteckt«, kam ihm sein Onkel im nächsten Augenblick zu Hilfe. »Er hat mir gestern Abend erzählt, dass du es moralisch fragwürdig findest, Fleisch oder andere tierische Produkte zu essen. Und da muss ich dir zum Teil wirklich zustimmen – aber wenn die Tiere artgerecht gehalten werden, ist das schon was ganz anderes als wenn sie ihr Leben lang leiden müssen.«

»Ja, klar – das sehe ich genauso«, pflichtete Steffi ihm bei. »Deshalb esse ich normalerweise auch nur noch Fleisch, von dem ich weiß, woher es kommt.«

»Dann bist du bei Joris genau richtig«, mischte sich Hagen fröhlich grinsend ein, wobei er seinem Schwager anerkennend auf die Schulter klopfte. »Seine Schafe schmecken wirklich vorzüglich – vor allem, wenn man sie richtig zubereitet. Du bist bei uns auf jeden Fall herzlich eingeladen, wenn es das nächste Mal Schafsbraten gibt.«

»Äh, ja okay – danke«, gab Steffi leicht überfordert zurück.

»Kommt, gehen wir erst mal in die Küche«, schlug Erika nun vor, was Steffi durchaus recht zu sein schien. Sie und Hagen folgten ihr ohne zu zögern, wohingegen Joris zunächst noch im Flur stehenblieb.

»War wohl gar keine so schlechte Idee, mit ihm in die Hundeschule zu gehen«, hörte Jasper seinen Onkel, der dabei durch die noch immer geöffnete Haustüre in Richtung Hof zeigte.

Jasper blickte nach draußen und sah, wie Lupus vergnügt mit den zwei kleineren Hütehunden herumtobte.

Von Aggressivität oder Feindseligkeit war dabei überhaupt nichts zu spüren.

»Nein, die Idee war sogar richtig genial, Onkelchen«, bekräftigte er mit dankbarem Nicken. »Lupus hat innerhalb der letzten ein bis zwei Wochen eine unfassbar positive Veränderung durchgemacht. Mittlerweile lässt er mich sogar schon eine ganze Stunde länger schlafen – das heißt, er springt erst in mein Bett, wenn draußen langsam die Sonne aufgeht.«

»Und wenn er das nicht machen würde, würdest du wahrscheinlich den kompletten Tag verpennen«, lachte Onkel Joris mit seiner kratzigen Stimme. »Sei froh, dass er nicht auch so ´ne Trantüte ist wie du, sonst müsstest du dir womöglich noch ´nen Wecker anschaffen.«

Kapitel 16

Nach ihrem gemeinsamen Kaffeekränzchen mit Erika, Hagen und Onkel Joris hatten sich Steffi und Jasper mit Lupus zu einem längeren Spaziergang aufgemacht. Dabei unterhielten sie sich über alles Mögliche und Steffi hatte das Gefühl, Jasper danach noch ein Stück besser zu kennen. Doch so nahe wie etwa zwei Stunden zuvor, als es um Haaresbreite zu einem Kuss zwischen ihnen gekommen war, kamen sie sich dabei nicht mehr. Und auch als sie später zum zweiten Mal die Wände von Stefanies neuem Schlafzimmer strichen, war von dem einstigen Knistern kaum noch etwas zu spüren.

Steffi war sich nicht sicher, ob es vielleicht besser war, dass sie sich nicht geküsst hatten. Immerhin lag es auf der Hand, wo sie am Ende höchstwahrscheinlich gelandet wären, wenn sie erst einmal richtig angefangen hätten – und das hätte hinterher unter Umständen noch für unangenehme Situationen zwischen ihnen gesorgt. Außerdem konnte sie sich im Nachhinein sowieso nicht mehr erklären, was sie in diesem Moment überhaupt dazu geritten hatte, Jasper auf einmal ohne Vorwarnung küssen zu wollen.

Andererseits hätte Steffi gar nichts dagegen gehabt, den Abend in Jaspers Gesellschaft zu verbringen. Ein bisschen einsam fühlte sie sich nämlich schon, nachdem er sich am späten Nachmittag von ihr verabschiedet hatte und sie nun ganz alleine auf dem Hof war. Auch wenn sie die Möglichkeit, sich bei Bedarf zurückziehen zu können, sehr schätzte, mochte sie es mindestens genauso gerne, andere Menschen um sich herum zu haben.

Selbst auf all ihren Reisen und auch während ihrer Zeit als Aussteigerin auf La Gomera hatte sie stets einen oder mehrere Mitstreiter an ihrer Seite gehabt, ohne die sie sich die meisten Abenteuer auch gar nicht zugetraut hätte. Dauerhaft alleine war sie daher noch nie gewesen, dieses Gefühl war ihr deshalb auch relativ neu. Und obwohl sie die Gelegenheit perfekt hätte nutzen können, um ungestört an ihrem neuen Buch zu schreiben, zog sie es – zumindest an diesem Abend – nun doch vor, sich davon abzulenken, indem sie Kontakt zu ihren Liebsten aufnahm.

So ergab es sich, dass Steffi mal wieder mit ihrem Handy im Wohnzimmer auf dem Sofa lag und mit ihrer Mutter telefonierte.

»Ich hab heute Jaspers Familie kennengelernt – seine Mutter, seinen Stiefvater und seinen Onkel Joris«, berichtete sie ihr. »Mit Hagen und Joris hattest du damals auch schon zu tun, sie können sich beide an dich erinnern.«

Für die Dauer eines Wimpernschlags blieb es daraufhin still in der Leitung. Dann erkundigte sich Sabine überrascht: »Ist Hagen etwa einer von Martens Neffen?«

»Ja, genau«, bestätigte Steffi. »Er hat erzählt, dass er damals noch regelmäßig auf dem Hof ausgeholfen hat, als du dort jedes Jahr deine Sommerferien verbracht hast.«

»Wir haben beide auf dem Hof mitgeholfen. Hagen soll mal nicht so tun, als ob er die ganze Arbeit alleine gemacht hätte«, sagte Sabine lachend. »Ich weiß noch, wie er mich immer mitgenommen hat, wenn er mit dem Traktor neues Heu oder Stroh geholt hat. Da hab ich genauso mit angepackt und es war ihm dabei auch egal, dass ich ein Mädchen und noch dazu einige Jahre jünger war als er.«

»Jasper hat mir erzählt, dass sich Hagen später dann mit seinem Onkel und Tante Inga verstritten hat. Hast du das auch noch mitgekriegt?«

»Nein, das höre ich jetzt zum ersten Mal. Hagen muss etwa Mitte zwanzig gewesen sein, als ich ihn zum letzten Mal gesehen hab. Ich glaube, zu dieser Zeit war sein Verhältnis zu Inga und Marten noch in Ordnung.«

»Und was ist mit Joris? Erinnerst du dich an ihn auch noch so gut?«, wollte Steffi jetzt wissen.

Sabine schwieg für mehrere Sekunden, ehe sie nüchtern erwiderte: »Es gab damals einen Joris aus einem der benachbarten Dörfer, aber ich weiß nicht, ob es der ist, den du meinst.«

»Etwa eins achtzig groß, rotbraune Locken in derselben Farbe wie ein Eichhörnchen ... eigentlich genauso wie die von Katharina, bloß in kurz und nicht mehr ganz so dicht«, half Steffi ihrer Mutter auf die Sprünge. »Er müsste in deinem Alter sein und war schon als Jugendlicher mit Leib und Seele Schäfer.« Als nach diesem Hinweis noch immer keine Rückmeldung kam, ergänzte sie: »Er muss auf jeden Fall der Joris sein, den du damals als jungen Mann kennengelernt hast – er hat nämlich zu mir gesagt, ich hätte die Augen und die Nase meiner Mutter. Und es wäre ja schon ein komischer Zufall, wenn er dabei einfach nur richtig geraten hätte.«

»Er kann sich wirklich noch daran erinnern, wie ich aussah«, stellte Sabine hörbar erstaunt fest. »Ja, du hast recht – es ist der Joris von damals.«

»Der Joris von damals ...«, wiederholte Steffi mit zufriedenem Schmunzeln. »Das hört sich ja fast so an, als hätte er doch einen bleibenden Eindruck bei dir hinterlassen.«

»Er war damals schon ein wenig ... verrückt«, erklang es nun leise, nahezu flüsternd, aus dem Telefon.

»Das kann ich mir vorstellen. Er hat auch heute noch einen ziemlich ruppigen Humor, den man ihm aber nicht wirklich übel nehmen kann.«

»Naja, ich meinte eigentlich eher, weil er manchmal mehrere Tage und Nächte unter freiem Himmel bei seinen Schafen verbracht hat. Er hat mit seinen Hunden quasi bei den Schafen gelebt und ... er war halt ein richtiger Naturbursche – aber einer von der wilden Sorte.«

»Scheint so, als wüsstest du doch noch ganz gut über ihn Bescheid«, zog Steffi ein vorläufiges Fazit. »Weißt du das, weil du auch mal selbst dabei warst oder nur aus Erzählungen?«

»Du bist ganz schön neugierig, Kind«, kam es nach einer kurzen Pause zurück.

»Ich versuche nur nachzuvollziehen, was es hier für dich zu tun gab, wenn du Tante Inga in den Ferien besucht hast. Du selbst hast bisher ja nie viel davon erzählt ... immer nur, dass du gerne am Meer warst und die Tiere versorgt hast. Aber das war doch bestimmt nicht alles, weswegen du jedes Jahr mit dem Zug nach Nordfriesland gefahren bist – vor allem nicht in den letzten Jahren, mit sechzehn, siebzehn, achtzehn ...«

»Nein, natürlich habe ich auch gerne Zeit mit den anderen Jugendlichen verbracht, die ich dort getroffen hab.«

»So wie mit Joris zum Beispiel?«

»Ja, aber behalte das bitte für dich«, räumte Sabine nun ein.

»Na logisch, ist doch selbstverständlich. Ich will jetzt auch gar nicht weiter nachbohren, was damals zwischen euch gelaufen ist – aber ich finde auch überhaupt nichts Schlimmes daran. Es ist doch ganz normal, dass man sich in diesem Alter mit Jungs trifft und ... naja, du weißt schon.«

»Ja, klar – natürlich.« Etwas verschwörerisch schob Sabine hinterher: »Mit Joris ist es halt noch mal ein bisschen anders. Als ich das letzte Mal zu Tante Inga gefahren bin, kannte ich deinen Vater schon. Er wusste davon und ...«

Auf einmal wurde es still in der Leitung und Steffi ahnte, dass ihre Mutter ihr bereits mehr offenbart hatte als sie eigentlich wollte. Trotzdem konnte sie sich eine letzte Frage, die sie in den letzten zwei Wochen schon des Öfteren beschäftigt hatte, jetzt nicht mehr verkneifen:

»Dann war das also der Grund, warum Papa nie mit uns nach Nordfriesland fahren wollte?«

»Ja. Wahrscheinlich hätte ich es dir – oder euch – schon früher sagen sollen, aber ich wusste nicht, wie ich damit hätte anfangen sollen. Aber jetzt weißt du es ja, und ich hoffe, dass deine Neugierde damit gestillt ist.«

»Ja, schon gut«, beruhigte Stefanie ihre Mutter. »Von mir aus können wir jetzt auch gerne das Thema wechseln. Wie läuft´s denn bei euch so? Weißt du schon, wann Larissa von ihrer aktuellen Reise zurückkommt?«

Als Steffi sich nun von ihrer Mutter berichten ließ, was es zuhause in der fränkischen Heimat für Neuigkeiten gab, gelang es ihr kaum noch, mit mehr als nur einem Ohr dabei zuzuhören. Zu sehr geriet sie darüber ins Grübeln, wie es sein konnte, dass ihr Vater dermaßen eifersüchtig auf einen ehemaligen Liebhaber ihrer Mutter war, dass er es gewissermaßen für den Rest seines Lebens vermied, diese Gegend zu besuchen, in der sich seinerzeit die Romanze ereignet hatte.

Steffi fand es schon ziemlich auffällig, da es nicht so recht in das Bild passte, was sie von ihren Eltern hatte, nachdem ihr und ihren drei Schwestern stets Werte wie Vertrauen und Zusammenhalt innerhalb der Familie vermittelt worden waren. Denn wenn ihr Vater ihrer Mutter doch bedingungslos vertraute – so Steffis Denkweise –, dann hätte er sich diese Episode aus ihrer Vergangenheit doch nicht zum Anlass nehmen müssen, um sich deswegen solche Sorgen zu machen.

***

Etwa zur selben Zeit betrat Jasper das Haus seiner Eltern, um auf ihre ausdrückliche Einladung hin mit ihnen zu Abend zu essen. Sie hatten ihn nicht lange darum bitten müssen, denn für den gebratenen Steinbutt mit Kartoffeln, Kaisergemüse und Kürbispüree hatte sich seine

Mutter mächtig ins Zeug gelegt. Als Jasper in die Küche kam, schaltete sie gerade den Herd aus, während Hagen im Esszimmer den Tisch deckte.

Kurz darauf saßen sie gemeinsam um die dampfende Mahlzeit herum und verteilten sie portionsweise auf ihre Teller.

»Lasst es euch schmecken«, sagte Erika, die dabei nach Gabel und Messer griff, und die beiden Männer wünschten ebenfalls einen guten Appetit.

Jasper hatte sich kaum den ersten Bissen in den Mund geschoben, als er seinen Stiefvater von der anderen Seite des Tischs sagen hörte: »Diese Stefanie scheint tatsächlich recht vernünftig zu sein – wenn man mal davon absieht, dass sie keiner richtigen Arbeit nachgeht. Aber ich muss schon zugeben, dass ich wirklich positiv überrascht war, als wir sie heute kennengelernt haben.«

Er ersparte es sich zunächst, etwas darauf zu erwidern. Ihm war klar, dass es ohnehin nicht lange dauern würde, bis er eine direkte Frage zu dem Thema gestellt bekommen würde.

»Ja, sie ist wirklich ein sehr nettes Mädchen«, pflichtete Erika ihrem Mann bei. Und wie nicht anders von Jasper erwartet, richtete sie sich daraufhin unmissverständlich an ihn: »Jetzt verstehe ich auch, warum du so viel Zeit mit ihr verbringst. Und es freut mich echt wahnsinnig, dass ihr beide euch so gut versteht.«

Als er zu einer Antwort ansetzte, bemühte er sich, seine Worte mit Bedacht zu wählen: »Ich helfe ihr nur, den Hof umzubauen – so wie ich es Tante Inga versprochen hab. Dadurch ergibt es sich automatisch, dass wir viel Zeit miteinander verbringen. Außerdem ist meistens auch noch Finn mit dabei, deshalb habe ich gar nicht oft die Möglichkeit, mit ihr alleine zu sein.«

»Aber du magst sie schon gerne, oder etwa nicht?«, bohrte seine Mutter neugierig nach. »Man merkt schon, dass es dir um mehr geht, als Tante Ingas letzten Wunsch zu erfüllen.«

»Klar, es liegt auch in meinem eigenen Interesse, was aus dem Hof wird. Ich verbinde schließlich jede Menge schöner Erinnerungen damit«, beeilte sich Jasper klarzustellen.

»Und deshalb hilfst du der neuen Besitzerin auch, ihr Schlafzimmer zu streichen?«, warf Hagen mit argwöhnischer Miene ein. »Das ist ja jetzt keine Arbeit, bei der sie unbedingt auf die Hilfe von einem Zimmermannsmeister angewiesen wäre.«

»Nein, aber zu zweit geht sowas trotzdem schneller«, gab Jasper achselzuckend zurück, ehe er schnell eine halbe Kartoffel mit seiner Gabel aufspießte und sie sich in den Mund stopfte.

Seine Eltern schienen also bereits zu spüren, dass zwischen ihm und Steffi etwas im Busch war – aber um mit ihnen darüber zu sprechen, fand er es jetzt noch bei Weitem zu früh. Und die Tatsache, dass er es den ganzen Nachmittag nicht mehr geschafft hatte, ihr so nahezukommen wie in dem Augenblick, bevor sie von seinen Eltern und Onkel Joris gestört wurden, spielte dabei keine unerhebliche Rolle. Jasper bereute es inzwischen sogar, dass er es nach ihrem Überraschungsbesuch zu keinem Zeitpunkt gewagt hatte, die Initiative zu ergreifen und Steffi einfach zu küssen. Nicht mal bei ihrer Verabschiedung hatte er sich dazu überwinden können, weshalb nun berechtigte Zweifel in ihm aufkeimten, ob er denn überhaupt noch einmal eine derartige Chance bekommen würde.

»Naja, wenn das der einzige Grund ist …«, brummte Hagen in seinen Bart hinein, womit er auf Jaspers fadenscheinige Erklärung, weshalb er Steffi beim Streichen des ehemaligen Gästezimmers geholfen hatte, Bezug nahm.

»Jetzt lass den Jungen erst mal in Ruhe essen«, hielt Erika ihren Mann an. »Du merkst doch selber, dass er noch nicht darüber reden will. Wenn er soweit ist, wird er uns sicher erzählen, was Sache ist.«

***

Nachdem Steffi das Telefonat mit ihrer Mutter beendet hatte, ging sie rüber in die Küche, wo sie sich eine große Tasse mit Früchtetee und zwei Schüsseln voller Snacks vorbereitete. Damit begab sie sich anschließend nach oben ins Badezimmer, um sich ein heißes Schaumbad einzulassen. Auf dem Wohnzimmerregal hatte sie ein altes Radio gefunden, das sie nun im Bad an der Steckdose anschloss und einen Sender mit passender Musik einstellte. Und um ihr Wellnesserlebnis perfekt zu machen, zündete sie zu guter Letzt noch ein paar Duftkerzen an, ehe sie ihre Kleider auszog und in die Wanne stieg.

Während sie sich im angenehm warmen Badewasser entspannte, suchte sie auf ihrem Smartphone nach geeigneten Einrichtungsgegenständen für ihr neues Schlafzimmer. Dabei durchforstete sie die Onlineshops mehrerer Möbelhäuser und verglich sämtliche Betten, Kommoden und Kleiderschränke, die für sie in Betracht kamen, ehe sie am Ende eine Entscheidung traf und ihre Bestellung abschickte.

Zwischendurch schaute sie immer wieder nach, ob Jasper ihr vielleicht eine Nachricht geschickt hatte. Sie war eigentlich schon fest davon ausgegangen, dass er sich heute Abend noch mal bei ihr melden würde – entweder um sie zu fragen, was sie gerade machte, oder um ihr sogar vorzuschlagen, morgen etwas mit ihm zu unternehmen. Doch so wie es mittlerweile aussah, war Jasper momentan anderweitig beschäftigt.

Ein wenig ernüchtert legte Steffi ihr Handy zur Seite und tauchte bis zum Hals in das wohltuende Schaumwasser ein.

Was war nur los mit diesem Mann? Waren ihm die Signale, die sie ihm gesendet hatte, etwa nicht eindeutig genug gewesen? Oder hatte er womöglich bereits das Interesse verloren, weil sie nach ihrem Spaziergang mit Lupus nicht dort weitergemacht hatten, wo sie durch den Überraschungsbesuch seiner Familie unterbrochen worden waren?

Nein, das konnte nicht sein! Steffi schüttelte ungläubig mit dem Kopf.

Jasper war in so mancher Hinsicht anders als viele der Männer, mit denen sie in der Vergangenheit zu tun gehabt hatte, aber es wäre gegen die Natur, wenn er dadurch das Interesse an ihr verloren hätte. Wahrscheinlich wollte er sie bloß zappeln lassen! Er wollte abwarten, bis sie sich bei ihm meldete. Denn nur so konnte er den Spieß umdrehen – sodass sie gezwungen war, auf ihn Jagd zu machen anstatt er auf sie. Steffi fiel es wie Schuppen von den Augen, als ihr letztendlich klar wurde: Jasper wollte dadurch herbeiführen, dass sie ihn vermisste!

Du verdammter Mistkerl, dachte sie sich. *Darauf kannst du lange warten.*

Gleichzeitig spürte sie aber auch, wie heiß es ihr bei dem Gedanken daran wurde. In ihrem Bauch breitete sich ein Kribbeln aus, das sich unaufhaltsam in sämtliche Regionen ihres Körpers ausbreitete – vor allem in Richtung Vergnügungsviertel.

Steffi schloss die Augen und lehnte sich zurück. Noch immer dachte sie an Jasper; diesmal jedoch an die ganzen Vorzüge, die er zu bieten hatte. Sie konnte gar nicht anders, als ihn sich vorzustellen – in seinem engen T-Shirt, unter dem sich seine harten Muskeln abzeichneten. Mit seinen kantigen Gesichtszügen, den geschmeidigen Lippen und ... diesen großen, geradezu bärenartigen Pranken, mit denen er die schwersten Bauarbeiten verrichtete, aber mit Sicherheit auch unheimlich zärtlich sein konnte.

Sie stellte sich vor, es wären seine Hände, als sie damit begann, hingebungsvoll über ihre Brüste zu streicheln. Dabei atmete sie tief durch und fantasierte davon, wie es wäre, wenn Jasper jetzt durch die Zimmertür käme. Wie er sich vor ihr ausziehen würde, um sich dann zu ihr in die Badewanne zu legen.

Steffis Finger umspielten ihre Brustwarzen und als sie danach langsam nach unten wanderten, beschleunigte sich ihr Atem. In ihrer Vorstellung war es Jasper, der sie befriedigte, als sie nun immer lauter zu stöhnen anfing und sich nach wenigen Minuten schlussendlich zum Orgasmus brachte.

Kapitel 17

Es war Dienstagvormittag, als Stefanie im Büro vor ihrem Laptop saß und sich über Skype mit ihrer Literaturagentin Daniela unterhielt.

Am Sonntag hatte sie einen Ausflug nach Sankt Peter-Ording unternommen, den sie aufgrund eines aufziehenden Gewitters jedoch frühzeitig abbrechen musste. Zu diesem Zeitpunkt hatte sie sich schon längst damit abgefunden, dass Jasper sich nicht bei ihr melden würde, daher kam es für sie umso überraschender, als er sie am Nachmittag anrief, um sie zu fragen, ob bei ihr alles in Ordnung sei.

Obwohl Steffi sich sehr über seine Gesellschaft gefreut hätte, verzichtete sie darauf, ihn zu sich einzuladen. Stattdessen versicherte sie ihm bloß, dass ihr das Unwetter nichts ausmachen würde und er sich wegen ihr keine Sorgen zu machen bräuchte. Wie ihr erst nach dem Telefonat klargeworden war, hatte er darauf mit leichter Enttäuschung in der Stimme reagiert – sie konnte also davon ausgehen, dass er sich eine andere Antwort erhofft hatte.

Als Jasper und Finn dann am nächsten Tag ihre Renovierungsarbeiten im Stall fortsetzten, lief wieder alles wie gewohnt. Um sich unter vier Augen unterhalten zu können, ergab sich zwar kaum eine Gelegenheit, aber die würde Steffi sicherlich bekommen, wenn sie Jasper und Lupus heute zur Hundeschule begleitete.

»Der Verlag wird dir im Laufe der Woche ein Paket mit einigen Probeexemplaren von deinem neuen Buch zuschicken«, erklärte Daniela bei ihrem Videogespräch. »Du kannst dann noch einmal selbst überprüfen, ob es so aussieht wie du es dir vorgestellt hast. Falls aber noch irgendwas daran geändert werden soll, müsstest du es mich so schnell wie möglich wissen lassen, weil es nächste Woche schon in den Druck gehen soll.«

»Klar, kein Problem«, antwortete Stefanie. »Du bekommst meine sofortige Rückmeldung, sobald ich es mir angesehen hab. Gibt es sonst noch irgendwelche Neuigkeiten vom Verlag?«

»Ja, die gibt es tatsächlich. Der Verlag hat angefragt, ob du mit dem neuen Buch auf Lesetour gehen würdest. Die Leute in der Marketingabteilung sind der Meinung, dass es sich lohnen würde, wenn du damit für mehrere Wochen durch ganz Deutschland reist – sie würden uns daher auch bei der Organisation unter die Arme greifen.«

Steffis Augen strahlten bei der Vorstellung, live vor Publikum in verschiedenen Städten aus ihrem neuen Buch vorzulesen. Das war genau das, was sie sich schon immer erträumt hatte. Auch wenn sie in der Vergangenheit schon des Öfteren Lesungen abgehalten hatte, war ihr die Möglichkeit auf eine richtige Lesetour bisher verwehrt geblieben. Allerdings kam dieses Angebot jetzt, wo sie gerade dabei war, nach Nordfriesland zu ziehen, zu einem äußerst ungünstigen Zeitpunkt.

»Das ist wirklich eine tolle Idee, aber ich habe hier grade erst ein anderes großes Projekt angefangen, das meine volle Aufmerksamkeit braucht«, entgegnete sie ihrer Agentin. »Deshalb kann ich im Moment nicht einfach von hier weg ...«

»Es würde auch ausreichen, wenn wir die Lesetour für nächstes Frühjahr ansetzen«, sagte Daniela. »Wir bräuchten sowieso noch einige Zeit, um das alles zu planen – sowas geht gar nicht von heute auf morgen.«

Steffi dachte einen Augenblick lang nach. »Nächstes Frühjahr wollen wir unsere Tierpension eröffnen, aber vielleicht könnte ich eine meiner Schwestern dazu bringen, mich während meiner Abwesenheit zu vertreten.«

Daniela nickte. »Das sollte doch funktionieren. Hast du den Bauernhof nicht sowieso mit deinen Schwestern zusammen geerbt?«

»Doch – also eigentlich hat ihn unsere Mutter mit uns zusammen geerbt. Meine Schwestern und ich kannten die Frau, der er vorher gehört hat, noch nicht mal.«

»Aber du bist die Einzige von euch, die spontan nach Nordfriesland fahren konnte?«

»Ja, richtig. Und wahrscheinlich bin ich auch die Neugierigste von uns. Als ich davon erfuhr, wollte ich mir gleich mit eigenen Augen ansehen, was uns da denn genau überlassen wurde. Außerdem hattest du mir ja sowieso empfohlen, an die Nordsee zu fahren, um darüber mein nächstes Buch schreiben zu können.«

Danielas Lippen formten sich zu einem Lächeln. »Ja, ich erinnere mich. Dann hast du also schon mit einem neuen Manuskript angefangen?«, hakte sie sichtlich interessiert nach.

»Naja, mehr oder weniger – ich schreibe zumindest auf, was ich hier so erlebe. Aber ich hab die Geschichte diesmal eher als Roman angelegt und ich befürchte, dass ich damit ein wenig auf den Holzweg geraten bin.«

»Einen Roman zu schreiben, wäre ja grundsätzlich nicht verkehrt …«

»Nein, aber es ist auch nicht das, was mich als Autorin auszeichnet«, erwiderte Stefanie. »Ich hab bisher in jedem meiner Bücher hauptsächlich meine eigenen Erlebnisse und Erfahrungen verarbeitet und sobald ich zu viel Erfundenes hinzudichte, kommt etwas dabei heraus, was mir selbst überhaupt nicht mehr gefällt. Aber egal; notfalls verwerfe ich einfach, was ich bisher geschrieben hab, und fange damit von neu an.«

***

»Ich hab in den letzten zwei Tagen übrigens mal in deine Bücher reingelesen«, eröffnete Jasper Steffi am Nachmittag, als sie mit Lupus in seinen Kleintransporter gestiegen waren und sich nun auf den Weg zur Hundeschule machten.

»Oh nein, nicht dein Ernst! Und dabei war ich schon erleichtert, weil ich dachte, dass du dich nicht für meine Bücher interessierst«, gab sie mit gequälter Stimme zurück und warf sich die Hände vors Gesicht. »Jetzt weißt du bestimmt auch ein paar Sachen über mich, die ich dir vorher noch nicht erzählt hab.«

»Ja, das stimmt allerdings«, bestätigte Jasper grinsend, während er seinen VW Crafter vom Hof fuhr. »Du hattest mir ja noch nicht mal erzählt, dass du Literatur und Germanistik studiert hast.«

»Aber nur, weil ich beide Studiengänge schon nach drei Semestern abgebrochen hab ... aber das weißt du jetzt sicher auch schon.«

»Ja, das steht auch in dem Buch. Aber immerhin bist du danach zu deiner ersten längeren Reise aufgebrochen – für ein Vierteljahr in die Karibik, ganz schön beeindruckend ...«

Steffi schmunzelte, was wohl darauf schließen ließ, dass sie sich ein bisschen geschmeichelt fühlte. »Ja, es war echt verrückt damals«, antwortete sie. »Ich hab auf dieser Reise zum ersten Mal eine völlig andere Welt kennengelernt und auch über mich selbst eine ganze Menge erfahren. Aber vor allem sehe ich diese Zeit rückblickend als sowas wie die Grundlage für meine Karriere, weil ich darüber mein erstes Buch geschrieben hab.«

»Siehst du«, sagte Jasper, »wenn du dein Studium durchgezogen hättest, wärst du vielleicht nie Schriftstellerin geworden.«

Steffi schüttelte den Kopf. »Nein – jedenfalls nicht die Schriftstellerin, die ich heute bin. Und ich hätte auch lange noch nicht so viel von der Welt gesehen.«

»Na also; dann muss es dir doch nicht peinlich sein, dass du das Studium ohne Abschluss beendet hast.«

»Es ist mir auch nicht peinlich. Ich weiß ja, dass es auch was Gutes hatte, weil ich ansonsten nie die Person geworden wäre, die ich heute bin. Es ist mir nur ein bisschen unangenehm, weil du jetzt mehr über mich weißt als ich über dich – und weil du es auf diese Art erfahren musstest ...«

»Ich finde das jetzt aber auch nicht weiter schlimm«, beteuerte Jasper lächelnd.

Insgeheim vermutete er, dass Steffi eher ganz andere Dinge unangenehm waren, die er in ihren Büchern nachgelesen hatte. Zum Beispiel ihre diversen Männerbekanntschaften, von denen sie in jeder Geschichte mindestens eine – für seinen Geschmack schon viel zu detailliert – thematisiert hatte. Aber wenigstens hatte er dadurch einen Eindruck über ihre Vorlieben bekommen können. Jasper wusste jetzt, dass Steffi darauf stand, wenn der Mann die Führung übernahm, wenn er sich langsam an ihrem Hals hinabküsste und wenn er süße Schweinereien in ihr Ohr flüsterte. Außerdem konnte er sich jetzt sicher sein, dass sie am liebsten große Männer mochte, die sich gerne in der Natur aufhielten und auch mal über sich selbst lachen konnten. In diesen drei Charaktereigenschaften hatte er sich selbst wiedererkannt – und genau dadurch erlangte er nun auch das Selbstvertrauen, das er brauchte, um Steffi für sich zu gewinnen.

»Welche Bücher hast du denn gelesen?«, erkundigte sie sich nun, während sie Lupus, der zwischen ihr und Jasper saß, zwischen den Ohren kraulte. »Wobei ... komplett gelesen haben wirst du sie innerhalb von zwei Tagen ja wohl kaum.«

»Nein – wie gesagt; ich hab nur reingelesen. *Die Aussteigerin von La Gomera* hab ich zum Teil gelesen, dann das Buch, in dem du darüber geschrieben hast, wie du nach deinem Studium ohne Geld in die Karibik geflogen bist, und dein letztes Buch über deine Reise nach Thailand hab ich mir auch mal angesehen.«

»Das wären wohl auch meine drei wichtigsten Bücher«, bemerkte Steffi mit einem Nicken. »Und die hast du dir jetzt extra alle bestellt oder ...?«

»Nein«, antwortete Jasper kopfschüttelnd. »Finn hat sie sich gekauft – schon vor einer Woche oder so. Er hat sie alle der Reihe nach verschlungen und mir dann die wichtigsten Stellen angestrichen ...«

»Er hat *was*?«

Als Jasper seinen Kopf nach rechts drehte und Steffis Blick suchte, sah sie ihn an, als hätte er ihr soeben gestanden, ihre privaten Tagebücher durchgeblättert und somit ihre intimsten Geheimnisse gelüftet zu haben.

»Naja, er wollte mir halt entgegenkommen, weil er weiß, dass ich kein allzu begeisterter Leser bin«, bemühte er sich rasch um eine Erklärung, während er sich am liebsten dafür geohrfeigt hätte, wieder einmal mehr ausgeplaudert zu haben als gut für ihn war.

***

Als sie wenige Minuten später bei der Hundeschule ankamen, hatte sich Steffi bereits damit abgefunden, dass Jasper dank ihren Büchern – und der Hilfe seines Cousins – nun ein paar Einzelheiten über sie wusste, die sie ihm in einem Gespräch vielleicht nicht direkt auf die Nase gebunden hätte. Dass sie ihren Lesern private Einblicke in ihr Leben gab, war schließlich etwas, für das sie sich bewusst entschieden hatte, als sie sich dazu entschloss, über ihre persönlichen Erlebnisse und Erfahrungen zu schreiben. Es war ihr bisher bloß noch nie passiert, dass sich jemand, den sie gerade näher kennenlernte, dadurch einen vermeintlich unfairen Vorteil verschaffte – aber damit musste sie wohl lernen klarzukommen.

Jasper parkte den Crafter auf der Wiese neben den anderen Autos der Hundebesitzer, dann öffnete er die Fahrertür und stieg aus. Lupus kam ihm hinterher, noch ehe

Steffi auf der anderen Seite den Boden unter ihren Füßen spürte. Anschließend gingen sie zu dem kleinen Tor, das in den Zaun des anliegenden Grundstücks eingelassen war.

»Nach dir«, sagte Jasper und gab Steffi mit einer schwungvollen Geste zu verstehen, vor ihm durch das Tor zu treten.

Sie nickte ihm lächelnd zu und folgte Lupus, der sich geschwind an ihr vorbeigedrängt hatte, auf die Hundewiese, die in etwa die Größe eines Fußballfelds hatte. Dort sah sie nun auch schon eine junge Frau mit blonden Haaren und einem Labrador im Schlepptau auf sich zukommen. Lupus begrüßte beide mit fröhlichem Schwanzwedeln und jagte dann erst mal mit dem anderen Hund sichtbar vergnügt über das Gelände.

»Steffi, darf ich dir Julia, unsere Hundetrainerin, vorstellen?«, hörte sie Jasper neben sich fragen.

Die junge Frau blieb vor ihr stehen und streckte ihre Hand aus, die Steffi postwendend ergriff und schüttelte.

»Moin, ich bin Julia – freut mich«, stellte sich die Hundetrainerin noch einmal selbst vor.

»Ich bin Steffi«, erwiderte sie. »Jasper hat mir schon viel von dir erzählt.«

»Ja, wirklich?« Julia blickte Jasper überrascht an.

»Ich hab ihr erzählt, was für großartige Fortschritte Lupus und ich dank deinem Training gemacht haben«, erklärte er.

»Ach so, natürlich!«, lachte Julia. Dann erkundigte sie sich an Steffi gerichtet: »Und dann bist du neugierig geworden und wolltest einfach mal dabei zusehen …?«

Wenn sie nur wüsste, *wie* neugierig Steffi wirklich war …

»Ja, genau«, antwortete diese und setzte ein lässiges Lächeln auf. »Ich bin heute nur als Begleitung dabei …«

»Also hast du selbst keinen Hund?«, hakte Julia nach.

Steffi schüttelte den Kopf. »Nein, ich …«

»Sie ist eine gute Freundin von mir und noch ziemlich neu in der Gegend«, sprang Jasper nun für sie ein. »Aber wer weiß: Vielleicht brauche ich sie mal, um für Lupus Babysitter zu spielen.«

»Das höre ich jetzt zwar zum ersten Mal, aber ich hätte bestimmt kein Problem damit«, schob Steffi der Vollständigkeit halber hinterher, was sie mit einem amüsierten Kichern garnierte. »Natürlich wäre es dafür von Vorteil, wenn ich vorher noch ein paar Tricks für den korrekten Umgang mit Hunden lernen kann.«

»Das wirst du bei uns auf jeden Fall«, wurde sie von der Hundetrainerin ermuntert.

Als sich kurze Zeit später auch Julias Kollege Elmar und die restlichen Hundebesitzer mit ihren Vierbeinern eingefunden hatten, ging es auch schon los mit dem Training. Es wurden Befehle wie ›Komm!‹, ›Sitz!‹, ›Platz!‹ oder ›Aus!‹ einstudiert und auch Steffi wurde in die Übungen miteinbezogen.

Trotzdem wollte es ihr nicht so richtig gelingen, ehrliche Sympathien zu Julia aufzubauen. Bei jedem Lächeln, das sie ihr entgegenwarf, spürte sie, wie sich in ihr alles zusammenzog. Und das war eigentlich auch kein Wunder, denn sich dazu zu zwingen, zu jemandem freundlich zu sein, den sie als Konkurrenz oder sogar als Gefahr betrachtete, lag Steffi noch nie sonderlich gut.

Möglicherweise ahnte Julia noch nicht einmal, dass Steffi sie als Mitbewerberin einstufte, aber das änderte auch nichts an ihrer Eifersucht. Noch dazu, wo sie sich Jasper – so sah es zumindest Steffi – ungeniert annäherte. Es missfiel ihr, dass Julia ihn unnötigerweise immer wieder beiläufig anfasste und dass sie auffallend viel mit ihm zusammen lachte. Eigentlich hatte sie Jasper doch zum Hundetraining begleitet, um mit ihm zusammen Spaß zu haben – aber dass die Trainerin ihr diesen Part nun streitig machte, nahm ihr jegliche Freude daran.

In manchen Augenblicken fühlte sich Steffi neben ihr wie Luft, da sie Jaspers komplette Aufmerksamkeit an sich riss. Hatte diese Julia denn überhaupt keinen Respekt vor den Beziehungen anderer Menschen? Oder lag das Problem vielleicht einzig und allein darin, dass Jasper sie ihr lediglich als eine gute Freundin vorgestellt hatte?

Was das anging, musste sich Steffi zumindest eingestehen, dass sie tatsächlich kaum mehr als bloß eine Freundschaft miteinander verband – und selbst das war genau genommen fast noch übertrieben, nachdem sie sich erst vor zwei Wochen zum ersten Mal begegnet waren. Unter normalen Umständen wären sie nicht mehr als zwei Menschen, die zufällig zusammengefunden hatten, um an einem gemeinsamen Ziel zu arbeiten. Doch die Umstände waren nicht normal – denn zu ihrem arbeitstechnischen Verhältnis kam die Tatsache hinzu, dass Steffi in Jasper inzwischen weitaus mehr sah als bloß einen begabten und zuverlässigen Handwerker. Wenn sie die Zeichen nicht völlig fehlinterpretierte, dann hatte es längst zwischen ihnen gefunkt. Und um das auch ein für alle Mal klarzustellen, wurde es jetzt allerhöchste Zeit für den nächsten Schritt.

Als sie sich nach dem Hundetraining auf den Nachhauseweg machten, beschlich Stefanie bereits die Befürchtung, dass Julia sich Jasper früher oder später schnappen könnte, wenn sie selbst nicht schnellstmöglich ins Handeln kam. Daher nahm sie sich fest vor, ihm spätestens bei ihrer heutigen Verabschiedung zu zeigen, dass sie ihn haben wollte. Das musste sie doch hinkriegen – schließlich waren sie sich schon einmal nähergekommen und hatten sich beinahe geküsst. Theoretisch brauchte Steffi also nichts weiter zu tun, dort weiterzumachen, wo sie am Samstagvormittag unterbrochen worden waren.

Zurück auf Tante Ingas ehemaligem Bauernhof gingen sie noch eine Runde mit Lupus Gassi, ehe Steffi von Jasper zu ihrer Haustüre gebracht wurde. Während des gesamten Spaziergangs war sie mit jeder Minute nervöser geworden, weil sie wusste, dass sie ihre Chance jetzt auf alle Fälle ergreifen musste.

»Also dann bis morgen«, hörte sie ihn sagen, als er mit ihr vor dem Wohnhaus stehen blieb. »War schön, dass du uns in die Hundeschule begleitet hast. Hat mir echt Spaß gemacht.«

Da die Dämmerung inzwischen schon hereingebrochen war, hatte sich die Lampe neben der Tür automatisch eingeschaltet. Außerdem war es schon deutlich kühler als noch wenige Stunden zuvor beim Hundetraining und in der frühabendlichen Herbstluft lag eine beruhigende Stille.

Steffi trat einen Schritt auf Jasper zu, bis sie ganz dicht vor ihm stand, und legte ihm sanft eine Hand auf die Brust. »Ich fand´s auch schön«, hauchte sie ihm dabei ins Ohr.

Sie spürte die angenehme Wärme, die von ihm ausging und sog seinen Geruch in sich auf. In ihrem Magen baute sich ein wohliges Kribbeln auf, welches sich umgehend in jede Faser ihres Körpers ausbreitete. Und als sie sich im nächsten Moment tief in die Augen blickten, ergab sich plötzlich alles andere ganz wie von selbst.

Langsam senkte Jasper seinen Kopf zu ihr hinab, während Steffi sich zu ihm hochstreckte. Sie fühlte seinen Atem auf ihrer Haut und schloss die Augen, als sie seine Lippen schließlich mit ihren berührte. Als er den Mund öffnete und ihre Zungen aufeinandertrafen, stellte sie sich mit rasendem Herzen auf die Zehenspitzen und schlang ihre Arme um seinen Nacken.

Geradezu berauscht von seinem Geschmack, knickten ihr fast die Beine weg, als Jasper sie an den Hüften packte und zu sich heranzog. Ihre Hände wanderten begierig über seine breiten Schultern und seinen Hinterkopf, während sie seine Erregung an ihrem Bauch spürte.

»Davon hab ich geträumt, seit ich dich zum ersten Mal gesehen hab«, seufzte Jasper, als sie nach einem langen, intensiven Kuss wieder voneinander abließen.

»Wir können das gerne wiederholen«, flüsterte Steffi mit benommenem Lächeln. »Aber für heute ist es erst mal genug. Wir sehen uns morgen ...«

Kapitel 18

So hoch ihn der innige Abschiedskuss mit Stefanie auch in den siebten Himmel schweben lassen hatte, so sehr bedauerte Jasper es, dass sie in den folgenden zwei Tagen keine Gelegenheit mehr gefunden hatten, um sich noch weiter einander anzunähern. Tagsüber arbeitete er mit Finn am Dach des alten Kuhstalls und wenn er nach der Arbeit nach Hause kam, war er spätestens nach seinem allabendlichen Spaziergang mit Lupus so erschöpft, dass er es nur noch mit letzter Kraft schaffte, sich zu duschen und eine Kleinigkeit zu essen zu machen.

Das sollte sich heute, am Freitagabend, jedoch ändern. Denn Jasper hatte sich in einer ruhigen Minute, in der er seinen Cousin kurzzeitig auf der Baustelle allein gelassen hatte, mit Steffi zu einem Date verabredet. Sie hatte ihn zu sich eingeladen und ihm angeboten, für ihn zu kochen, aber weil sie das ohnehin jeden Tag tat, schlug er ihr vor, sie nach Husum in ein schickes italienisches Restaurant auszuführen.

Für Jasper war es das erste Date seit mehr als zwei Jahren, weshalb er dementsprechend aufgeregt war. Gleichzeitig sprach er sich aber auch Mut zu, indem er sich sagte, dass jetzt doch eigentlich überhaupt nichts mehr schief gehen konnte.

Selbstverständlich hatte er auch sämtliche Vorbereitungen getroffen, damit einem wundervollen Abend nichts mehr im Wege stand. Lupus hatte er schon am späten Nachmittag bei seiner Mutter abgegeben und sie darauf vorbereitet, dass er ausnahmsweise erst am nächsten Morgen zurückkommen würde. Auf ihre neugierige Nachfrage hin, hatte er ihr dann schlussendlich auch erzählt, dass er die Nacht höchstwahrscheinlich bei Steffi verbringen würde. Wie nicht anders erwartet, hatte sich

Erika sichtlich darüber gefreut und schien daraufhin beinahe genauso aufgeregt zu sein wie Jasper selbst.

Als Jasper gegen achtzehn Uhr aus der Dusche gestiegen war, sprühte er sich mit Parfüm ein und schlüpfte dann in sein elegantestes Outfit – ein weißes Hemd in Kombination mit seinem einzigen Jackett, seiner besten Jeanshose und dazu passenden Schuhen, die er bisher höchstens viermal getragen hatte. Aber das vielleicht Wichtigste – nachdem Steffi ihm schon angedeutet hatte, was sie am späteren Abend eventuell noch mit ihm vorhatte – waren die Kondome, die er vorsorglich in seine Hosentasche steckte. Diese hatte er zuvor noch schnell an der Tankstelle besorgt, nachdem er festgestellt hatte, dass die Gummis, die schon seit gefühlten Ewigkeiten in seiner Bettschublade dahinvegetierten, bereits seit mehreren Monaten abgelaufen waren.

Eine gute halbe Stunde später stand Jasper vor der Tür von Tante Ingas – beziehungsweise Steffis – Wohnhaus und wollte gerade auf den Klingelknopf drücken, als ihm einfiel, dass sie womöglich noch damit beschäftigt war, sich im Bad fertigzumachen. Diese Überlegung erschien ihm aufgrund der Tatsache, dass er ein paar Minuten früher als geplant erschienen war nicht unbedingt abwegig. Deshalb zückte er einfach kurzerhand seinen Ersatzschlüssel, um die Tür selbst aufzuschließen.

»Jasper? Bist du es?«, hörte er Steffis Stimme aus dem Obergeschoss, als er in den Hausflur trat.

»Ja, ich bin´s!«, gab er lautstark zurück.

»Einen Moment, ich bin gleich soweit!«

Jasper wartete noch zirka eine Minute, dann hörte er oben die Treppe knarzen und langsame Schritte, die stetig näherkamen.

»Wow, du hast dich ja richtig schick gemacht«, staunte Stefanie über seine ungewohnte Bekleidung, als sie ihn darin sah.

Jasper hingegen verschlug es bei ihrem Anblick im ersten Augenblick glatt die Sprache. Denn Steffi trug ein enges, schwarzes Abendkleid, das ihre weiblichen Kurven vortrefflich zur Geltung brachte. Es reichte bis kurz über ihre Knie und besaß an einer Seite einen kleinen Schlitz, der den Blick auf einen ihrer saftigen Oberschenkel freigab. Dazu hatte sie sich einen farblich passenden Blazer und Schuhe mit hohen, dünnen Absätzen angezogen und das Makeup, welches sie aufgelegt hatte, ließ sie sogar noch hübscher erscheinen als Jasper sie ohnehin schon fand.

»Du siehst ... umwerfend aus«, stammelte er schließlich – und ihm war unverkennbar anzusehen, dass er es auch genau so meinte. »Wie ein Filmstar«, schob er mit bewunderndem Blick hinterher.

»Danke«, gab Steffi mit leicht verlegenem Lächeln zurück, ehe sie ihn mit einer liebevollen Umarmung und einem Kuss auf den Mund begrüßte. Dann öffnete sie ihre schwarze Handtasche und zog ihren Autoschlüssel heraus, den sie Jasper entgegenhielt. »Hier – wir nehmen meinen Wagen, aber du fährst.«

»Gute Idee«, sagte Jasper grinsend und blickte dabei nach unten auf ihre High Heels, die sie um mindestens zehn Zentimeter größer machten.

»Dann mal los«, forderte Steffi ihn auf.

Er schaffte es kaum, seinen Blick von ihr abzuwenden, als er die Haustür öffnete.

»Nach dir«, winkte er sie an sich vorbei nach draußen, während er wie ein Gentleman die Tür für sie aufhielt. Als sie an ihm vorbeiging, atmete er einen tiefen Zug von ihrem blumig-süßen Geruch ein und schüttelte nahezu fassungslos den Kopf, weil er kaum glauben konnte, mit was für einer Augenweide von einer Frau er heute Abend in Husum auftauchen würde.

***

Steffi hatte sich bei Jasper untergehakt, als sie wenig später die Hafenstraße entlanggingen. An dessen Ende wartete das gehobene Restaurant, in welchem Jasper einen Tisch reserviert hatte. Die historischen, in abwechslungsreichen Farben angestrichenen Häuser, von denen keines dem anderen glich, erstrahlten in stimmungsvoller Beleuchtung und an den Anlegestegen lagen einige kleine Segeljachten vor Anker.

In ihren hochhackigen Schuhen über das Kopfsteinpflaster zu flanieren, erwies sich für Steffi zwar als Herausforderung, aber da sie wusste, dass Jasper sie im Notfall auffangen würde, bestand für sie zumindest nicht die Gefahr, auf den Boden zu stürzen.

Beim Edelitaliener angekommen, wurden sie von einer Servicekraft zu einem Tisch mit weißer Tischdecke und zwei Stühlen geführt, der ihnen einen direkten Blick auf die *Husumer Au* gewährte. Der Kellner zündete die Kerze an, die in der Mitte des Tischs stand, und überreichte ihnen dann die Speisekarten.

Steffi und Jasper bestellten sich jeweils ein Glas Rotweinschorle als Aperitif und widmeten sich dann der Wahl ihres Hauptgangs.

Als sie sich ihr Essen ausgesucht hatten und nun mit ihren Weingläsern anstießen, lag weitaus mehr als nur ein Hauch von Romantik in der Luft.

»Auf einen schönen Abend«, prostete Jasper ihr zu.

»Auf die Tierpension – und auf uns«, entgegnete Steffi lächelnd.

Ehe sie das Glas an ihre Lippen führte, konnte sie ein optimistisches Strahlen in Jaspers Augen aufblitzen sehen.

»So, dann bist du ab nächstem Frühjahr also stolze Betreiberin einer Tierpension«, begann er daraufhin, als wollte er damit zusammenfassen, welches Ziel er mit seinen Renovierungsarbeiten auf Tante Ingas Bauernhof verfolgte.

»Ja, sieht ganz so aus«, bestätigte Steffi mit schief gelegtem Kopf und einem genussvollen Schmunzeln, während sie gespannt darauf wartete, was Jasper ihr mit seiner Äußerung hatte mitteilen wollen.

»Dann liege ich wohl richtig in der Annahme, dass du dich mit dem Gedanken angefreundet hast, sesshaft zu werden und auf längere Reisen in Zukunft verzichten wirst?«

Steffi lachte leise auf. Darauf wollte Jasper also hinaus. »Länger als ein paar Wochen werde ich dann vermutlich nicht mehr verreisen können«, gab sie schließlich zur Antwort. »Und natürlich auch nur, wenn ich jemanden finde, der mich in der Zeit vertreten kann. Deshalb hatte ich gehofft, dass du mich auch nach der Eröffnung mit der Tierpension unterstützen würdest.«

»Davon bin ich sowieso ausgegangen«, sagte Jasper und lächelte dabei. »Aber geplant hast du in nächster Zeit noch nichts oder etwa doch?«

»Nein«, erwiderte sie kopfschüttelnd. »Ich muss demnächst nur noch mal zurück nach Nürnberg, um meine Wohnung auszuräumen und ein paar Formalitäten zu klären. Aber mir wurde angeboten, Anfang des nächsten Jahres auf eine Lesetour zu gehen. Und darauf hätte ich schon echt Lust, wenn ich ehrlich bin.«

»Dann will ich dir dabei nicht im Weg stehen. Ich denke schon, dass ich es hinbekommen würde, den Laden vorübergehend alleine zu schmeißen.«

»Das denke ich auch«, bekräftigte Steffi mit einem zufriedenen Grinsen. »Ich würde es dir auf jeden Fall zutrauen.«

»Gibt es ansonsten noch irgendwelche Orte auf der Welt, die du noch gerne bereisen würdest?«, erkundigte er sich nun.

»Ja, die gibt es tatsächlich. Bevor ich hierhergekommen bin, hatte ich eigentlich davon geträumt, in die Südsee zu fliegen. Nach Französisch-Polynesien, um genau zu sein.«

»Und anstatt in der Südsee bist du jetzt an der Nordsee gelandet«, stellte Jasper fest. »Ich hoffe, es ist nicht allzu schlimm für dich ...«

»Nein, überhaupt nicht. Mir gefällt es hier ja auch ziemlich gut. Aber ich würde trotzdem mal gerne auf einer Insel wie Tahiti Urlaub machen.«

»Das eine schließt das andere ja nicht aus. Nur weil du nach Nordfriesland ziehst, bedeutet das ja nicht, dass du für immer hierbleiben musst.«

»Dann würdest du mich also nicht aufhalten, wenn ich weggehen wollte?«, fragte Steffi mit herausforderndem Lächeln.

»Nicht, wenn du mir versprechen würdest, dass du wieder zurückkommst«, gab Jasper grinsend zurück.

»Ich würde wahrscheinlich immer wieder in diese Gegend zurückkommen, nachdem ich festgestellt hab, wie schön es hier ist.«

»Das freut mich«, sagte Jasper, der dabei feierlich sein Glas hob und Steffi ein weiteres Mal zuprostete. »Du kannst dir gar nicht vorstellen, wie sehr mich das freut ...«

»Doch, ich glaube schon«, konterte sie, während sie nun ebenfalls nach ihrem Weinglas griff und mit Jasper anstieß.

***

»Feuerst du schon mal den Kamin an?«, bat Steffi, als sie und Jasper knappe zweieinhalb Stunden später nach Hause kamen und sich im Flur ihre Schuhe auszogen.

Das Essen beim Italiener hatte vorzüglich geschmeckt. Steffi fühlte sich satt, aber nicht übermäßig voll, und auch noch kein bisschen müde. Sie war sogar ein wenig aufgedreht, weil sie sich darauf freute, den Abend mit einem würdigen Abschluss ausklingen zu lassen.

»Na, klar«, antwortete Jasper, der sich daraufhin umdrehte, um auf direktem Weg ins Wohnzimmer zu gehen.

»Halt!«, hielt Steffi ihn noch zurück. Dabei packte sie ihn am Handgelenk, zog ihn zu sich heran und drückte ihm einen Kuss auf den Mund.

Jasper lächelte sie erwartungsfroh an und verschwand dann ins Wohnzimmer, während sie sich in die Küche begab, um noch zwei Gläser und eine Weinflasche zu holen, die sie eigens für diesen Anlass gekauft hatte.

Als sie damit ins Wohnzimmer kam, hatte Jasper das Holz im Kamin bereits zum Brennen gebracht. Steffi stellte die Gläser auf den Couchtisch und schenkte sie zur Hälfte mit Wein voll.

Beide nahmen ihr Glas in die Hand und stießen abermals miteinander an, während sie sich tief in die Augen schauten, ehe sie jeweils einen kräftigen Schluck nahmen.

Sie hatten die Gläser kaum zurück auf den Tisch gestellt, als Steffi sich auch schon in Jaspers Arme fallen ließ und ihre Lippen auf seinen Mund presste. Ihr Herzschlag beschleunigte sich und in ihrem Inneren entstand eine Hitze, die ihr nahezu den Verstand raubte. Als sich ihre Zungen berührten, sie seinen Geschmack aufnahm und spürte, wie seine Hände begehrlich über ihren Hintern streichelten, begann es in ihrem gesamten Körper zu kribbeln.

Steffis Hände wanderten von Jaspers Rücken über seine Schultern nach vorne zu seiner Brust, wo sie ganz langsam damit anfing, an seinem Hemd einen Knopf nach dem anderen zu öffnen. Dabei unterbrachen sie ihren Kuss für keine Sekunde, noch nicht einmal zum Atmen trennten sich ihre Lippen voneinander.

Als Steffi beim untersten Knopf angekommen war, strich sie mit einer Hand über die verheißungsvolle Beule, die sich unter dem Gürtel von Jaspers Jeans erhob. Dann schob sie ihre Finger unter seine Achseln und half ihm aus seinem Hemd.

Jaspers Hände hatten inzwischen den Weg unter ihr Kleid gefunden und strichen über ihre Oberschenkel bis nach oben zu ihrem knappen Spitzenslip. Dabei rieb er sich langsam an ihrem Unterleib, was Steffis Lippen bereits das erste leise Stöhnen entlockte.

Als Jasper ihr nun die Träger ihres Kleids von den Schultern abstreifte, unterbrachen sie ihren Zungenkuss erstmals. Dafür ließ er seine Lippen jetzt quälend langsam an ihrem Hals nach unten wandern. Steffi erschien es, als wollte er jeden Millimeter ihrer Haut mit seinem Mund in sich aufnehmen, als er sich bis zu ihrem Schlüsselbein hinunterküsste. In ihrem Inneren bebte es mittlerweile und das Pochen zwischen ihren Beinen wurde allmählich unerträglich.

Währenddessen öffnete sie Jaspers Gürtelschnalle und nachdem sie sich mit seiner Hilfe aus ihrem engen Abendkleid geschält hatte, sah Steffi genüsslich dabei zu, wie er sich zunächst seines Unterhemds und anschließend seiner Hose entledigte. Schwer atmend strich sie daraufhin über seine muskulöse Brust, ehe sie erneut in einen stürmischen Zungenkuss verfielen und dabei schließlich gemeinsam auf der Couch landeten.

Steffi spürte Jaspers Hände an sämtlichen Stellen ihres erhitzten Körpers – an ihren Hüften, an ihren Brüsten und dann auch an ihrem Rücken, wo er es überraschend schnell schaffte, den Verschluss ihres Büstenhalters zu öffnen. Seine Lippen glitten nochmals über ihren Hals nach unten, diesmal jedoch bis zu ihren Brüsten, denen er sich nun ausgiebig widmete.

Als Jaspers Mund danach wieder vor ihrem Gesicht auftauchte, tastete sich Steffi mit einer Hand in seine

Boxershorts, um sich zu vergewissern, ob er untenherum genauso gut gebaut war wie der Rest seines Körpers vermuten ließ. Und das war er tatsächlich – wie Steffi mit bewunderndem Lächeln feststellte, war Jasper überaus großzügig bestückt.

»Zieh dich aus«, hauchte sie ihm in befehlendem Ton zu.

Das ließ sich Jasper kein zweites Mal sagen. Eilig stand er von der Couch auf, um sich dann auch sein letztes Kleidungsstück vom Leib zu reißen.

Steffi lief im wahrsten Sinne des Wortes das Wasser im Mund zusammen, als sie ihn dabei beobachtete.

Als Jasper sich nun wieder zu ihr legte, streckte Steffi ihr Becken in die Luft, um es ihm zu erleichtern, sie ebenfalls komplett nackt zu machen. Bereitwillig ließ sie sich von ihm ihren Slip herunterziehen, der daraufhin achtlos zu Boden fiel.

»Warte einen Moment«, flüsterte Jasper zwischen zwei Küssen, bevor er aufstand und zu seiner Jeans ging, die ein bis zwei Meter entfernt neben dem Wohnzimmertisch lag.

Steffi hielt es kaum noch aus, als sie sah, wie er ein Kondom aus seiner Hosentasche fischte, die Packung aufriss und es sich überzog.

»Nimm mich sofort«, forderte sie mit heißerer Stimme, wobei sie sich ungeduldig auf dem Sofa räkelte.

Jasper beugte sich über sie und ließ zwei seiner Finger zwischen ihre Beine gleiten, während er seine Lippen abermals auf ihr Gesicht hinabsenkte. Steffi schloss die Augen und stöhnte vor Erregung, als sie nun wieder seine Zunge in ihrem Mund schmeckte. Und als sie im nächsten Moment spürte, wie er in sie eindrang, klammerte sie sich fest an ihn, weil sie befürchtete, ansonsten noch in Ohnmacht zu fallen.

Kapitel 19

Als Steffi am nächsten Morgen die Augen aufschlug, brauchte sie einen Moment, um zu realisieren, wo sie sich befand. Dann fiel ihr ein, dass sie mit Jasper eng umschlungen auf der Couch eingeschlafen war, doch er lag nun nicht mehr neben ihr.

Draußen war bereits die Sonne aufgegangen und durch die beiden Fenster fiel etwas Licht ins Wohnzimmer.

In die warme Wolldecke gewickelt, stand Steffi auf und schaute sich erst mal im Erdgeschoss nach Jasper um. Als sie dabei seinen Namen rief, merkte sie allerdings schnell, dass er wohl nicht mehr im Haus sein konnte. Ein wenig ernüchtert sammelte sie daraufhin ihre Klamotten vom Boden auf und ging nach oben ins Badezimmer.

Während sie sich ihre Zähne putzte, machte sich in ihr eine gewisse Enttäuschung breit, weil sie gerne neben Jasper aufgewacht wäre. Anstatt sie zärtlich zu wecken, hatte er sich einfach klammheimlich aus dem Staub gemacht. Wie bei einem One-Night-Stand, bei dem man sich eine peinliche Begegnung am nächsten Morgen ersparen möchte.

Warum hatte er nicht auf sie gewartet?

Steffi fragte sich, was das sollte. Er verhielt sich plötzlich, als wäre sie für ihn nur eine schnelle Nummer gewesen – als wäre es ihm um nichts anderes als unverfänglichen Sex gegangen. Doch so hätte sie Jasper niemals eingeschätzt, jedem anderen Mann hätte sie so etwas mehr zugetraut als ihm. Deshalb glaubte sie auch nicht, dass sein unbemerkter Abgang etwas damit zu tun haben könnte ... auch wenn es sich ein bisschen so anfühlte, weil es sie an frühere Erlebnisse erinnerte, die auf die gleiche Art abgelaufen waren.

Nachdem sie sich ihren Jogginganzug angezogen hatte, ging sie nach unten in die Küche, um sich eine Tasse Kaffee aus ihrem neuen Vollautomaten herauszulassen.

Steffi war inzwischen zu dem Ergebnis gekommen, dass Jasper höchstwahrscheinlich nach Hause gefahren war, um mit Lupus Gassi zu gehen. Da heute ihre neuen Schlafzimmermöbel geliefert werden sollten und er ihr versprochen hatte, beim Aufbau zu helfen, konnte es auch nur eine Frage von wenigen Stunden sein, bis er wieder zurückkam.

Sie überlegte gerade, ob sie ihn anrufen sollte, um ihn zu fragen, bis wann er denn wieder bei ihr sein konnte, als sie auf einmal hörte, wie nebenan die Haustüre aufgeschlossen wurde.

»Jasper, da bist du ja!«, empfing sie ihn mit erleichtertem Lächeln, als sie in den Flur trat, um sich darüber zu vergewissern.

Lupus war ebenfalls dabei und holte sich sofort seine Streicheleinheiten von Stefanie ab, noch ehe Jasper sie zur Begrüßung küssen und in seine Arme schließen konnte.

»Und du bist schon wach?«, wunderte er sich ein klein wenig desillusioniert. »Dabei wollte ich dich doch mit einem Frühstück überraschen. Ich hätte es dir sogar ans Bett gebracht.« Beim letzten Satz hob er eine Papiertüte mit frisch duftenden Backwaren in die Luft.

»Du meinst wohl eher; ans Sofa«, lachte Steffi, die nun überglücklich zurück in die Küche tänzelte.

»Ja, genau«, sagte Jasper, als er ihr hinterherkam. »Deshalb hab ich mich auch so leise rausgeschlichen. Ich wollte dich nicht wecken, um dich damit zu überraschen.«

»Der Teil mit der Überraschung ist dir zumindest gelungen«, erwiderte sie und zog eine Schnute dabei. »Ich war ganz traurig, weil du nicht bei mir warst, als ich aufgewacht bin.«

»Das tut mir leid.« Jasper zog sie sanft zu sich heran und strich ihr eine Haarsträhne aus dem Gesicht. »Ich wollte dich nicht wecken, weil du so süß ausgesehen hast im Schlaf.«

Als sie dabei in seinen blauen Augen versank, mit denen er sie regelrecht anzuhimmeln schien, ging ihr richtig das Herz auf.

»Entschuldigung angenommen«, sagte sie, woraufhin sie sich auf die Zehenspitzen stellte und ihm einen kleinen, aber sinnlichen Kuss auf den Mund gab.

Steffi wollte sich gerade wieder abwenden, um sich nun um das Frühstück zu kümmern, doch Jasper drückte sie liebevoll an sich heran und küsste sich an ihrem Hals entlang nach unten.

»Bitte nicht«, stöhnte sie dabei und vergrub ihre Finger in seinen Haaren. »Damit machst du mich ganz verrückt.«

»Vielleicht hab ich ja genau das vor«, hörte sie ihn an ihrem Hals murmeln, während sie seine Hände an ihrem Po spürte.

»Später, okay?« Sie schob ihn ein Stück von sich weg, legte ihre Hände an sein Gesicht und schob ihm ihre Zunge in den Mund.

»Abgemacht«, antwortete Jasper kurz darauf mit strahlendem Lächeln.

Als sie gemeinsam das Frühstück zubereiteten, gelang es ihnen kaum, die Finger voneinander zu lassen. Die Erinnerungen an letzte Nacht erfüllten Steffi noch immer mit Glücksgefühlen und sorgten für eine prickelnde Vorfreude auf das nächste Mal. Nicht nur, dass der Sex mit Jasper ohne jede Übertreibung großartig gewesen war und ihre Körper offenbar perfekt aufeinander abgestimmt, ja geradezu wie füreinander geschaffen waren – nein, es war mehr als das, immerhin mochte sie auch seinen Charakter sehr gerne. Und die Kombination aus beidem führte dazu, dass die Schmetterlinge in ihrem Bauch scharenweise herumflatterten. Steffi musste sich mittlerweile eingestehen, dass sie schon ganz schön in Jasper verknallt war.

***

Sie hatten gerade erst zu Ende gefrühstückt, als auch schon ein Lieferwagen des Möbelhauses, bei dem Steffi ihre neue Schlafzimmereinrichtung bestellt hatte, auf den Hof fuhr.

Die beiden Transportmitarbeiter trugen die Pakete mit den Bausätzen in den Flur und nachdem Steffi in der Küche klar Schiff gemacht hatte, baute Jasper mit ihr im Schlafzimmer die neuen Möbel auf. Lupus durfte derweil alleine auf dem Hof herumspringen. Das hatte er bei Tante Inga auch immer getan, ohne dass er dabei auch nur einmal abgehauen war.

Mittags beschlossen sie dann, einen kleinen Ausflug nach Uelvesbüll zu machen. Dieses lauschige Dorf im Nordosten der Halbinsel Eiderstedt war nur etwas mehr als fünfzehn Autominuten entfernt und lag direkt am Wattenmeer. Am daneben befindlichen Deich weidete Onkel Joris seit ein paar Tagen seine Schafe, weshalb Steffi und Jasper es als willkommene Gelegenheit sahen, ihn dort zu besuchen.

Jasper parkte seinen Crafter am Ortsrand und brach dann mit Steffi und Lupus zu ihrem Spaziergang auf. Mit den weitläufigen, grünen Wiesen auf der einen und der Nordsee auf der anderen Seite, genossen sie die Aussicht und die frische Seeluft, während sie am Himmel einige Möwen beobachten konnten.

»Genügt dir das als Inspiration für dein neues Buch?«, erkundigte sich Jasper mit zufriedenem Lächeln, als er bemerkte, wie Steffi die Eindrücke offensichtlich in sich aufsaugte.

»Es hilft zumindest, um auf die richtigen Gedanken zu kommen«, entgegnete sie. »Bewegung und frische Luft sind für mich sowieso die Grundvoraussetzung, um mich danach wieder an den Schreibtisch setzen zu können. Nur so kann ich mich überhaupt auf das Schreiben konzentrieren.«

»Klar, ein gesunder Geist braucht schließlich auch einen gesunden Körper. Ich finde es schon bewundernswert genug, wie du es immer wieder schaffst, so viele Seiten aufs Papier zu bringen.«

»Das bekomme ich auch nur hin, wenn ich vorher genug erlebt hab, um es danach niederzuschreiben. Deshalb würde es mir persönlich auch viel schwerer fallen, eine Geschichte zu schreiben, die ich mir zuerst selbst ausdenken müsste. Ich hab es daher aber auch schon lange nicht mehr versucht – nur früher, als ich noch zur Schule ging, aber es war eigentlich nie so wirklich mein Ding.«

Jasper hätte Steffi noch stundenlang zuhören können – und dabei kam es gar nicht so sehr darauf an, was genau sie ihm überhaupt erzählte. Er liebte einfach den Klang ihrer Stimme, wenn sie ausholte, um gedankenversunken aus ihrem Leben zu berichten. Spätestens seit letzter Nacht war er hin und weg von ihr. Er war bis über beide Ohren in sie verschossen und hoffte, dass es ihr mit ihm genauso erging.

Seine Chancen schätzte er jedenfalls nicht schlecht ein, er konnte sogar schon fast davon ausgehen. Denn so wie sie seit heute Morgen, als er mit den frischen Brötchen zu ihr zurückgekommen war, miteinander umgingen, sprach eigentlich schon alles dafür, dass sie ein Paar werden würden. Jasper wollte dennoch nichts überstürzen, um Steffi nicht abzuschrecken, sondern ihr genug Zeit und ihre Freiräume lassen. Wenn es dann soweit sein würde, sie sich dazu bereit fühlte, um offiziell eine Beziehung mit ihm einzugehen, würde sie es ihm bestimmt zu verstehen geben. Und bis dahin konnte er sich glücklich schätzen, wie weit er in der kurzen Zeit schon gekommen war, und die gemeinsamen Stunden mit ihr voll und ganz genießen.

»Moin, ihr zwei ... oder drei!«, wurden sie von Onkel Joris an der Schafsweide begrüßt.

»Moin, Onkel Joris«, grüßten Jasper und Steffi zurück, während Lupus´ Aufmerksamkeit als Erstes auf die beiden Hütehunde fiel.

»Da schau mal einer an, jetzt nennt sie mich auch schon *Onkel*«, freute sich Joris darüber, wie Steffi ihn soeben angesprochen hatte. »Du scheinst dich wohl langsam hier oben einzuleben.«

»Ja, das kann man wohl sagen. Mittlerweile fühle ich mich auf Tante Ingas Hof schon fast wie zuhause.«

»Das hört man gerne«, sagte Joris, der seinem Neffen dabei einen vielsagenden Blick zuwarf. Dann wollte er von ihm wissen: »Und die Renovierungsarbeiten schreiten auch gut voran?«

»Ja, wir geben unser Bestes«, antwortete Jasper in aller Bescheidenheit. »Aber Finn wird dir bestimmt schon alles erzählt haben.«

»Ja, das hat er. Ich wollte nur noch mal vom Meister persönlich hören, wie es so läuft.«

»Danke, gut«, gab Jasper nochmals grinsend zurück.

»Und dein Wölfchen hast du mittlerweile auch unter Kontrolle. Seht mal, er verschreckt mir nicht mal mehr die Schafe. Dass ich das noch erleben darf, hätte ich vor zwei Wochen kaum für möglich gehalten ...«

»Du bist aber auch ein alter Pessimist, Onkelchen«, lachte Jasper mit unverhohlener Genugtuung in der Stimme. »Für was hast du mir denn empfohlen, mit ihm zur Hundeschule zu gehen, wenn du nicht mal daran geglaubt hast, dass es was nützen wird?«

»Es ist ja nicht so, dass ich nicht daran geglaubt hab«, wurde er von Joris verbessert, »ich hätte nur nicht gedacht, dass es so schnell geht.«

Jasper beobachtete mit stolzem Gesicht, wie Lupus mit den zwei Border Collies herumtollte, ohne dabei den Schafen hinterherzujagen, die friedlich hinter dem Zaun grasten. Dabei begann er nun fröhlich zu berichten: »Julia hat´s halt echt drauf mit Hunden. Sie wusste sofort, auf was man bei Lupus achten muss. Und obwohl sie keinen Hehl daraus gemacht hat, dass er keine Rasse ist, die man leicht erziehen kann, hat sie es schon beim ersten Training geschafft, dass er auf ihre Befehle gehört hat.« Kopfschüttelnd schob er hinterher: »Diese Frau hat einfach ein Händchen für Hunde ... sowas hab ich vorher höchstens bei Tante Inga gesehen.«

»Oha, das aus deinem Mund zu hören, muss schon wirklich was heißen!«, stellte Joris überrascht fest. »Dass du mal jemanden mit Tante Inga vergleichst, wo doch jeder weiß, was sie dir bedeutet hat. In höheren Tönen könntest du ja wohl kaum von einer Frau schwärmen ...«

In diesem Augenblick machte sich ein dumpfes Gefühl in Jaspers Magen breit. Dass er in den höchsten Tönen von Julia schwärmte – noch dazu, wo Steffi danebenstand – hatte er gar nicht beabsichtigt. Als er ihr einen vorsichtigen Blick zuwarf, ahnte er bereits, dass er damit einen großen Fehler begangen hatte.

»So war das nicht gemeint«, versuchte er sich schnell herauszureden. »Ich finde nur, dass Julia in Bezug auf Hunde eine ähnliche Begabung wie Tante Inga hat.«

»Ach so«, sagte Onkel Joris mit bedächtigem Nicken und stützte sich dabei lässig an seinem Schäferstab ab.

An Steffis finsterer Miene änderte sich allerdings überhaupt nichts. Sie schaute Jasper an, als würde sie ihm am liebsten den Hals umdrehen. Und dieser Zustand hielt leider auch weiter an, als sie sich kurze Zeit später wieder von Onkel Joris verabschiedeten und ihre Wanderung fortsetzten.

»Hör mal, Steffi – das war vorhin doch nicht böse gemeint«, probierte sich Jasper zu rechtfertigen, als sie nach einem Fußmarsch von etwas mehr als einer Stunde wieder in seinen Kastenwagen einstiegen.

Während des gesamten Spaziergangs hatte Steffi kein Wort mehr mit ihm geredet. Die einzigen Geräusche, die er ihrem Mund hatte entlocken können, waren ein grimmiges Schnauben gewesen. Mittlerweile war Jasper bereits der Verzweiflung nahe, weil er nicht wusste, was er noch tun konnte, um sie zu besänftigen.

»Ist schon okay, spar dir deine Erklärungen«, zischte sie ihn nun erstmals beleidigt an.

Jasper startete den Motor und fuhr los, während seine Frustration allmählich in Ärger umschlug.

Obwohl er spätestens jetzt begriffen hatte, dass Steffi im Moment nichts von ihm hören wollte, konnte er sich eine bestimmte Äußerung, die ihm schon die ganze Zeit über auf der Zunge lag, beim besten Willen nun nicht mehr verkneifen: »Ich verstehe sowieso nicht, warum du auf Julia eifersüchtig bist. Sie ist doch bloß unsere Hundetrainerin – aber das, was wir miteinander haben, ist doch viel mehr.«

»Viel mehr? Ach ja?«, schnauzte sie ihn auf einmal an, sodass nicht nur Jasper zusammenzuckte, sondern auch Lupus, der zwischen ihnen saß, zu bellen anfing.

»Lupus, ruhig«, brachte er seinen Hund zum Schweigen, indem er ihn beruhigend zwischen den Ohren kraulte. »Sie hat nicht dich gemeint.«

Nachdem Steffi sich durch das Bellen kurz erschrocken hatte, knurrte sie jetzt leise: »Mir kommt es nicht so vor, als ob wir viel mehr miteinander hätten als ...« Dann verschluckte sie den Rest ihrer Worte und schob stattdessen mit einer abwinkenden Geste hinterher: »Ach, egal. Mach doch einfach, was du willst …«

Jasper kämpfte zunächst gegen den Kloß in seinem Hals an, ehe er nach kurzer Überlegung seinen Entschluss hervorbrachte: »Okay, mach ich. Ich setz dich jetzt zuhause ab und dann kannst du dir mal in Ruhe Gedanken darüber machen, ob ich es verdient hab, dass ich mich mit so einer Zicke abgeben muss.«

»Zicke?«, wiederholte sie brodelnd, aber leise genug, um Lupus nicht wieder aufzuregen. »Und du bist ein Arschloch …«

»Vielen Dank für´s Gespräch«, beendete er die Unterhaltung.

Den Rest der Fahrt schwiegen sie sich nur noch gegenseitig an, bis Jasper sein Fahrzeug wenig später auf Tante Ingas Hof zum Stehen brachte.

Steffi schnallte sich ab und öffnete die Beifahrertür, ohne Jasper auch nur eines Blickes zu würdigen. Seine Hoffnungen auf einen Abschiedskuss hatten sich spätestens nach seiner vorletzten Bemerkung ohnehin verflüchtigt, aber dass sie jetzt noch nicht einmal mehr Tschüss sagte, fand er schon ein bisschen schade.

***

Als Steffi die Haustüre hinter sich ins Schloss fallen ließ, spürte sie eine nagende Wut in sich aufsteigen, weil Jasper sie einfach auf dem Hof abgesetzt hatte, anstatt sich für sein rücksichtsloses Verhalten zu entschuldigen. Das was er dazu zu sagen gehabt hatte, reichte ihrer Ansicht nach nicht ansatzweise aus, um die Sache aus der Welt zu schaffen.

Deshalb hatte sie auch während des gesamten Spaziergangs keine Lust mehr gehabt, sich mit ihm zu unterhalten. Er hätte ohnehin von vornherein wissen müssen, dass sie es nicht mochte, wenn er von dieser dämlichen

Hundetrainerin schwärmte. Und jetzt stellte er sie sogar schon auf eine Stufe mit seiner geliebten Tante Inga. War dieser Kerl eigentlich von allen guten Geistern verlassen?

Steffi ging in die Küche und versuchte ihren Kummer mit einem großen Schluck Wein zu ertränken, den sie direkt aus der Flasche nahm. Als sie jedoch feststellte, dass ihr der Alkohol auch nicht weiterhalf, ging sie nach oben, um sich ein Schaumbad einzulassen.

Die Wanne war noch nicht einmal zur Hälfte vollgelaufen, als sie bereits anfing, Jasper zu vermissen – wenn auch auf eine sehr zwiespältige Art und Weise. Es kotzte sie vor allem an, dass er dem Konflikt dermaßen feige aus dem Weg ging, anstatt zu seinen Fehlern zu stehen. Denn damit zeigte er ihr, dass er noch zu unreif war, um eine Beziehung zu führen. Steffi war darüber schon ziemlich enttäuscht, weil sie einfach mehr von Jasper erwartet hatte.

Als sie sich in die Badewanne legte, wusste sie nicht einmal mehr, ob sie jetzt auf ihn sauer oder einfach nur traurig sein sollte. Am liebsten wäre es ihr gewesen, wenn er zu ihr zurückkäme, sich anständig entschuldigen würde und sie schönen Versöhnungssex hätten – aber er meldete sich nicht und das sprach eindeutig dafür, dass sie ihm gar nicht wichtig genug war.

Steffi fing an zu heulen und ihre Tränen vermischten sich mit dem Badewasser.

Was für eine verdammte Scheiße, dachte sie. *Da schwebt man im einen Augenblick noch auf Wolke sieben und im nächsten fühlt man sich wie das letzte Häufchen Elend. Aber so spielt das Leben wohl manchmal; es kann ja schließlich nicht immer nur Friede, Freude und Eierkuchen geben ...*

Kapitel 20

»Was ist denn heute mit dir los?«, wurde Jasper von Finn gefragt, als sie am Montagmorgen ihre Arbeit am Stalldach fortsetzen. »Ist irgendjemand gestorben? Du machst ja ein Gesicht wie zehn Tage Regenwetter …«

Jasper antwortete zunächst nicht darauf, sondern drehte sich wortlos weg, um sich auf das Anbringen der neuen Dachlatten zu konzentrieren. Nach seinem kleinen Streit mit Stefanie hatte er das komplette restliche Wochenende schlechte Laune gehabt. Um seine Mutter und Hagen nichts davon mitbekommen zu lassen, war er mit Lupus am Sonntagmorgen zu einer langen Wanderung aufgebrochen, von der er erst zur Abenddämmerung wieder nach Hause zurückgekommen war. Aber auf eine brauchbare Idee, wie er mit der Situation umgehen sollte, war er dabei trotzdem nicht gekommen.

Am Ende hatte er lediglich den Entschluss gefasst, Steffi nicht hinterherzurennen, da er der Meinung war, dass er sich nichts hatte zu Schulden kommen lassen. Denn im Gegensatz zu Steffi und den Männern, die sie in ihren Büchern beschrieb, war zwischen ihm und Julia nie etwas gelaufen, und dass es einmal dazu kommen könnte, hatte sich Jasper auch zu keinem Zeitpunkt ernsthaft erhofft. Warum also sollte er derjenige sein, der sich schuldig fühlen musste? Und warum rastete sie überhaupt so aus, wo er doch nichts weiter getan hatte, als die Hundetrainerin vor Onkel Joris für ihre gute Arbeit zu loben?

Es gab so einiges, was Jasper an Steffis Verhalten nicht verstehen konnte. Genau genommen verstand er sie in dieser Hinsicht überhaupt nicht. Und von seinem Standpunkt aus gesehen lag es ganz allein an ihr, auf ihn zuzukommen, um die Sache zu klären. Dabei zog es ihn zwar noch zusätzlich herunter, dass sie sich den ganzen Tag nicht bei ihm gemeldet hatte, dennoch beschloss er, weiterhin stur zu bleiben.

»Ist es so schlimm, dass du nicht darüber reden willst?«, hörte er seinen Cousin hinter sich, nachdem er gerade mal zwei Nägel in das Holz geschlagen hatte.

Jasper drehte sich um und starrte ihn mit grimmigem Blick an. »Es würde keinen Sinn machen, mit dir darüber zu reden, weil du mir sowieso keine hilfreichen Ratschläge geben könntest, sondern dich wahrscheinlich noch darüber lustig machen würdest.«

»Das ist doch totaler Schwachsinn!«, protestierte Finn in energischem Ton. »Ich mache mir Sorgen um dich. Wie kannst du nur glauben, ich würde mich über dich lustig machen wollen, wenn ich merke, dass es dir nicht gut geht?«

Als Jasper realisierte, dass er seinem Cousin Unrecht getan hatte, atmete er tief durch und setzte sich dann auf das hölzerne Gerippe des unbedeckten Stalldachs.

»Sorry, war nicht so gemeint«, sagte er leise. »Ich bin nur grade ... echt scheiße drauf ...«

»Das hab ich schon gemerkt.« Finn ging vor ihm in die Knie und schaute ihn fragend an. »Es ist wegen Steffi, richtig?«

»Ja ... Aber wie kommst du darauf?«

»Ich wüsste nicht, wegen was du dir sonst so heftig die Stimmung vermiesen lassen könntest – obwohl es mich wundert, weil ich eigentlich dachte, dass ihr am Freitag euer erstes richtiges Date hattet.«

»Hatten wir auch«, bestätigte Jasper. »Es ist sogar richtig gut gelaufen ... aber leider nur bis Samstagnachmittag ...«

»Als ihr Onkel Joris bei seinen Schafen besucht habt?«, hakte Finn nach, wobei er sich nun neben Jasper niederließ.

»Du warst gestern bei ihm«, stellte dieser mit in Falten gelegter Stirn fest. »Ich hätte es wissen müssen ...«

»Ja, aber ich hab ihm nichts von eurem Date erzählt. Und ihm ist anscheinend auch nur aufgefallen, wie brav Lupus durch eure Besuche in der Hundeschule geworden ist.«

»Zu diesem Zeitpunkt war mit Steffi auch noch alles in Ordnung – aber auch nur, weil sie sich vor Onkel Joris noch zusammengerissen hat.« Jasper sprach leise, er flüsterte schon fast, um zu vermeiden, dass besagte Person etwas von diesem Gespräch mitbekommen konnte. »Danach war sie plötzlich stinksauer, nur weil ich ihm von Julias Fähigkeiten als Hundetrainern berichtet hab.«

»Hast du ihm auch so von ihr vorgeschwärmt wie mir?«, wollte Finn wissen.

»Was heißt denn hier *vorgeschwärmt*? Ich hab halt zugegeben, dass sie mich schon ein bisschen beeindruckt hat. Wie diese Frau mit Hunden umgeht, hab ich so ähnlich bisher eben nur bei Tante Inga gesehen. Und das war eigentlich auch schon alles, was ich zu Joris über sie gesagt hab ...«

»Ja, aber Tante Inga war nun mal keine dreißigjährige, heiße Blondine ...«

»So hätte ich vor Steffi auch von Julia nie im Leben gesprochen«, entrüstete sich Jasper, ohne dabei die Stimme zu erheben. »Und selbst dir gegenüber habe ich sie *so* ganz bestimmt nicht beschrieben – ich hab höchstens mal erwähnt, dass sie ganz gut aussieht.«

»Klar, aber nach deiner Beschreibung stelle ich sie mir jetzt als dreißigjährige, heiße Blondine vor. Und vielleicht geht es Steffi ja genauso. Hat sie diese hübsche Hundetrainerin nicht sowieso schon mal persönlich kennengelernt?«

»Doch, sie hat mich letzte Woche mal zur Hundeschule begleitet. Aber danach haben wir nicht mehr viel über Julia gesprochen, deshalb dachte ich auch, dass sich dieses Thema erledigt hätte.«

»Und dass Steffi auf Julia eifersüchtig sein könnte, ist dir dabei nie in den Sinn gekommen?«

»Doch – aber leider erst, als sie nicht mehr mit mir reden wollte. Woher hätte ich denn auch wissen sollen, dass sie wegen ihr so ´nen Aufstand macht? Es ist ja nicht grade so, als ob Julia und ich miteinander geflirtet hätten.«

»Tja, keine Ahnung«, sagte Finn achselzuckend und ließ dann geräuschvoll sämtliche Luft auf einmal aus seinen Lungen. »Frauenlogik. Da kann man als Mann gar nicht immer durchblicken.«

»Ich wusste doch gleich, dass du für dieses Problem auch keine Lösung findest«, knurrte Jasper zerknirscht.

»Hey, immerhin hab ich dir zugehört und mein Bestes gegeben, um mich in deine Lage hineinzuversetzen«, verteidigte sich Finn, während er langsam aufstand. »Ist dir das etwa überhaupt nix wert?«

»Doch, natürlich«, erwiderte Jasper, der sich nun ebenfalls erhob. »Aber nur, wenn du es auch schaffst, die Schnauze zu halten, und Steffi nichts von dieser Unterhaltung erzählst.«

Finns Miene wirkte ehrlich bestürzt, als er sich daraufhin eine Hand auf die Brust legte und in beinahe fassungslosem Ton zurückgab: »Jasper, wie denkst du von mir? Hab ich dir jemals einen Grund geliefert, mich für so einen hinterhältigen Verräter zu halten?«

»Nein, soweit würde ich nicht gehen.« Jasper schüttelte den Kopf und klopfte seinem Cousin freundschaftlich auf die Schulter. »Du hast mir nur des Öfteren schon gezeigt, dass es dir bisweilen schwerfällt, einzuschätzen, wann der richtige Augenblick gekommen ist, um einfach mal die Klappe zu halten.«

Finn grinste ihn unverfroren an und schlussfolgerte: »Das muss wohl in der Familie liegen.«

***

Steffi hatte es den Tag über geschafft, sich Jasper gegenüber einigermaßen professionell zu verhalten und sogar mit ihm und Finn zu Mittag zu essen. Auf das, was am Wochenende zwischen ihnen passiert war, hatte sie ihn nicht angesprochen, und da er ebenso wenig damit auf sie zugekommen war, musste sie sich wohl vorerst damit abfinden, die Sache ungeklärt zu lassen.

Um sich ihren Frust von der Seele zu reden und vielleicht auch den ein oder anderen guten Rat zu bekommen, verabredete sie sich am Abend mit ihrer Schwester Larissa zu einem Videogespräch über Skype. Während Steffi im Büro an dem antiken Schreibtisch vor ihrem Laptop saß, lag Larissa gerade mit ihrem Smartphone in der Hand im Bett eines Hotelzimmers.

»Sieht gar nicht mal so ungemütlich aus«, bemerkte Steffi, als ihre Schwester kurz für sie durch den Raum filmte. »Wo bist du gerade?«

»Mitten in Rio de Janeiro«, antwortete Larissa lächelnd. »Im Moment ist grade die Zeit für Siesta, aber in dieser Stadt ist eigentlich immer irgendwas los.«

»Das kann ich mir vorstellen«, lachte Steffi, die bei dem Gedanken daran glatt das Fernweh packte. »Dann ist bei euch jetzt wohl Nachmittag?«

»Ja, kurz vor fünfzehn Uhr. Wir haben vier Stunden Zeitverschiebung nach hinten.«

»Bei uns ist es draußen schon stockdunkel ... und ich glaube, es fängt gerade auch wieder zu regnen an«, teilte sie ihrer Schwester mit, wobei sie einen Blick in Richtung Fenster warf.

»Und wie läuft es bei dir mit dem Aufbau der Tierpension?«, wollte Larissa nun wissen. »Funktioniert alles so wie geplant?«

»Ja, die Umbauarbeiten schreiten ganz gut voran«, gab Steffi zögerlich zur Antwort. Dabei spielte sie nervös mit dem Zeigefinger an dem bronzenen Schloss des

Schreibtischfachs herum. Den dazugehörigen Schlüssel hatte sie bisher noch nirgends im Haus gefunden.

»Aber …?« Ihre Schwester spürte wohl bereits, dass etwas nicht ganz in Ordnung sein konnte.

»Ich bin mir mittlerweile nicht mehr sicher, ob diese Tierpension wirklich das Richtige für mich ist. Am Anfang hat sich das alles noch so schön angehört – dass ich nach Nordfriesland ziehe, mich dort um den Hof kümmere und nebenbei in Ruhe an meinen Büchern schreiben kann. Aber wenn ich ehrlich bin, finde ich es hier auf Dauer schon ein bisschen langweilig.«

»Du meinst, weil du dort auf dem Land lebst? Oder vermisst du es, wieder auf Reisen zu gehen?«

»Es ist wahrscheinlich etwas von beidem. Aber vor allem die Vorstellung, hier jetzt den Rest meines Lebens zu verbringen … oder zumindest für mehrere Jahre hierzubleiben. Ich bin in den letzten zehn Jahren schließlich nie längere Zeit an ein und demselben Ort geblieben. Vielleicht kann ich das gar nicht …«

»Naja, das wirst du dann wohl oder übel herausfinden müssen. Aber findest du nicht, dass es für dich langsam Zeit wird, dich auf einen Ort, an dem du leben willst, festzulegen?«

»Das hatte ich ursprünglich vor, als ich nach Nürnberg zurückgekommen bin«, erklärte Stefanie. »Aber als ich dann meine Wohnung bezogen hatte, sehnte ich mich schon wieder danach, die Stadt zu verlassen. So ähnlich geht´s mir hier jetzt auch wieder – irgendwie schaffe ich es nirgendwo, mich zuhause zu fühlen.«

»Noch nicht mal in unserer Heimat«, stellte Larissa fest. »Ist bei mir aber genau das Gleiche; deshalb hab ich mich damals auch dafür entschieden, Flugbegleiterin zu werden und mir erst mal die Welt anzusehen.«

»Und hast *du* auf deinen Reisen schon ´nen Ort gefunden, an dem du dir vorstellen könntest, sesshaft zu werden?«

Larissa schüttelte den Kopf. »Nein – ich glaube, soweit bin ich noch lang nicht. Eigentlich fast schon traurig, wenn man bedenkt, dass ich demnächst dreißig Jahre alt werde.«

»Frag mich mal; ich bin immerhin noch mal ganze drei Jahre älter als du. Wobei ich bisher eigentlich nie das Gefühl hatte, dass ich mich auf irgendwas festlegen müsste, nur weil ich ein gewisses Alter erreicht hab.«

»Das weiß ich doch«, gab ihre Schwester grinsend zurück. »Auf einen bestimmten Wohnort genauso wenig wie auf einen Mann – und das, obwohl wir inzwischen schon längst alt genug wären, um eine eigene Familie zu gründen.«

Über dieses Thema hatten sich Stefanie und Larissa schon mehrmals ausgiebig unterhalten, wobei sie immer wieder zu dem Fazit gekommen waren, dass sie dieselbe Einstellung dazu vertraten. Obwohl sie es beide nicht ausschlossen, eines Tages Kinder zu bekommen, verspürten sie keinerlei Eile dabei. Viel wichtiger war es ihnen nämlich, zuerst ihr eigenes Leben zu leben; die Welt zu bereisen und sich beruflich verwirklichen zu können. Und dass ihnen dabei deutliche Grenzen gesetzt wären, wenn sie nebenbei auch noch ihre Kinder großziehen müssten, hatten sie sowohl bei ihrer Mutter als auch bei ihrer älteren Schwester gesehen.

Sabine war gerade erst neunzehn geworden, als sie ihre erste Tochter Katharina zur Welt brachte, und diese wiederum war ebenfalls in diesem Alter, als ihr Sohn Leon geboren wurde. Stefanie und Larissa hatten dadurch gleich zweimal mitbekommen, welche Opfer eine Frau bringen musste, wenn sie schon sehr früh Mutter wurde. Wie ihnen bereits in jungen Jahren bewusst geworden war, hatte diese Erfahrung eine derart abschreckende Wirkung auf sie gehabt, dass ihr Drang nach Fortpflanzung bis heute keinen großen Stellenwert in ihrem Leben einnahm.

»Lass mich damit bloß in Ruhe«, erwiderte Steffi abwinkend. »Bevor ich Kinder in die Welt setze, sterbe ich wahrscheinlich eher auf meinem Bauernhof mit dem Stall voller Haustiere.«

»Das hört sich ja schon so an, als hättest du dich mit deinem Schicksal bereits abgefunden«, bemerkte Larissa sichtlich amüsiert. »Aber ... naja, du hast schon irgendwo recht – man kann schließlich nicht alles haben.«

»Und erzwingen schon gar nicht ...«

»Außer durch künstliche Befruchtung, falls bei dir doch noch eines Tages ein Kinderwunsch aufkommen sollte.«

Steffi nickte bloß und es blieb für die Dauer eines Atemzugs still. Dann offenbarte sie ihrer Schwester, weswegen sie heute in erster Linie mit ihr hatte sprechen wollen: »Ich wollte dir eigentlich noch was anderes erzählen ...«

»Ja? Was denn?«

»Ich hab dir doch von Jasper erzählt – der Zimmermann, der mir beim Aufbau der Tierpension hilft.«

»Ja ...?«, kam es in neugieriger Betonung zurück.

»Zwischen uns hat es irgendwie ... gefunkt, könnte man sagen.«

»Gefunkt? Du meinst, so ein bisschen gefunkt, dass ihr miteinander flirtet oder ...?«

»Nein, schon eher richtig heftig gefunkt«, stellte Steffi klar.

»Oh Gott, du meinst ... Dann ist schon was zwischen euch gelaufen?«

»Ja, tatsächlich. Wir sind am Freitagabend zusammen essen gegangen. Er hat mich in ein wirklich schickes Restaurant ausgeführt und danach ...«

»... ist es dann passiert«, vervollständigte Larissa grinsend.

»Genau ...«

»Und wie war er? Wusste er, welche Knöpfe er bei dir drücken muss?«

»Es war echt schön«, antwortete Steffi, ohne zu viel verraten zu wollen. »Aber dafür hat er mir schon am nächsten Tag sein wahres Gesicht gezeigt und jetzt befürchte ich, dass es ein Fehler war, mit ihm ...«

»Warum? Was hat er gemacht?«, bohrte Larissa sogleich mit entsetztem Gesicht nach.

»Naja, er ... ich bin wohl nicht die einzige Frau, die er toll findet«, versuchte Steffi zu erklären. »Und er gibt sich auch keine große Mühe, es vor mir zu verheimlichen.«

»Also schläft er noch mit anderen Frauen?«, schloss Larissa aus dieser doch eher undeutlichen Antwort.

»Nein, also ... das glaube ich nicht. Er schwärmt nur für seine Hundetrainerin.«

»Für seine Hundetrainerin? Aber er hat nichts mit ihr, sondern ...«

»Ja, die Trainerin von der Hundeschule, die ihm momentan dabei hilft, seinen Hund zu erziehen. Und nein – er hat vermutlich wirklich nichts mit ihr.«

»Und wo genau liegt dann das Problem?«, wunderte sich Larissa. »Befürchtest du, dass er auf sie steht und doch noch was mit ihr anfangen könnte?«

»Das könnte ich zumindest nicht hundertprozentig ausschließen. Aber mein Problem liegt im Moment hauptsächlich darin, dass wir uns deswegen ein bisschen gestritten haben und ich jetzt nicht weiß, woran ich bei ihm bin.«

»Okay, dann habt ihr die Sache also einfach noch nicht geklärt.«

»Nein.« Steffi schüttelte den Kopf. »Dazu hatte ich noch keine Gelegenheit – beziehungsweise Lust. Vielleicht hab ich auch ein bisschen Angst davor, weil ich nicht weiß, was dabei herauskommt. Ich meine: Was ist, wenn wir uns nicht einigen können und merken, dass es ein Fehler war, etwas miteinander anzufangen? Dann wird es einfach extrem unangenehm, weil wir uns trotzdem jeden Tag sehen müssen und …«

»Verstehe – eine sogenannte Freundschaft mit gewissen Vorzügen würde für dich also nicht infrage kommen.«

»Nein, eher weniger. Ich war bei ihm eigentlich schon auf was Festes aus. Ich hab ihn nämlich echt gern – und außerdem würde es sich auch anbieten, weil … naja, schon allein aufgrund des geografischen Vorteils.«

Larissa brach daraufhin in schallendes Gelächter aus, bis ihr vor Lachen die Tränen kamen. »Das ist also der Grund! Er ist wahrscheinlich einfach der einzige Mann dort oben in deiner Gegend! Mit jedem anderen Kerl müsstest du eine Fernbeziehung führen, wenn er nicht direkt zu dir auf den Hof ziehen würde …«

»Er ist tatsächlich der heißeste Typ, den ich hier bisher gesehen hab. Und ich mache mir auch keine großen Hoffnungen, dass sich das in absehbarer Zeit ändern wird«, gab Steffi ihrer Schwester zu verstehen.

»Okay, alles klar«, sagte Larissa, als sie sich wieder halbwegs beruhigt hatte. »Dann solltest du wohl schleunigst mit ihm klären, was Sache ist.«

Kapitel 21

Nachdem er eine weitere Nacht darüber geschlafen hatte, war Jasper zu dem Entschluss gekommen, dass ihm wohl keine andere Wahl blieb, als über seinen Schatten zu springen und Stefanie darauf anzusprechen, wenn er den Konflikt aus der Welt schaffen wollte. Sie würde vermutlich nicht in absehbarer Zeit damit an ihn herantreten und mit jedem Tag, der dabei ins Land ging, sah er seine Chancen, doch noch mit ihr zusammenzukommen, immer weiter dahinschwinden.

Mittlerweile fühlte er sich sogar dazu bereit, sich bei ihr zu entschuldigen, wenn es ihm dabei helfen würde, sie umzustimmen. Immerhin hatte er inzwischen die Erkenntnis erlangt, dass er sie mit seinem Verhalten möglicherweise verletzt hatte. Und obwohl dies natürlich nie seine Absicht gewesen war, hielt er eine Entschuldigung – falls es denn tatsächlich der Fall sein sollte – durchaus für angebracht.

Obwohl Steffi nicht unfreundlich mit Jasper umging, zumindest die nötigsten Worte mit ihm wechselte und sogar weiterhin für ihn und Finn Essen machte, spürte er dennoch ganz deutlich, wie sie ihm die kalte Schulter zeigte. Im Endeffekt verhielt sie sich ihm gegenüber neutral, doch schon das reichte aus, um ihm beinahe das Herz zu zerreißen. Schon allein deshalb führte für ihn kein Weg daran vorbei, sich so schnell wie möglich mit ihr zu versöhnen.

Da er jedoch – nicht ganz ohne Grund – befürchtete, dass ihm dabei erneut etwas herausrutschen könnte, was sie unter Umständen in den falschen Hals bekommen würde, entschied er sich dazu, zuerst eine Frau um Rat zu fragen. Die erforderliche Hilfe zu finden, erhoffte er sich dabei ausgerechnet von Julia, die er heute Nachmittag wieder in der Hundeschule treffen würde.

Dass es wohl kaum in Steffis Interesse sein konnte, wenn er mit ihrer vermeintlichen Konkurrentin über ihre Probleme sprach, blendete Jasper erfolgreich aus. Sie würde schließlich niemals davon erfahren und davon abgesehen musste er mit Julia sowieso noch über eine andere Sache Klartext reden, die im weiteren Sinne ebenfalls Steffi betraf. Um ein für alle Mal reinen Tisch zu machen, hielt er es nämlich für notwendig herauszufinden, ob sie in romantischer Hinsicht an ihm interessiert war, und ihr – falls sich diese Spekulation bewahrheitete – endlich unmissverständlich zu verstehen gab, dass zwischen ihnen nichts laufen würde. Indem er sie dabei wissen lassen würde, dass er in Steffi verliebt war und keine außer ihr haben wollte, hoffte er vermeiden zu können, Julia mit einer eventuellen Abfuhr vor den Kopf zu stoßen.

***

Mit dem ungewissen Zustand, der momentan zwischen ihr und Jasper herrschte, war Steffi alles andere als glücklich. Es belastete sie, dass sie nicht wusste, was aus ihnen werden würde, und dass sie sich in den letzten zwei Tagen dazu gezwungen hatte, ihre Gefühle zu unterdrücken, nagte noch zusätzlich an ihr.

Des Weiteren sah sie mittlerweile ein, dass sie an der jetzigen Lage nicht ganz unschuldig war – immerhin hatte sie ihn mehr oder weniger grundlos angezickt und war auf ihn sauer gewesen, obwohl er es keinesfalls böse mit ihr gemeint hatte. Sie wusste selbst, dass sie sich dabei alles andere als erwachsen verhalten hatte und sehr unreif sowie übertrieben besitzergreifend reagiert hatte.

Darum hatte sie sich inzwischen vorgenommen, sich mit Jasper auszusprechen – selbst wenn das bedeutete, dass sie auf ihn zukommen musste und er sich höchstwahrscheinlich niemals dafür bei ihr entschuldigen würde. Wie Steffi sich allmählich eingestehen musste, war vielleicht sogar sie diejenige, von der eine Entschuldigung angebracht wäre, weil es erst wegen ihr überhaupt zum Streit gekommen war.

Diese Erkenntnisse führten dazu, dass sie sich nun sogar ein bisschen für ihr Verhalten schämte, weil es wirklich nicht der Person würdig war, für die sie sich bisher gehalten hatte. Nachdem sie sich eingehende Gedanken darüber gemacht hatte, konnte sie es sich zumindest damit erklären, dass sie es überhaupt nicht mehr gewohnt war, eine ernsthafte Bindung mit einem Mann einzugehen. Ihre letzte richtige Beziehung hatte sie vor über zehn Jahren, als sie sich noch im Studium befand. Seitdem hatte sie sich immer nur mit kurzzeitigen und sehr oberflächlichen Liebesabenteuern vergnügt; mit Männern, die sie danach nie wieder gesehen hatte.

Aber was sie sich mit Jasper wünschte, war etwas anderes. Er hatte es geschafft, ihr Herz zu erobern – das war ihr erst jetzt, in den letzten zwei Tagen, schmerzlich bewusst geworden –, und deshalb konnte sie sich plötzlich auch eine gemeinsame Zukunft mit ihm vorstellen.

Steffi hoffte, dass sie ihn mit ihrer Launenhaftigkeit nicht völlig abgeschreckt hatte und er das Interesse an ihr dadurch nicht verloren hatte. Und um schnellstmöglich in Erfahrung zu bringen, wie ihre Chancen auf ein gemeinsames Happy End standen, beschloss sie, gleich morgen mit ihm über das alles zu sprechen.

Für heute hatte sich Jasper leider schon verabschiedet, da er wieder wie jeden Dienstagnachmittag mit Lupus zur Hundeschule ging. Steffi verdrängte den Gedanken, dass er dort auch der Frau begegnete, die sie nach wie vor als Auslöser ihrer Differenzen betrachtete. Wenn es künftig zu keinen sinnlosen Streitereien mehr kommen sollte, musste sie sich ohnehin damit abfinden, dass es außer ihr noch andere Frauen gab, die Jasper als attraktiven Mann wahrnahmen.

Steffi hatte gerade die Küche sauber gemacht und ging jetzt ins Wohnzimmer, um neues Brennmaterial in den Kachelofen zu legen, als ihr auffiel, dass in der Kiste neben dem Ofen nur noch wenige Holzscheite lagen. Bisher hatte sie die Feuerholzkiste immer nachgefüllt, bevor sich ihr Inhalt dem Ende zuneigte, doch diesmal war es aus irgendeinem unerfindlichen Grund nicht dazu gekommen.

Sie öffnete die Tür des Ofens und schob die letzten drei Holzstücke hinein, als sie einen alten, bronzenen Schlüssel am Boden der Kiste entdeckte. Noch während sie ihn aufhob und von allen Seiten betrachtete, dachte sie an das verschlossene Fach des antiken Schreibtischs im Büro. Dessen Schloss war ebenfalls aus Bronze und Steffi konnte sich gut vorstellen, dass sie den dazu passenden Schlüssel gerade in der Hand hielt. Auch wenn sie keine Ahnung hatte, wieso er ausgerechnet in der Kiste für das Feuerholz lag.

Mit der Absicht, anschließend sogleich auszuprobieren, ob sie mit dieser Annahme richtig lag, steckte sie den Schlüssel in eine ihrer Jeanstaschen – dann ging sie mit der Kiste nach draußen, um sie mit neuem Feuerholz aufzufüllen.

Als sie wenig später mit dem Schlüssel in der Hand das Büro betrat, kam es ihr vor, als würde sie gleich eine Schatztruhe öffnen.

Vorsichtig schob sie den Schlüssel in das Schloss und – Steffi hielt den Atem an, als sie ihn herumdrehte – mit einem klackenden Geräusch entriegelte sie das Fach, welches sich in der Mitte des Schreibtischs befand. Schon als sie den ersten Blick hineinwarf, stellte sie ein wenig ernüchtert fest, dass darin nichts außer einem Briefkuvert lag. Sie nahm es heraus und schaute es sich an, als ihr auch schon mit wild klopfendem Herzen ins Auge fiel, was darauf geschrieben stand: ›Für Jasper‹

***

Jasper hatte bis nach dem Hundetraining damit warten wollen, Julia um ein Gespräch unter vier Augen zu bitten, und er hoffte, dass sie ihn und Lupus mit ihrer Labrador-Dame zu einem Spaziergang begleiten würde. Daher war er die ganze Zeit über dementsprechend angespannt, bis sich die anderen Hundebesitzer dann schließlich verabschiedeten und er endlich die Gelegenheit bekam, sie darauf anzusprechen.

Ihrer Reaktion nach zu urteilen, hatte sie offenbar schon erwartet, dass er sie fragen würde, ob sie noch ein wenig Zeit mit ihm verbringen wollte, da sie alles andere als überrascht schien und sich sofort mit ihm auf den Weg machte.

»Ich wollte mich einfach mal in aller Ruhe mit dir unterhalten«, begann Jasper, als sie mit ihren Hunden ein paar Meter gelaufen waren.

Julia blickte ihn lächelnd an. »Ja? Über was denn?«

Jasper schluckte, ehe er mit ernstem Gesicht antwortete: »Hauptsächlich über Steffi.«

»Über Steffi?«, wunderte sich die Hundetrainerin. »Okay ...«

»Ja, weil ...« Er überlegte einen Moment, bevor er dann von neuem ansetzte: »Steffi und ich haben letztens miteinander gestritten, nachdem ich meinem Onkel davon erzählt hab, wie toll du mit den Hunden umgehst. Steffi war auch anwesend und ich muss dabei wohl ein wenig ins Schwärmen geraten sein. Das hat ihr überhaupt nicht gefallen und danach hat sie mich deswegen ziemlich blöd angemacht.«

»Sie hat dich blöd angemacht, weil du von mir geschwärmt hast?«, fasste Julia grinsend zusammen.

»Ja, ich hab meinem Onkel halt erzählt, dass ich von deinem Hundetraining ziemlich beeindruckt bin. Er ist

Schäfer, musst du wissen, und hatte selbst schon immer Hunde, seit ich mich erinnern kann.«

»Okay. Und Steffi?«

»Sie hat keinen Hund«, brachte Jasper ohne nachzudenken hervor.

Julia lachte belustigt auf. »Das meine ich nicht. Ich weiß doch selbst, dass sie keinen Hund hat. Ich wollte wissen, wie ihr zueinander steht. Es muss doch einen Grund haben, warum sie einen Streit mit dir anfängt – und der wird ja nicht alleine der sein, dass du deinem Onkel von mir erzählt hast.«

»Naja, sie hat nicht wirklich einen Streit angefangen. Es war eher so, dass sie keine Lust mehr hatte, mit mir zu reden – und als ich sie dann darauf angesprochen hab, ist sie ganz schön zickig geworden.«

»Ich glaube, du verstehst nicht ganz, auf was ich hinauswill.«

Jasper warf ihr einen fragenden Blick zu. »Ähm ...«

»Seid ihr beide zusammen? Führst du eine Liebesbeziehung mit Steffi?«

»Ach so! Ja, also ... nein, aber ... wir hatten schon was miteinander, wenn du´s genau wissen willst.«

»Also bahnt sich zwischen euch gerade was an«, schlussfolgerte Julia.

»Ja, genau. Nur bin ich mir dessen jetzt leider nicht mehr so ganz sicher«, gab Jasper zurück.

»Verstehe. Du machst dir also Sorgen, dass es nichts mehr mit euch wird, weil ihr einen kleinen Disput hattet ...«

»Wenn man es so ausdrückt, hört es sich ja glatt so an, als wären meine Sorgen komplett unbegründet.«

»Das sind sie wahrscheinlich auch«, entgegnete Julia mit einem Lächeln. »Hast du nicht mal daran gedacht, dass Steffi womöglich eifersüchtig ist?«

»Doch, natürlich. Soweit ich mich erinnere, hat sie das allerdings abgestritten.«

Julia lachte abermals auf. »Das bedeutet rein gar nichts!«

»Nein?«

»Nein. Sie ist mit Sicherheit eifersüchtig – auch wenn das in meinem Fall nicht unbedingt gerechtfertigt ist.«

»Das sehe ich genauso!«, antwortete Jasper schnell, wobei er sich freute, dass Julia offenbar seine Ansicht teilte. »Ich verstehe es auch überhaupt nicht, weil wir beide doch nichts anderes gemacht haben, als miteinander spazieren zu gehen und uns ganz normal zu unterhalten.«

»Sowas reicht manchmal schon, um eine Frau eifersüchtig zu machen.«

»Im Ernst?«, fragte Jasper verwundert.

Julia schenkte ihm ein mütterliches Lächeln. »Du hast wohl noch nicht sonderlich viel Erfahrung mit Frauen.«

Auf eine derartige Äußerung war Jasper vollkommen unvorbereitet. Tatsächlich fand er es sogar fast schon ein bisschen unverschämt von Julia, dass sie solch eine Feststellung tätigte. Aber andererseits musste er sich auch eingestehen, dass sie damit nicht ganz Unrecht hatte. Für sein Alter war er tatsächlich noch verhältnismäßig unerfahren.

Leicht verdattert gab er daher zur Antwort: »Naja, meine letzte Beziehung ist tatsächlich schon einige Zeit her. Wahrscheinlich bin ich deshalb ein wenig aus der Übung.«

»Dann ist es ja umso besser, dass du mich um Rat fragst«, bemerkte sie daraufhin.

»Ja, genau das dachte ich mir auch. Und welchen Rat würdest du mir nun geben?«

»Ich würde dir raten, Steffi einfach klarzumachen, dass sie nicht auf mich eifersüchtig zu sein braucht. Aber davon abgesehen ist es sowieso ein gutes Zeichen, wenn sie eifersüchtig auf andere Frauen reagiert.«

Jasper sah Julia erwartungsvoll an. Fast schon hätte er ihr an dieser Stelle erklärt, dass er es als extrem stressig empfand, wenn seine Freundin wegen jeder anderen Frau, die ihm über den Weg lief, einen derartigen Aufstand machte. Aber dann entschloss er sich dazu, stattdessen lieber ihre Begründung abzuwarten.

»Mensch, Jasper – sie liebt dich«, gab Julia ihm nun in eindringlichem Ton zu verstehen. »Warum sollte sie denn sonst auf eine andere Frau eifersüchtig sein?«

Als er das hörte, formten sich seine Lippen unverzüglich zu einem strahlenden Lächeln. Für ihn klang Julia mit ihrer Einschätzung dermaßen überzeugend, dass sie damit auch seine letzten Zweifel beseitigte.

Gleichzeitig drängte sich ihm jetzt aber erneut die Frage auf, ob für Steffi denn weiterhin ein handfester Grund bestand, um auf Julia eifersüchtig zu sein. Wenn er danach ging, wie die Hundetrainerin sich ihm gegenüber gerade verhielt, glaubte er zwar bereits, es ausschließen zu können, dass sie auf ihn stand – aber um ganz sicherzugehen, beschloss er nun, sie einfach freiheraus darauf anzusprechen.

»Da wäre nur noch eine Sache«, setzte er dennoch mit einer angemessenen Portion Fingerspitzengefühl zu seiner Frage an. »Bei unserem ersten privaten Gespräch hast du mich ja gefragt, ob ich Single bin ...«

»Ja ...?«, gab Julia in gedehnter Betonung zurück.

»Das wolltest du aber nicht zufälligerweise wissen, weil du dir vielleicht erhofft hast, dass zwischen uns ...« Als er sah, wie Julias Mundwinkel bereits sichtlich amüsiert nach oben zuckten, verzichtete er darauf, seinen Satz zu vollenden.

»Du dachtest, ich hätte gehofft, dass zwischen uns beiden etwas laufen könnte?«, hakte sie mit ungläubigem Grinsen nach.

»Ja, also ...«

Julia brach ein weiteres Mal in erheitertes Gelächter aus. »Keine Sorge – das war zu keinem Zeitpunkt meine Intention, so viel kann ich dir definitiv versichern.«

»Gut, dann … ja, das war eigentlich alles, was ich wissen wollte«, schloss Jasper das Thema erleichtert ab.

»Nimm´s nicht persönlich, Jasper. Ich finde dich echt nett und sympathisch … und du siehst auch bestimmt nicht schlecht aus – aber mein Typ bist du nun wirklich nicht.«

»Okay, alles klar«, sagte er, während er seine Gedanken neu einzuordnen versuchte.

Sie liefen einige Schritte still nebeneinander her, bis Julia ihm plötzlich wie aus dem Nichts heraus anbot: »Ich könnte morgen auch mal zu euch auf den Hof kommen und mich persönlich mit Steffi unterhalten. Es hätte wahrscheinlich schon noch mal eine ganze andere Wirkung auf sie, wenn sie das aus meinem Mund hören würde.«

»Ich weiß nicht, ob das so eine gute Idee ist …«, sagte Jasper nach kurzem Zögern.

»Ich kann es dir nur anbieten. Aber wenn du es nicht willst …«

Jasper überlegte einen Augenblick, ob es sich in irgendeiner Weise nachteilig auswirken könnte, wenn Julia auf einen Überraschungsbesuch vorbeikäme. Ihm fiel dabei allerdings nichts ein, außer dass Steffi sich in einen erneuten Eifersuchtsanfall hineinsteigern könnte und ihm somit abermals ihre Liebe bewies. Er hatte dabei also nichts zu verlieren. Was sollte also dadurch schon schief gehen?

»Okay – ich glaube, ich hab meine Meinung grade geändert«, eröffnete er Julia daraufhin. »Hättest du vielleicht gleich morgen Vormittag schon Zeit?«

Kapitel 22

Als Steffi am nächsten Morgen gegen halb zehn mit einer Kanne Kaffee und zwei Tassen aus dem Haus ging, nahm sie auch den Brief mit, den sie am Vortag im Schreibtischfach gefunden hatte.

Schon an der Haustüre sah sie Jasper und Finn auf dem Stalldach herumklettern; die beiden waren gerade damit beschäftigt, die letzten alten Dachlatten gegen neue auszutauschen. Lupus, der seit dieser Woche schon morgens mit auf den Hof durfte und sich alleine die Zeit vertrieb, solange sein Herrchen am Arbeiten war, kam ihr fröhlich hechelnd und schwanzwedelnd entgegengelaufen.

Steffi stellte die Kaffeekanne und die zwei Tassen neben dem Kastenwagen ab, ehe sie ihm zur Begrüßung über das Fell streichelte. Dann machte sie lautstark auf sich aufmerksam, indem sie den beiden Handwerkern zurief: »Moin, ihr zwei! Kaffee ist fertig!«

Jasper und Finn erwiderten den Gruß und während Finn sich noch für den Kaffee bedankte, stieg Jasper über das Baugerüst, das sie auf einer Seite des Stalls aufgestellt hatten, vom Dach herunter.

»Steffi, kann ich mal kurz mit dir sprechen?«, wollte er dabei von ihr wissen.

Sie blieb stehen und nickte ihm deutlich sichtbar zu. »Ja, das wollte ich eigentlich gerade dich fragen.«

Als Jasper bei ihr ankam, legte sich ein hoffnungsvolles Lächeln auf sein Gesicht. »Wollen wir ein Stück gehen?«

»Gerne«, erwiderte Steffi. Dann überreichte sie Jasper den Brief, auf dem sein Vorname geschrieben stand. »Hier – ich glaube, der ist für dich. Ich hab ihn im Büro im Schreibtischfach gefunden.«

»Danke«, sagte er, während er den Brief sichtlich verwundert entgegennahm.

Sie gingen ein paar Schritte und Lupus gesellte sich sogleich an ihre Seite.

»Jasper, ich glaube, ich muss mich bei dir entschuldigen«, beeilte sich Steffi, ihr Anliegen hervorzubringen. »Es war dumm von mir, wie ich darauf reagiert hab, als du Onkel Joris von der Hundetrainerin erzählt hast. Mir ist inzwischen klargeworden, dass ich deswegen nicht auf dich hätte sauer sein dürfen, und du sollst wissen, dass es mir leidtut.«

»Entschuldigung angenommen«, gab Jasper lächelnd zurück. Dann blieb er auf einmal stehen, griff nach Steffis Hand und blickte ihr tief in die Augen. »Ich weiß doch, dass du nur auf Julia eifersüchtig warst, weil du mich liebst und Angst hattest, dass sie mich dir wegnehmen könnte. Aber darum brauchst du dir wirklich keine Sorgen zu machen. Ich will nur dich, Steffi – und es tut mir leid, wenn ich dir das Gefühl gegeben hab, dass es anders sein könnte. Du bist die Einzige für mich und ich verspreche dir, dass ich dir das ab sofort auch beweisen werde.«

Nachdem Steffi im ersten Moment kaum fassen konnte, was Jasper da gerade zu ihr gesagt hatte, ließ sie sich nun überglücklich in seine Arme fallen. Zärtlich schmiegte sie sich an ihn heran und ihre Lippen fanden für einen innigen Kuss zueinander. Sie genoss seine Körperwärme, seinen Geruch und seinen Geschmack, während sich ihre Zungen beinahe ineinander verknoteten.

»Dann wärst du also bereit, eine feste Beziehung mit mir einzugehen?«, fragte sie ihn, als sich ihre Lippen danach wieder voneinander gelöst hatten und sie sich eng umschlungen anblickten.

Jaspers glückseliges Lächeln hätte schon als Antwort genügt, dennoch entgegnete er: »Genau das hatte ich mir erhofft. Ich liebe dich, Stefanie Engelhardt – und ich will keinen Tag mehr ohne dich verbringen.«

»Und ich liebe dich, Kaspar Hauser«, sagte Steffi grinsend, ehe sie ihm einen weiteren Kuss auf den Mund drückte.

»Ich würde vorschlagen, dass wir heute etwas früher Feierabend machen, damit wir mehr Zeit für uns haben«, flüsterte er ihr ins Ohr.

»Gute Idee. Dann schickst du Finn heute schon nach dem Mittagessen nach Hause und wir beide gehen dann erst mal zusammen in die Sauna«, schlug Steffi in verheißungsvollem Ton vor.

»Abgemacht«, freute sich Jasper. »Nur ob ich danach im See schwimmen will, muss ich mir erst noch überlegen ...«

Sie legte den Kopf schief und sah ihn mit klimpernden Augenlidern an. »Du würdest mich doch nicht alleine da reinspringen lassen?«

Nachdem er kurz mit einer Reaktion auf sich warten ließ, verfiel er nun in ein energisches Kopfschütteln. »Nein, das könnte ich nicht verantworten.«

Händchenhaltend drehten sie anschließend wieder um, als plötzlich ein silbergrauer Geländewagen einer asiatischen Automarke auf den Hof gefahren kam.

»Wer ist das?«, fragte Steffi.

Jasper zuckte bloß wortlos mit den Schultern.

In diesem Augenblick öffneten sich die Türen des Geländewagens und Steffi erkannte Julia, die auf der Beifahrerseite ausstieg.

»Was will *die* denn hier?«, wunderte sie sich.

»Das werden wir gleich herausfinden«, sagte Jasper, der dabei auch schon geradewegs auf sie zuging und Steffi an seiner Hand neben sich herzog.

Julia öffnete den Kofferraum, aus dem sofort ihre Labrador-Hündin Greta und ein prächtiger Golden Retriever heraussprangen, während auf der Fahrerseite eine junge Frau mit kurzen, rotgefärbten Haaren ausstieg.

»Moin«, grüßten die beiden und Steffi und Jasper erwiderten den Gruß.

Lupus freute sich in erster Linie über die vierbeinigen Besucher und sprang bereits vergnügt mit den zwei Hunden im Kreis herum.

»Ich hab gehört, dass man hier in der Gegend wunderbar mit seinen Hunden Gassi gehen kann«, erklärte Julia den Grund ihres Besuchs. »Ist es für euch in Ordnung, wenn wir solange unser Auto bei euch auf dem Hof parken?«

Jasper blickte Steffi fragend an.

»Ja, klar – kein Problem«, antwortete sie daraufhin.

»Das ist übrigens meine Freundin Sarah«, stellte Julia den beiden nun ihre Begleitung vor.

Sie schüttelten sich gegenseitig die Hände.

»Sehr erfreut«, sagte Steffi dabei. Dann schob sie der Vollständigkeit halber hinterher: »Und das ist mein Freund Jasper.« Dabei schmiegte sie sich an ihn heran und hielt sich an seiner Schulter fest, um zu verdeutlichen, dass er allein ihr gehörte.

»Ja, ich hab schon von ihm gehört«, gab Sarah grinsend zurück. »Julia hat mir vorgeschwärmt, was für beeindruckende Fortschritte er innerhalb kürzester Zeit mit Lupus in der Hundeschule gemacht hat. Da bin ich ehrlich gesagt sogar ein bisschen eifersüchtig geworden …«

»Aber ich konnte ihr gottseidank klarmachen, dass ich sie für keinen Mann der Welt jemals verlassen würde«, fügte Julia hinzu, ehe sie sich zu ihrer Freundin drehte und ihr einen Kuss auf den Mund gab.

Steffi klappte fast die Kinnlade herunter, als sie begriff, was die zwei Frauen ihr damit zu verstehen geben wollten. »Dann seid ihr beide … ein Paar?«, versicherte sie sich ungläubig, wobei sie abwechselnd mit dem Finger auf Sarah und Julia zeigte.

»Seit über zwei Jahren«, bestätigte Julia, die jetzt auch mit Sarah Händchen hielt. »Wir wohnen mittlerweile sogar zusammen. Schon allein deshalb hätte ich mich natürlich niemals an Jasper rangemacht ... Aber davon mal abgesehen hab ich es ihm auch angemerkt, dass er in dich verliebt ist.«

Als sie das hörte, schämte sich Steffi auf einmal dafür, dass sie Julia überhaupt unterstellt hatte, sich an Jasper heranschmeißen zu wollen. Sie hatte aber auch keine Sekunde lang daran gedacht, dass die Hundetrainerin bereits glücklich vergeben sein könnte. Und dass sie möglicherweise lesbisch war, hatte sie ihr genauso wenig angesehen.

»Ich dachte eigentlich immer, ich hätte eine ganz gute Menschenkenntnis, aber dich hab ich wohl völlig falsch eingeschätzt«, gestand sie Julia gegenüber, um ihrer Reue Ausdruck zu verleihen. »Ich glaube, dafür sollte ich mich an dieser Stelle auch noch bei dir entschuldigen.«

»Ist schon vergessen«, gab Julia lächelnd und mit einer abwinkenden Handbewegung zurück. »Ich weiß doch selbst, wie wir Frauen manchmal am Rad drehen, wenn es um die Liebe geht.«

»Das stimmt«, bekräftigte nun auch Sarah. »Wahrscheinlich steckt in jeder von uns ein kleines Biest, das spätestens dann zum Vorschein kommt, wenn wir jemanden ganz für uns alleine haben wollen und uns einbilden, um diese Person kämpfen zu müssen.«

***

»Ich schätze, Tante Inga hat den Schlüssel für das Schreibtischfach mit Absicht in der Feuerholzkiste versteckt, um sicherzugehen, dass der Brief von niemand anderem als mir gefunden wird«, äußerte Jasper seine Theorie, während er das Kuvert zwischen den Fingern hielt und von allen Seiten betrachtete.

»Dann hat sie wohl nicht damit gerechnet, dass ich es selbst hinbekomme, den Kachelofen anzuheizen«, entgegnete Steffi lächelnd.

»Vielleicht ging sie davon aus, dass ich zuerst das ganze Haus aufräume, bevor ich jemand Fremdes reinlasse.«

»Wenn das tatsächlich zutreffen würde, frage ich mich, warum sie den Hof nicht gleich dir vererbt hat.«

»Sie wird schon ihre Gründe dafür gehabt haben«, sagte Jasper, der immer noch keine Ahnung hatte, was wohl in dem Brief stand, den Tante Inga ihm hinterlassen hatte.

Es ging bereits auf vierzehn Uhr zu und Finn hatte sich gerade verabschiedet. Lupus ruhte sich auf dem Wohnzimmerteppich aus, während Steffi noch damit beschäftigt war, die Küche sauberzumachen.

»Willst du das Kuvert jetzt nicht mal langsam aufmachen und den Brief lesen?«, fragte sie Jasper, der ein wenig angespannt am Kühlschrank lehnte.

»Doch, natürlich. Ich wollte nur erst noch den richtigen Augenblick abwarten.«

»Ich würde sagen, einen besseren Augenblick als jetzt wirst du nicht bekommen.«

»Okay, da hast du wahrscheinlich recht«, pflichtete er ihr bei. Dann nahm er sich ein scharfes Messer aus der Besteckschublade und öffnete das Kuvert.

Es enthielt zwei von Hand beschriebene Din-A4-Blätter; Tante Ingas Schreibschrift war etwas krakelig, aber dennoch gut lesbar. Stumm las sich Jasper den Text durch:

Mein lieber Jasper,

Du erinnerst dich sicherlich, wie wir uns hin und wieder darüber unterhalten haben, was aus dem Hof werden soll, wenn ich eines Tages nicht mehr unter den Lebenden weile. Nun, da du diesen Brief in den Händen hältst, gehe ich davon aus, dass dieser Tag inzwischen gekommen ist. Ich hoffe, du trauerst nicht allzu sehr um mich, denn während du dein Leben noch vor dir hast, habe ich mich längst damit abgefunden, dass meine Zeit allmählich abgelaufen ist. Außerdem gehört der Tod zum Leben dazu und für denjenigen, der stirbt, ist er normalerweise eine Erlösung – der Übergang an einen besseren Ort.

Nachdem du mir ja bereits versprochen hast, dass du Lupus bei dir aufnehmen wirst, weiß ich, dass es ihm gut geht, und das Gleiche wünsche ich mir natürlich auch für dich. Aber da du deinen Weg mittlerweile gefunden hast und beruflich erfolgreich geworden bist, brauche ich mir darum wohl keine Sorgen zu machen. Solange du ein bisschen auf dich aufpasst und nicht bei der Arbeit von einem Dach fällst, hast du bestimmt noch viele gesunde Jahre vor dir.

Ich freue mich jedenfalls, miterlebt haben zu dürfen, was du aus dir gemacht hast. Das macht mich sehr glücklich und ich bin stolz auf dich, Jasper! Dass ich dich stets wie einen Neffen oder eher sogar wie einen eigenen Enkel gesehen habe, brauche ich an dieser Stelle wohl nicht extra zu erwähnen. Ich mache es aber trotzdem, um dich daran zu erinnern, welchen Stellenwert du in meinem Leben eingenommen hast.

Vielleicht fragst du dich deshalb auch, warum ich den Hof nicht dir vererbt habe, sondern meinen Verwandten aus Süddeutschland, zu denen ich in den letzten drei Jahrzehnten kaum noch Kontakt hatte.

Die Antwort darauf liegt womöglich nicht direkt auf der Hand, trotzdem ist sie hoffentlich nachvollziehbar: Mir ging es darum, für alle Beteiligten den größtmöglichen Nutzen zu schaffen. Und der liegt für dich logischerweise darin, gegen eine gute Bezahlung den alten Bauernhof in eine Tierpension zu verwandeln – nicht aber darin, die Tierpension anschließend auch noch zu bewirtschaften. Dafür wird sich bestimmt jemand finden, der besser für diese Aufgabe geeignet ist. Im Optimalfall natürlich eine meiner Erbinnen und tatsächlich erachte ich es als durchaus realistisch, dass sich mindestens eine von Sabines vier Töchtern dafür begeistern kann.

Des Weiteren sehe ich dadurch die Möglichkeit für dich, mit einer der jungen Frauen auch dein privates Glück zu finden, das du dir selbstverständlich mehr als verdient hast. Es gibt schließlich für jeden Topf einen passenden Deckel und ich glaube fest daran, dass du deinen finden wirst, indem du einfach weiterhin deiner Leidenschaft nachgehst und deinem Herzen folgst. Wenn du so bleibst wie du bist, habe ich keinen Zweifel daran, dass du schon bald die ganz große Liebe finden wirst – und wenn ich meinen Teil dazu beitragen kann, freue ich mich umso mehr darüber.

Abschließend bleibt mir nur noch, dir zu raten, deine Träume zu leben. Ich weiß, dass du das Zeug dazu hast, alles zu erreichen, was du dir vornimmst. Und du wirst dabei auch nicht lange alleine bleiben, das verspreche ich dir. Denn ich spüre, dass du schon bald einer ganz besonderen Person begegnen wirst, die dich dabei unterstützen wird.

Also, Jasper – bis düsse Dage und mach´s gut!

Deine Tante Inga

Als Jasper den Brief zu Ende gelesen hatte, fiel es ihm schwer zu atmen. Er kämpfte noch dagegen an, doch letztendlich schaffte er es nicht, seine Tränen zurückzuhalten.

»So schlimm?«, hörte er Steffi in mitfühlendem Ton fragen, als sie sich zu ihm umdrehte und ihn in den Arm nahm.

Jasper schüttelte den Kopf. »Nein. So schön ...«

Epilog

Sechs Wochen später – Heiligabend ...

»Jasper ist noch bei seinen Eltern, aber er müsste eigentlich bald wieder zurückkommen«, erklärte Steffi ihrer Mutter, ihren drei Schwestern und ihrem Neffen, die erst vor kurzem auf dem Hof eingetroffen waren und jetzt mit ihr im Wohnzimmer vor dem knisternden Kachelofen standen. »Wir haben sie zwar auch zu uns eingeladen, aber anscheinend wollen sie heute Abend lieber ihre Ruhe haben. Ich gehe trotzdem davon aus, dass sie morgen Mittag mal bei uns vorbeischauen – vielleicht auch zusammen mit Onkel Joris.«

Ein schüchternes Lächeln huschte daraufhin über die Lippen ihrer Mutter, die sich ansonsten jedoch keine auffälligen Gefühlsregungen anmerken ließ.

»Das war auch Papas Ausrede, weshalb er nicht mit uns nach Nordfriesland fahren wollte«, erzählte Larissa mit vielsagendem Grinsen. »Aber mir kam es eher so vor, als hätte er noch andere Gründe, die er allerdings lieber für sich behielt.«

»Ja, er meinte auch, dass er Weihnachten lieber allein feiern würde, als dafür den kompletten Tag im Auto zu sitzen«, ergänzte Michelle ein wenig verständnislos.

»Und dabei hätte er ja nicht mal selbst fahren müssen«, fügte Katharina stirnrunzelnd hinzu. »Aber dadurch, dass wir nur zu fünft gefahren sind, haben wir wenigstens alle zusammen in ein Auto gepasst.«

»Wie schön, dass ihr alle genügend Platz hattet«, bemerkte ihr Sohn Leon nörgelnd. »Ich bin hinten in der Mitte zwar fast zerquetscht worden, aber okay ...«

»Ja, das haben wir inzwischen verstanden«, gab seine Mutter nun wieder zurück. »Aber du hast es ja überlebt –

und auf der Rückfahrt darfst du dann auch mal vorne sitzen.«

»Das wäre nur gerecht, immerhin ist er mittlerweile der Größte von uns«, bemerkte Michelle lächelnd.

Steffi nickte zustimmend, während sie ihren Neffen betrachtete. Wie sie dabei erkannte, hatte der Sechzehnjährige in den letzten paar Monaten einen sichtbaren Wachstumsschub hinter sich gebracht. »Okay, dann gehe ich jetzt mal in die Küche, um das Essen fertig zu machen. Wer so viel wächst, muss sicher auch ´ne ganze Menge Nahrung aufnehmen.«

»Ja, auf jeden Fall«, bekräftigte Leon. »Was gibt´s denn eigentlich? Ich bin schon wieder halb am verhungern ...«

Ihre Gäste folgten Steffi in die Küche, wo sie ihnen präsentierte, was sie den Tag über bereits angerichtet hatte. Neben selbstgebackenem Brot und verschiedenen Salaten hatte sie sogar einen Gänsebraten vorbereitet, den sie jetzt in den Ofen schob.

»Aus dir ist in dieser kurzen Zeit ja eine richtige Köchin geworden«, staunte ihre Mutter beim Anblick der leckeren Speisen.

»Ja, das hat sich einfach so ergeben, als ich angefangen habe, meine Handwerker auf dem Hof zu bekochen. Mittlerweile macht mir das Kochen sogar richtig Spaß, es ist eigentlich schon zu einem meiner liebsten Hobbys geworden.«

Seit Jasper und Lupus vor wenigen Wochen bei Steffi eingezogen waren, entwickelte sie sich zunehmend zur Hausfrau. Nicht, dass sie sich irgendwie daran störte – ihr gefiel es, ein festes Zuhause zu haben, um das sie sich kümmern konnte. Und in ihrer Karriere fühlte sie sich dadurch auch keineswegs beeinträchtigt, denn ihr neues Buch *Leben und Lieben in Down Under* verkaufte sich bereits jetzt besser, als sie, ihre Agentin oder der Verlag es sich erhofft hatten.

Gleichzeitig arbeitete sie hochmotiviert an ihrer nächsten Veröffentlichung; einer Aufarbeitung ihrer Erlebnisse seit ihrem Umzug nach Nordfriesland – inklusive des Aufbaus der Tierpension und der Begegnung sowie des Zusammenkommens mit ihrem Traummann.

Manchmal überraschte es sie selbst, wie leichtfüßig sie all das unter einen Hut brachte. Denn neben dem Haushalt und ihrer Arbeit als Buchautorin versorgte sie inzwischen auch schon die ersten Tiere auf dem Hof, obwohl die offizielle Eröffnung der Tierpension erst für kommendes Frühjahr geplant war. So lebten in dem frisch renovierten Stall und auf der daneben errichteten Koppel nun die Shetland-Stute Charly und ein Esel namens Olaf. Die beiden verstanden sich wunderbar miteinander und waren wirklich süß zusammen, was Steffi jeden Morgen erneut ein glückliches Lächeln ins Gesicht zauberte.

Sie freute sich schon riesig darauf, in Zukunft auch noch weitere Tiere aufzunehmen – egal, ob nur vorübergehend oder dauerhaft. Und obwohl es eigentlich nie ihr Traum gewesen war, auf einem Bauernhof zu leben oder die Leiterin einer Tierpension zu werden, konnte sie sich mittlerweile überhaupt kein traumhafteres Leben mehr vorstellen als das, was sie hier in der nordfriesischen Südermarsch letzten Endes bekommen hatte.

ENDE

Danksagungen

Zuallererst möchte ich mich wie immer bei meinen Leserinnen und Lesern bedanken – diesmal ganz besonders bei denjenigen, die sich das Buch vorbestellt haben. Da es sich bei *Nordfriesland Träume* um den Auftakt einer neuen vierteiligen Reihe handelt, wusste schließlich niemand von euch, was denn genau auf euch zukommen wird.

Ich hoffe, dass ich euch damit ein paar vergnügliche Stunden bereiten konnte und es geschafft habe, euch zum Träumen anzuregen und euch gegebenenfalls vielleicht sogar helfen konnte, für eine kurze Zeit eurem Alltag zu entfliehen.

Wie euch beim Lesen sicher schnell aufgefallen ist, gibt es hier deutliche Unterschiede im Vergleich zu meiner *Syltliebe*-Reihe, vor allem was den Schreibstil und die behandelten Thematiken betrifft. Das war durchaus so von mir beabsichtigt und ich persönlich bin auch der Meinung, dass ich mich damit als Autorin ein ganzes Stück weiterentwickelt habe.

Natürlich kann ich mir dennoch nicht sicher sein, ob ihr das genauso seht, deshalb würde ich mich sehr darüber freuen, wenn ihr mir eure Meinung durch eine kurze Rezension auf Amazon mitteilen würdet. Auf nette Anregungen oder auch konstruktive Kritik bin ich stets bereit einzugehen, um meine Bücher in Zukunft noch weiter zu verbessern.

Gerne dürft ihr mir euer Feedback aber auch auf meiner Homepage www.inkaeichhorn.com zukommen lassen – dafür könnt ihr sowohl die angegebene E-Mail-Adresse als auch das Gästebuch nutzen ... oder einfach meinen Newsletter abonnieren.

Weiterhin danke ich meiner Familie und meinen Freunden, die mich so nehmen wie ich bin und mich unterstützen – insbesondere natürlich meinem Mann und meinen zwei wundervollen Kindern.

Ein ganz besonderer Dank geht außerdem an meine Testleserinnen Anna und Louisa, und an Andreas aka Andi Alles, der sich mit der Gestaltung des Covers mal wieder selbst übertroffen hat.

Bis dann, wir lesen uns hoffentlich beim nächsten Buch!

Liebe Grüße aus Nordfriesland,

Eure Inka

Impressum

Deutsche Erstausgabe November 2022

Inka Eichhorn
c/o AutorenServices.de
Birkenallee 24
36037 Fulda
info@inkaeichhorn.com

www.inkaeichhorn.com

Covergestaltung by Andi Alles
andi.alles070@web.de

Verwendete Grafiken
Traditional Red Brick House Thatched Roof Stockfoto 484226368 | Shutterstock
Czechoslovakian Wolf Dog Front White Background Stockfoto 403286293 | Shutterstock
Fliegender Schädel einzeln auf weißem Hintergrund Stockfoto 1034033731 | Shutterstock
View Between Two Dunes Grown Beach Stockfoto 1028650930 | Shutterstock
Panoramasicht auf die übergewachsene grüne Wiese Stockfoto 1722619696 | Shutterstock

Printed in Poland
by Amazon Fulfillment
Poland Sp. z o.o., Wrocław

33732590R00128